ANTIHÉROS

TOME 1: LES LOUPS NOIRS

ALEXANDRE CHARBONNEAU

'' *Je sais pas trop ce que je veux dans la vie, mais j'aime bien les chapeaux...* ''

Klatou

'' *Tuer et boire! Voilà ce qu'il faut faire!* ''   Voknul

''*Alors, qui a volé mes cheveux?*''   Skelèton

'' *Moi, j'aime mieux les bras...* ''   Desmothe

Un grand remerciement à:

Guillaume Beaulieu, Antoine Charbonneau-Robichaud, Shany Tawil et Philippe Thibault

Pour avoir incarné des personnages aussi fous qu'amusants!

Aussi à:

Antoine Charbonneau-Robichaud

Pour ses dessins...

Sans bien sûr oublier:

Les poutines

Car c'est bon quand même.

Table des matières

Préface :

Les principes. Qu'est-ce qu'un principe? C'est tout simplement une valeur, une façon de voir les choses. C'est un concept important pour soi. Dans un même endroit, les principes sont souvent très semblables pour la majorité des gens. La famille, le travail, l'entraide, l'honneur, le respect et autres sont des principes dits normaux. C'est ce qu'on nous apprend souvent. Il faut faire attention à sa famille, aider les plus faibles, ne pas voler son prochain, ne pas tuer. Sinon c'est *mal*.

Il y a bien sûr les gens qui sont des exceptions et qui ne représentent pas la majorité. Il y a les voleurs, qui n'ont pas vraiment de respect pour leurs victimes. Il y a les meurtriers, les violeurs et autres, qui ne représentent pas la majeure partie de la population. N'ayant pas du tout les mêmes principes que la moyenne des gens, ils sont souvent détestés et rejetés par ceux qui sont beaucoup plus nombreux qu'eux, ce qui est normal, puisque la plupart du temps, la majorité est la raison. C'est elle qui décide ce qui est normal ou non, et ce qui est *mal* ou non.

Quelle est donc cette limite, ce déclic qui fait qu'on devient un meurtrier, un violeur ou un voleur? Qu'est-ce qui fait que, tout d'un coup, nos valeurs changent?

Peut-être un événement marquant, peut-être une émotion trop forte, peut-être qu'un dieu l'a décidé. Peut-être que ces personnes sont comme cela, tout simplement.

Aussi, est-ce vrai, que l'humour s'associe bien à l'horreur? On se moque souvent de ce qui est étrange, de ce qui est différent. Mais peu se moquent ou rigolent devant un homme couvert de sang qui brandit un couteau devant eux. Les meurtriers, eux, se moquent parfois. Pas toujours. Quelques fois, ils sont instables, ou enragés, d'autres fois ils sont tout simplement calmes malgré leurs gestes, car ce sont leur principe à eux, leur ''normalité'', peu importe si les autres jugent cela comme bien ou *mal*.

Certains tueurs rigolent, s'amusent et sont heureux. Ils sont eux-mêmes, tout simplement. Peut-être que ce sont les plus fous; ceux qui sont les plus différents, les plus ''éloignés'' de la majorité. Pour eux, peut-être que tuer une fillette n'est pas *mal*, c'est amusant. Pour eux, peut-être qu'éventrer quelqu'un n'est pas *mal*, c'est un art. Peut-être que voler quelqu'un c'est drôle et que violer une femme c'est de la paresse, voulant éviter le temps pour la séduire.

Que se passerait-il maintenant si, dans un petit univers, au sein d'un petit groupe, les gens avaient tous des principes totalement différents de la norme? Et surtout, comment les autres les percevraient-ils? Ça serait sûrement amusant pour eux, et pour ceux qui les observent, à l'abri, loin de leurs dangers et de leur univers.

L'important c'est d'être heureux, comme la majorité des gens le disent. Et ces êtres le sont, mais pas ceux qui se trouvent sur leur chemin!

Antihéros

Nom masculin

Personnage n'ayant aucune des caractéristiques du héros traditionnel.

Qu'est-ce qu'un sociopathe?

Souvent, ce sont des individus qui:

1. ont un ego démesuré...

2. sont menteurs et manipulateurs...

3. ont un manque d'empathie...

4. ont une absence de remords et de honte...

5. sont d'un calme inhabituel lors de situations effrayantes ou dangereuses...

6. sont irresponsables et impulsifs...

7. ont peu d'amis.

8. peuvent être très charismatiques à leur façon.

9. ont une vie dictée par le plaisir.

10. n'accordent pas d'importance à ce qui est normal ou pas.

11. ont le regard "intense".

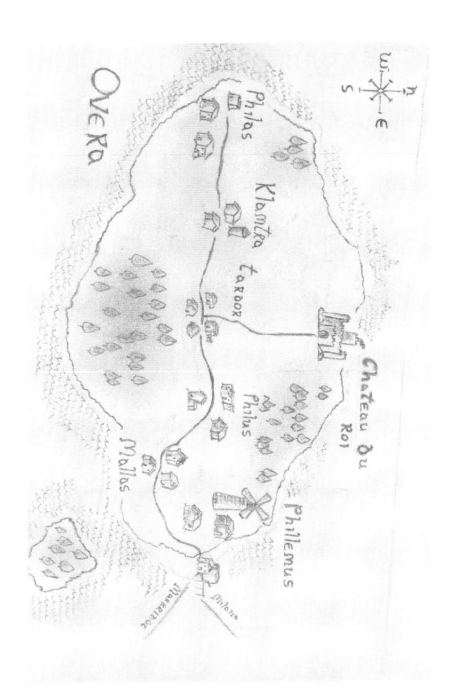

L'introduction

Tout commença sur cette petite île, très peu connue du reste du monde, qui se nommait Overa. Le peuple ainsi que le roi étaient plutôt neutres face à tout ce qui se passait ailleurs dans le monde, n'y prêtant que rarement attention. Le commerce était la seule chose qui créait quelques liens avec des îles voisines, comme Marbridge ainsi que Milana. Les gens préféraient vivre leur vie tranquille plutôt que de se mêler aux affaires des autres.

Cependant, comme il n'y avait que peu de loisirs sur Overa et que la majorité des gens s'ennuyaient, beaucoup partaient de l'île pour aller à une destination plus active, plus amusante et plus vivante, pour y élever leur famille. Overa n'était vraiment pas très habitée; il n'y avait que six villages et un château: celui du roi. Les gens y habitant étaient souvent restés pour faire honneur à leurs parents, qui y ont vécu et qui ont défendu l'île toute leur vie. La pauvreté augmentait et l'armée du roi Merronus était très limitée, ce qui n'était pas rassurant pour la population. Le territoire était grand, mais l'armée était peu nombreuse, et sécuriser tous les villages n'était pas toujours chose facile.

Bien que l'île était la plupart du temps calme et que les agresseurs se faisaient rare, il y avait toujours ces fameux Loups noirs, un groupe constitué de voleurs et d'assassins. Leur planque n'a jamais été retrouvée et pourtant, de nombreuses recherches ont été faites. Le clan des Loups noirs étant actif depuis plusieurs dizaines d'années, on se disait qu'un beau jour on les retrouverait pour les faire payer.

Ce ne fut jamais réalisé; les Loups noirs continuaient à piller les villages mal gardés, à attaquer lorsque le roi et son armée avaient le dos tourné, pour toujours et encore instaurer la terreur et l'inquiétude parmi les gens.

Ce facteur était probablement le plus influent sur la décision des personnes à quitter l'île pour Marbridge ou Milana; des endroits dont l'armée était de loin plus puissante et organisée.

Rares étaient les fois où un Loup noir fut attrapé et emprisonné, et lorsque c'était fait, ces derniers refusaient de parler. Soit ils étaient incroyablement fidèles à leur clan, soit leur chef était extrêmement intimidant et leur promettait des tortures encore plus grandes que ceux du roi s'ils avaient la seule petite pensée de trahir les Loups noirs.

Car le roi, qui était très bon, en était venu à la torture - qu'il jugeait ignoble - sur les prisonniers du clan d'assassins, puisque depuis près de soixante ans, ces derniers s'amusaient à tuer et voler les pauvres familles. Selon lui, tout moyen était bon pour stopper des crimes beaucoup trop grands. D'où venaient ces Loups noirs? Est-ce que quelqu'un les engageait? Personne ne le savait vraiment.

Le roi était quelqu'un de fier, d'honnête et qui tenait à ses principes. Il accentuait ses recherches pour retrouver le clan des voleurs et pour que l'ennui soit réduit sur Overa, deux problèmes importants sur son île. Il décida d'imiter Marbridge et de mettre en place des tournois chaque année.

La population, surtout constituée de jeune entre dix-huit et trente ans, en avait assez de leur vie monotone d'agriculture et de chasse: ils avaient besoin de quelque chose de nouveau, besoin d'actions. Il y aurait donc deux tournois chaque année: des combats directs. Le premier tournoi mettrait en place des "un contre un" et le deuxième, des "deux contre deux".

Beaucoup de jeunes hommes et femmes étaient contents de cette nouvelle, car nombreux étaient ceux et celles qui s'entraînaient au combat, pour rentrer un jour dans l'armée ou pour partir en aventure. Ce tournoi était une parfaite façon de montrer leurs talents et leurs forces. Les gens étaient les bienvenus pour observer les combats, pour encourager leurs favoris ou tout simplement pour se divertir en buvant quelques bières. Bien que certains combattants du tournoi mouraient quelquefois, le roi insistait sur la règle de l'abandon: les participants pouvaient abandonner n'importe quand. Lorsque telle chose était faite, le combat était terminé immédiatement.

Il y avait aussi des personnes fiables engagées par le roi pour juger si un participant du tournoi était trop blessé et incapable de poursuivre. Les juges avaient le pouvoir d'arrêter le combat lorsqu'ils le voulaient.

Ces derniers étaient en général des soldats costauds de Merronus, au cas où l'un des combattants du tournoi se ficherait des règles. Cette stratégie audacieuse avait marché: la population augmentait et les gens ne partaient plus.

Le roi, qui n'était pas si riche, mais protecteur envers son peuple, engageait des soldats et mercenaires d'îles voisines pour augmenter la sécurité contre les Loups noirs. Les habitants de Marbridge venaient pour observer ou même participer à ces fameux tournois. Morrenus était content que son île était devenue si vivante; c'était son but et celui de son père.

Les six villages de l'île étaient tous complètement uniques et bien différents les uns des autres. La population de chaque village variait; on pouvait parler d'une moyenne de cent cinquante personnes. Chacun des villages avait un chef, choisi par le roi lui-même, pour assurer la sécurité ainsi que pour diriger les soldats mis en place. Chacun des chefs était en général fort, imposant et fidèle au roi. Ces personnes devaient toujours être prêtes en cas d'attaques des Loups noirs; ces derniers attaquant toujours au moment où on s'y attend le moins, comme tout bon assassin.

Si on avançait de l'ouest vers l'est de l'île, le premier village était nommé Philas. Les maisons étaient très belles et bien entretenues, les villageois étaient plutôt tranquilles, mais sympathiques avec tout nouvel arrivant. On racontait que les habitants de Philas étaient les meilleurs chasseurs de l'île. Le chef était Clectus, un paladin vétéran qui s'était installé sur Overa depuis une dizaine d'années.

Il venait de Marbridge, mais il aurait quitté l'endroit à cause de désaccord sur les façons de penser du nouveau roi, fils d'un père que Clectus respectait beaucoup.

Morrenus l'avait accueilli à bras ouverts, et ayant constaté sa force et sa bienveillance, il l'aurait nommé chef de Philas, puisque l'ancien chef - un archer très doué - avait été tué par le commandant des Loups noirs en personne. Clectus avait toujours été plus gentil qu'intimidant envers les gens qu'il protégeait, et tous savaient qu'il ne fallait pas le défier, puisqu'il aurait déjà vaincu cinq Loups noirs à lui seul. Ses principes étaient le bien, l'honneur, la protection ainsi que le respect. Le roi était bien content de son choix; Philas était tranquille depuis plusieurs années.

Le second village était appelé Klamtra, et son dirigeant était un vieil homme connu pour être un très puissant magicien. La majorité des habitants de Klamtra étaient des sorciers et des mages. La seule école de magie d'Overa était dans ce village. On jugeait les cours comme étant très difficiles, mais les élèves devenaient rapidement très doués. Klamtra était reconnu pour créer des potions magiques capables de réduire les blessures des gens, de donner de la force additionnelle quelque temps pour mieux travailler et bien d'autres choses. Mantor était le chef - un vieux mage que beaucoup trouvaient trop âgé; la retraite aurait dû arriver depuis longtemps. Cependant, les élèves de Mantor ainsi que le roi trouvaient que le chef de Klamtra était toujours apte à défendre son village. Ses pouvoirs magiques étaient considérés comme redoutables et ses cours de magies donnaient toujours de bons résultats. Le vieux mage était connu pour être quelqu'un de sérieux, n'aimant guère plaisanter.

Il voyait tout le monde de haut, à l'exception du roi, qui était un vieil ami. Mantor était connu sur l'île pour avoir aider Marbridge à se défendre contre les orques de Mortar. Il est également connu pour être l'entraîneur des deux gagnants du tournoi depuis quatre années en deux contre deux, Miguel et Silania: deux de ses meilleurs disciples.

Le troisième village était Tardor, un endroit qui différait des deux autres de l'ouest. Tardor, qui était juste au sud du château du roi, était plutôt rustre et pauvre. La population était minime comparé aux cinq autres. La moitié des villageois était alcoolique, l'autre était constitué de sauvages qui ne pensaient qu'à se battre. Une rumeur prétend qu'une fois, alors que les soldats du roi étaient occupés à défendre Klamtra qui était attaqué en masse par les Loups noirs, ces derniers auraient fait une double attaque et aurait essayé de piller Tardor. Les Loups noirs auraient ensuite choisi la retraite, voyant que la population était beaucoup trop violente et qu'ils étaient trop pauvres, de toute façon. Le chef de cet endroit était à l'image du village. Il se nommait Keletor, un barbare demi-orque dans la quarantaine mesurant 7 pieds. Peu de gens le savaient, mais les mi-orques, mi-humain étaient en général beaucoup moins agressifs et dangereux que les orques pures. Beaucoup se mêlaient aux humains, et c'était le cas de Keletor, qui était un vétéran et un vieil ami du roi, tout comme Mantor. Ses passions étaient le combat et l'alcool. C'était d'ailleurs le propriétaire de l'auberge de Tardor. C'était un homme très sympathique et blagueur avec ceux qui venaient en ami. On raconte qu'il aurait provoqué chacun des autres chefs en duel et qu'il avait gagné assez facilement.

Il aurait même tué l'ancien chef du village à l'est du sien, sans le faire exprès, disait-il.

Étant pourtant saoul mort la plupart du temps, il avait toujours été fidèle au roi et s'était toujours battu férocement contre les Loups noirs, ayant même tué Desastros, le chef du clan. Cependant, les rumeurs racontaient qu'un dénommé Razor, le fils de celui-ci, aurait repris les rênes et qu'il serait encore plus dangereux que son père.

Le quatrième était Philus, dirigé Léon, le fils de Merronus. Si pour Merronus le concept d'honneur et de fierté est important, pour Léon c'est tout le contraire. Bien qu'il était respecté par une partie de l'île, la majorité le considérait comme un gros fainéant qui ne faisait que manger. On racontait qu'il se serait fait battre par un vieil homme il y a un moment.

La décision du roi de mettre en place son fils paresseux comme chef de Philus avait souvent été la cause de nombreuses objections, puisqu'il fallait que le chef soit fort ainsi qu'imposant, ce que Léon n'était pas. Cependant, le roi pensait que donner de grandes responsabilités à son fils le changerait, et qu'il n'y avait pas vraiment beaucoup d'autres candidats possibles pour ce poste ces temps-ci, de toute façon. Au moins, au tournoi de deux contre deux cette année, l'équipe qu'il avait formée s'était rendue en demi-finale.

Le cinquième village était Mallas, un endroit où on entendait toujours de la musique. Les villageois fêtaient beaucoup, sans trop exagérer comme ceux de Tardor, qui se tuaient parfois pour une simple bière. La chef est Nirelle, la seule femme de l'histoire ayant été chef de village d'Overa.

Fille de Clectus, elle avait été recommandée au roi par son père. Morrenus l'avait rapidement accepté. Nirelle était une barde: une combattante utilisant de la magie étrange crée par la musique.

Son instrument était la harpe. La chef de Mallas était connue pour être une jeune femme blonde très séduisante, mais toujours très sérieuse. Son village n'avait jamais encore été attaqué par les Loups noirs, mais elle avait déjà montré ce dont elle était capable en remettant de l'ordre face à certains faiseurs de troubles venant de Tardor.

Le sixième et dernier était Phillemus. À ce village, il y avait beaucoup de pêcheurs, et c'était à cet endroit qu'on pouvait retrouver le seul port d'Overa. Le commerce avec Marbridge et Milana passait souvent par Phillemus. Le chef nommé Zirus et son charisme facilitait les bonnes relations entre Overa et les îles voisines. Zirus était un rogue: une sorte de combattant préférant utiliser la vitesse et la dextérité plutôt que la force, pour toucher les points sensibles du corps de ses ennemis.

Il possédait une rapière: une épée mince pour percer ses victimes. Zirus était connu pour être un ami de Keletor, pour jouer constamment aux cartes en pariant de l'argent, ainsi que pour fumer la pipe sans arrêt. Les attaques commises par les Loups noirs sur Phillemus n'avaient jamais été très destructrices puisque Zirus avait toujours bien défendu son village.

Les rumeurs disaient que, étant donné que la majorité des Loups noirs étaient des rogues, Zirus faisait partie du clan d'assassin autrefois, et que bien connaître leurs stratégies d'attaques était la seule explication pour ses victoires éclatantes contre les ennemis d'Overa.

Cependant, ça n'avait jamais été prouvé, et comme le roi, considéré comme intelligent, lui faisait confiance depuis toujours, le peuple d'Overa ne s'était jamais vraiment plaint de Zirus.

PREMIÈRE PARTIE

Chapitre 1: La lettre

Un mélange de colère et de désespoir pouvait être observé dans le regard du roi. Il était presque sûr de son coup, cette fois-ci... Il déambulait en rond en réfléchissant, puis se tourna vers Mantor.

— Vraiment? Vous n'avez vraiment rien trouvé dans cette forêt? Pas un seul indice?

Le vieux mage regarda son roi en lâchant un léger soupir, n'aimant pas se répéter. En observant les murs gris du château d'un blanc clair, il répondit:

— Non, nous avons même creusé un peu, pour en être sûr, mais pas la moindre trace des Loups noirs.

— Dommage, cela aurait été une très bonne nouvelle avant la finale du tournoi. Cette lettre que j'ai reçue... Celui qui l'a écrit avait l'air sincère... Peut-être qu'ils sont partis de leur base pour aller en construire une autre ailleurs? demanda le roi, en cherchant encore un espoir dans toute cette histoire.

— Il n'y avait pas signe ni de Loups noirs ni de base; ce n'était qu'une forêt, et nous n'avons rien fait d'autre que faire peur à quelques animaux. D'après moi, cette lettre venait peut-être même d'un Loup noir, juste pour nous humilier en nous faisant chercher au mauvais endroit.

Le roi, pris d'une colère soudaine, frappa la table. La bouteille de vin tomba par terre. Mantor fut assez étonné de voir son ami se comporter d'une telle manière, étant habitué de le voir toujours calme. Morrenus laissa sortir ce qu'il avait envie de crier.

— Soixante ans que ces Loups noirs existent, et soixante ans qu'on ne trouve pas leur sale cachette! Mon père me disait que ce groupe ignoble avait été fondé par un alchimiste! Nous n'avons pas été capables de retrouver un alchimiste et ses amis!

Le roi regarda la statue de son père, à côté de son trône. Le vieux magicien lui tapa un peu l'épaule, en signe d'amitié.

— Voyon, Morrenus, tu le sais bien que cet alchimiste dont tu parles a été tué par ce barbare, Kel quelque chose...

— Keletor. Tu pourrais au moins te rappeler de son nom; c'est le chef du village à côté du tien. Mais bon... C'est vrai, il a été tué. C'est son fils, maintenant, qui a le contrôle, si je me fie aux rumeurs...

— Des rumeurs, comme tu dis. On ne peut pas s'y fier. Ce sont probablement les paroles d'un homme ayant trop bu, marmonna Mantor.

— Il faut bien quelqu'un pour diriger tout cela, voyons. Leur groupe est trop organisé; il y a sûrement un chef.

— Ce qui est sûr, c'est qu'ils ont encore plein de potions d'invisibilités. Je ne sais pas combien Desastros en a fait dans le temps, mais ils en ont encore des tas.

Mantor se frotta un peu le front et afficha un drôle de regard: comme si ce qu'il allait dire, il ne le croyait pas lui-même.

— Desastros était un fou, je n'arrive toujours pas à comprendre comment il a fait pour en produire autant. Normalement, au moins une journée de préparation doit être réservée pour faire une telle potion. Et là, combien on m'avait dit déjà... dix milles?

— Les potions d'invisibilités, oui... Ça leur est très pratique, à ces sales loups. Ils peuvent allez où ils veulent comme bon leur semble!

Le roi se gratta un peu la tête... Ayant l'air fatigué, il prit la bouteille de vin pour se servir un verre avec ce qui restait à l'intérieur. Il observa ensuite son ami. Toujours avec ce vieux costume blanc et cette grosse barbe grise qu'il semble avoir depuis toujours. Il demanda ensuite:

— Mais dès que quelqu'un d'invisible commet un acte agressif comme un coup de poing, il devient automatique visible, c'est bien ça?

— Oui. Desastros était doué, mais pas au point de créer des potions qui permettent de rester invisible sans arrêt. Il faut de très puissants mages pour cela, et il n'y a pas de telles personnes sur l'île.

— Eh bien, au moins ça de bon. Et toujours pas de nouvelles du Trio? Ils ont quand même presque rasé Philus à eux seuls; il faut s'informer.

— On n'en a pas vraiment entendu parler depuis deux ou trois années; peut-être qu'ils sont morts. Peut-être que Keletor les a tués; il ne nous dit jamais rien!

— Voyons vieil ami, écoute...

— Non, toi tu écoutes! Ce vieux barbare répugnant avait tué Desastros en personne et il nous le dit qu'un mois après! Un mois!

— Eh bien, c'est un excentrique, mais il a toujours été fiable jusqu'à maintenant! Il m'a même sauvé la vie, une fois!

Le vieux mage reprit ensuite son calme. Ce n'était pas le lieu ni le moment pour se mettre en colère.

— Bon, bon, bon... C'est vrai, il faut regarder les bons côtés, mais tu devrais passer à son village un jour! Il est affreux et mal entretenu, et en plus toute cette puanteur d'alcool...

— Vieille fripouille! Je ne peux pas être partout à la fois, et puis il y a le tournoi, pour le moment. Je ne suis pas allé à Tardor depuis un moment, mais à ce qu'on m'a dit, Keletor défend très bien les villageois.

— Oui... Il défend très bien ses bières surtout, soupira le vieux mage.

— Écoute, Keletor a quand même vengé mon père en tuant Desastros et je suis sûr qu'il a beaucoup ralenti les Loups noirs, alors que tu le veux ou non, vous êtes dans le même camp tous les deux.

— Je sais, j'aimais beaucoup Phillarius aussi, et sa mort fut bien triste. C'était un bon roi, mais il y aurait sûrement un meilleur candidat pour mieux entretenir Tardor qu'un orque!

— Demi-orque... Et ne fais pas ton raciste!

Le roi commençait à devenir de meilleure humeur, il riait presque. Mantor également. Ces deux personnages étaient presque toujours sérieux en temps normal, sauf lorsqu'ils étaient ensemble.

— Bon, bon, gardons le moral, mon vieux, c'est le tournoi.

— Si tu crois me toucher en me traitant de vieux sans arrêt, tu sauras que c'est surtout un compliment pour un mage. Plus on est vieux, plus la connaissance en magie augmente. Ton Keletor, comment va-t-il se défendre à 80 ans lorsqu'il sera plus capable de se tenir debout?

— Encore Keletor! Eh bien, es-tu encore fâché après qu'il t'ait assommé d'un seul coup pendant le combat des chefs?

— Morrenus...

Le roi éclata de rire, mais, voyant que son compagnon ne faisait pas de même, il s'arrêta aussitôt.

— En tout cas, moi j'y vais, mes deux disciples sont en demi-finale, il faut que j'aille les voir. J'ai rendez-vous à Philas dans peu de temps.

Le roi, voulant faire oublier le rire moqueur à Mantor, contina rapidement la conversation:

— Ah oui, contre les deux gars, Sketon et l'autre avec son chapeau. C'est qui, déjà, ces deux-là?

— Skelèton et Klatou. Ça m'a l'air de deux idiots; je ne sais pas comment ils se sont rendus en demi-finale, mais mes disciples vont les écraser, sois-en sûr!

— Je n'en doute pas, mon ami, après quatre années de victoires!

Le mage resta silencieux quelques moments. S'il y avait une chose dont il pouvait être fier, c'était bien de ses deux apprentis.

— Hahaha Skelèton et Klatou, hein? poursuivit le roi. Ce sont vraiment les noms les plus ridicules que je n'ai jamais entendus! Enfin, il ne faut pas les juger juste pour ça, mais quand même, ça bat même le nom de l'auteur de cette lettre, Romar, Zomar... Enfin je ne sais plus c'est quoi, mais il était assez étrange aussi.

— Eh bien, tu sauras que Morrenus ce n'est pas si fameux non plus. C'est le même nom qu'un nécromancien cruel sur Milana, si je me rappelle bien, dit Mantor sur un ton moqueur.

— Oui, on ne choisit pas nos noms, n'est-ce pas?

— Dis-moi, Machenko et Herkius sont-ils encore dans le tournoi, cette année? demanda le roi, pour changer de sujet, devant de plus en plus bavard grâce au vin. Ils amusent souvent la foule!

— Herkius est mort, il s'est coupé les jambes devant ses adversaires pour les intimider... Ils sont fous ces deux alcooliques. Machenko est toujours là si je me rappelle bien. Je ne sais pas avec qui il fait équipe, mais je crois qu'il est contre deux hommes habitant Tardor.

Le vieux mage s'étira un peu; il avait fait long voyage.

— Enfin, si tu veux observer un combat, observe plutôt celui de Miguel et Silania! Il sera sûrement bien meilleur! lança Mantor avec fierté.

— Je reste ici pour observer la finale seulement, tu le sais bien! Enfin, je ne te retiens pas plus longtemps; je sais que tu as beaucoup à faire. Bonne route!

Mantor salua son ami et sortit de la salle en se dirigeant vers la sortie du château.

Quelques soldats lui dirent bonjour, mais le vieux mage ne répondait pas. Il pensait à toute sorte de choses en même temps, comme ce damné Keletor, le tournoi, la planque des Loups noirs qui est impossible à trouver. Auraient-ils trouvé un moyen de rendre toute leur base invisible? Non, impossible... Une telle chose est impossible, et puis on entendrait des sons, tout de même, en marchant à proximité.

Rendu assez loin du château, il regarda le paysage. Il n'y avait pas beaucoup d'arbres et comme partout sur Overa, la plaine monopolisait le décor, avec un sol rocheux.

— Bon... Je me suis promis de ne plus utiliser de magie sauf en cas de problèmes, mais là…

Le mage mit sa main en haut de son front en se cachant du soleil, pour essayer de voir Philas de loin, puis rabaissa sa main en soupirant.

— Voyons, le village est encore beaucoup trop loin, je ne peux pas le voir d'ici.

Mantor se redressa un peu, ayant mal au dos.

— Ah et puis zut, marmonna le vieil homme.

Le mage commença à faire d'étranges mouvements avec ses mains en prononçant des paroles de magie. Un cheval apparu brusquement, sortant d'une étrange lueur jaune.

— Pas question d'y aller à pied!

Le mage ainsi que son nouveau compagnon se mirent en route. L'autre match de demi-finale ne l'intéressait pas; il voulait contempler ses deux disciples.

Ses deux élèves, qui n'avaient jamais perdu encore. Peut-être était-il un bon professeur, après tout… se disait-il. Quant à ces Loups noirs, il avait peut-être trouvé une solution. Il avait mis au point un pouvoir magique capable de détecter toute force maléfique et mauvaise sur des kilomètres. Il pensa qu'il allait sûrement détecter Keletor, et se mit à rire un peu. Si le sort marchait, les Loups noirs seraient découverts, et il suffirait d'y envoyer l'armée pour les détruire. Il n'en avait pas parlé à Morrenus pour lui en faire la surprise si son plan s'avérait efficace.

— Mais comment peuvent-ils être aussi bien cachés... Ils n'ont pas de pouvoir magique, hormis leurs invisibilités. Un sort qui nous fait perdre la mémoire lorsqu'on passe à proximité? Non... Les Loups noirs ont toujours détesté la magie en général... Ce n'est pas pour rien que la majorité du temps, ils attaquent Klamtra...

Le mage avait déjà eu affaire à Desastros. Le roi d'Overa avait tendu un piège à celui-ci, faisant transporter une importante somme d'or par peu de soldats vers Phillemus. Mantor l'avait vu; Desastros était juste devant lui. C'était un grand homme, avec un oeil détruit, les cheveux bruns très sales. Il avait une épée noire géante.

Assez costaud, il avait un air baveux, surtout lorsqu'il aperçut le chariot plein d'or protégé par trois soldats seulement. Mais Mantor l'attendait; il était caché derrière un énorme rocher avec vingt soldats ainsi que quatre de ses apprentis mages les plus doués. Mantor avait même jeté un sort pour que le son fait par les respirations et les bruits de pas des soldats deviennent impossibles à entendre.

Le chef des assassins, qui n'avait que six rogues[1] avec lui, n'avait aucune chance. Tout a changé lorsque Desastros se tourna vers Mantor et le regarda dans les yeux en s'écriant: "Je ne suis pas si stupide, vieille pourriture!"

Deux secondes à peine étaient passées puis quarante Loups noirs apparaissent de nulle part, attaquant les soldats. Les ennemis étaient pour la plupart juste derrière le groupe de Mantor. C'était une défaite totale. Seuls Mantor et quatre soldats ont pu échapper à la mort en se sauvant de justesse. Mantor aurait voulu en finir lui-même avec le chef des voleurs, mais ce n'était qu'un sale barbare, Keletor, qui l'avait tué, sans donner vraiment d'information. Mantor se rappelle mot pour mot ce que Keletor avait dit, avec son langage affreusement mauvais, lorsqu'il avait annoncé la nouvelle: "Ouais j'lai tué là. Desas machin? C'est ce nom qu'il avait dit avant que je lui tranche la tête. Y'a pas de quoi se vanter, les gars, sérieusement...". Si facilement il avait tué le chef des Loups noirs. Qui était réellement ce barbare?

En chassant cette mémoire de sa tête, Mantor continua sa route.

Morrenus, qui avait aperçu Mantor de sa fenêtre, se mit à rire, puis se dit:

---

[1] Assassins et/ou voleurs qui utilisent l'agilité pour combattre, souvent munis d'armes légères comme des rapières ou des dagues.

— Sacré Mantor! Tu ne vas pas utiliser ta magie sauf en cas d'urgence, hein!

Puis il prit la fameuse lettre de nouveau pour la relire. Il but ensuite le restant de son vin.

— Rozar, ah, c'était ça le nom. Pas très commun, mais enfin...

Morrenus regretta d'avoir eu autant d'espoirs si facilement de trouver les Loups noirs, lui qui avait connu tant d'échecs en tentant de retrouver leur repère.

— Eh bien, mon cher Rozar, merci pour la lettre, mais il n'y avait pas de base dans cette forêt. Si je te trouve, j'ai bien envie de te poser quelques questions. En passant, tu as un drôle de nom.

Il se prit une autre bouteille pour se servir un autre verre. Il s'assit dans son trône tout en relaxant. La journée avait été assez rude.

Ensuite, il regarda le dos de la feuille. Il y avait un petit dessin. Aussi minuscule qu'il était, on pouvait voir que c'était une image d'un loup qui semblait rire. Puis le roi se rendit compte de ce que donnait Rozar à l'envers.

Morrenus serra la feuille dans sa main.

*

Message du roi pour tout le peuple d'Overa

Bonjour chers amis et amies,

Je suis bien content que le tournoi en un contre un se soit si bien déroulé. Je tiens à rappeler, pour ceux qui n'ont pas pu y assister, que c'est encore une fois Torranius qui a été le vainqueur, pour une deuxième fois consécutive. Nous avons eu beaucoup de plaisir en accueillant plusieurs centaines de personnes venant de Marbridge - et même quelques personnes venant de Milana ont bien voulu faire le voyage pour assister au tournoi. Nous avons l'honneur d'avoir encore plus de visiteurs pour le tournoi de deux contre deux actuel.

Je vous rappelle que nous sommes maintenant rendus en demi-finale, et que la finale se déroulera à mon château dans la grande salle. Les six chefs des villages y assisteront également. Ne vous inquiétez pas pour la sécurité des villages, car j'ai moi-même engagé beaucoup de soldats venant de Marbridge pour que la paix continue de régner pendant que le tournoi se déroule.

Je vous annonce également qu'il y aura un changement amusant pour la finale. Ce sera en fait un quatre contre quatre! En effet, les deux équipes gagnantes de Philas et Tardor feront équipe contre l'équipe gagnante du village Mallas.

Deux de mes meilleurs soldats feront équipe avec les deux victorieux de Mallas; cela risque d'être un combat que l'on n'oubliera pas de si tôt. Vous trouverez d'ailleurs en bas de ce message les membres du tournoi participant à la demi-finale.

J'aimerais également que les villageois de Tardor, cette fois, fêtent avec modération, pour éviter d'avoir les mêmes problèmes que l'année dernière.

Sur ce, je vous souhaite de grandement vous amuser au tournoi!

Morrenus

Demi-finale du tournoi en deux contre deux

Skelèton et Klatou contre Miguel et Silania, se déroulera à Philas.

Léon et Machenko contre Voknul et Desmothe, se déroulera à Tardor.

Merlock et Joanus contre Terrim et Hyaro, se déroulera à Mallas.

Chapitre 2: Les invaincus

C'était une belle journée dans le village de Philas. La population était un peu plus agitée que d'habitude, car la demi-finale du tournoi allait se dérouler dans le village, dans environ une heure. C'était bien rare que des villageois de Philas se rendaient si loin dans un tournoi. En effet, bien que Philas avait pour chef un puissant paladin, le village n'était pas réputé pour avoir des combattants bien forts. On se demandait toujours comment les deux excentriques du village avaient réussi à se rendre à ce niveau, mais on était bien content, même fiers de ces derniers. Malheureusement, le moral diminuait lorsqu'on pensait que les deux adversaires, Miguel et Silania; deux disciples de Mantor; étaient les grands gagnants depuis plusieurs années consécutives.

Tout le monde se préparait déjà pour se diriger vers l'arène de Philus. Cette arène était bien entretenue, comme toutes les maisons du village. Les villageois avaient une certaine fierté à garder leur habitation propre et solide. Il n'y avait qu'une seule maison qui était tout le contraire des autres. Elle était incroyablement sale, à moitié détruite, et elle puait comme si on laissait les animaux faire leur besoin à cet endroit précis depuis toujours. Mais que les gens le voulaient ou non, c'était bien dans cette maison que les deux semi-finalistes, Skelèton et Klatou, résidaient.

Clectus, le chef du village, cogna à leur porte.

— Vous êtes là? demanda le paladin.

Le chef de Philas cogna à nouveau, puis finit par se lasser et ouvra la porte, en remarquant qu'elle n'était pas barrée, comme d'habitude.

La maison semblait être encore pire que la dernière fois où il y avait mis les pieds. La saleté se voyait et se sentait, et on se demandait presque qui était vraiment les propriétaires de cette demeure: Skelèton et Klatou, ou les centaines d'insectes qu'il y avait.

Comme toujours, il n'y avait que ce vieux bureau et ce lit, presque complètement détruit. Klatou y était allongé, mais venait de se réveiller en entendant Clectus. Klatou était un étrange personnage. Il avait toujours cette énorme armure en métal qui semblait doubler son poids.

D'ailleurs, d'après ce que le paladin voyait, il semblait même dormir en la portant! Il avait également toujours son vieux chapeau brun des plus bizarres qui couvrait ses cheveux bruns courts, ainsi que son brin de blé qu'il avait dans la bouche sans arrêt.

Bien que c'était un type bizarre et plutôt silencieux, la rumeur prétendait que Klatou était un clerc[2] assez doué, avec des pouvoirs magiques de guérisons respectables.

Son équipier dormait profondément par terre. Skelèton était le contraire de Klatou en apparence. Il n'avait pas d'armure et était extrêmement maigre.

Ses cheveux longs étaient si sales qu'on pouvait les comparer au bout d'un vieux balai ayant servi des années entières. Il avait encore son arme, que beaucoup jugeaient comme ridicule.

---

[2] Combattants capables de guérir les autres ainsi qu'eux-mêmes.

C'était un nunchaku: deux espèces de bâtons de bois solides reliés avec une chaîne en métal. Skelèton était une personne naïve et souvent ridiculisée par la plupart. Il avait dans les vingt ans, tout comme Klatou. Il adorait les chups; sortes de pains croustillants qui se faisaient sur Overa. Il en mangeait sans arrêt.

— Eh bien, vous deux! s'écria Clectus sans vraiment être en colère. Vous devriez vite vous lever! La demi-finale est dans peu de temps; je vous rappelle que vous y participez!

Skelèton se leva, bailla un peu puis se rendit compte qu'il y avait quelqu'un dans sa maison.

— Ohé! Clectus! lança-t-il, avec sa voix d'un ton si innocent, comme à l'habitude.
— Un tournoi? Ah oui, c'est vrai! marmonna Klatou.

Clectus soupira légèrement. Bien qu'il aimait bien Klatou et Skelèton, les trouvant amusants, il était actuellement surtout nerveux à cause du tournoi. Il fallait qu'il s'arrange pour que les deux participants de son village soient à l'heure, tout de même!
Sinon quelle honte ça serait. Il imagina ensuite la scène devant les organisateurs... "Pardonnez-moi... Skelèton et Klatou étaient bien là, mais ils ont oublié qu'il y avait la demi-finale, vous savez.. et..."

Le paladin chassa cette mauvaise image de son esprit, puis il tenta de ramener les deux combattants à l'ordre.

— Oui, un tournoi! Je vous conseille de vous préparer; vos deux adversaires arrivent dans peu de temps! Il faut être en forme, tout de même!

Mais Clectus remarqua qu'aucun d'eux n'écoutait vraiment. Klatou semblait bien placer son chapeau sur sa tête, pendant que Skelèton jouait une musique joyeuse avec sa guitare, la seule qu'il connaissait. Clectus, ainsi que les autres villageois, ne savaient pas grand-chose sur ces deux personnes étranges, mais on racontait que Skelèton était un Nexicain. Bien que tout le monde connaissait ce mot, personne ne savait vraiment où l'île Nexique se trouvait.

La plupart du temps, on parlait d'une petite île où tous les habitants ne faisaient que fêter et jouer de la musique. Ils auraient tous un drôle d'accent, racontait-on. Comme Skelèton, d'ailleurs.

— Qui sont nos adversaires, au fait? demanda Klatou.
— Miguel et Silania, les deux disciples de Mantor, je vous l'ai dit hier!
— Connais pas... Ils sont forts?
— Eh bien, ils ont gagné trois ou quatre fois en ligne, je pense!
— Chups? demanda Skelèton, souriant, en tendant la main vers le paladin.

Skelèton savait bien que Clectus était gentil et que ce dernier lui donnait ces bons petits morceaux de pain assez régulièrement. D'ailleurs, Clectus soupçonnait que Skelèton se rappelait de lui que pour cette raison.

Le paladin sorti de sa poche plusieurs chups et les tendit vers Skelèton, qui, fou de joie, les prit sans perdre de temps.

"Mon Dieu, comment ces deux comiques ont pu se rendre si loin dans le tournoi?" se demanda Clectus.

Une image le frappa, cependant, pour lui rappeler que dans le dernier combat de Skelèton, ce dernier se débrouillait tout de même assez bien. Alors que c'était un grand naïf et que tous disaient qu'il ne ferait pas de mal à une mouche, ce petit gaillard savait le battre. Et Klatou ne perdait jamais de temps; il guérissait les blessures de Skelèton avec sa magie de clerc. Mais avaient-ils vraiment une chance contre les deux élèves de Mantor? *"Probablement pas. Enfin, espérerons qu'ils leur donneront quand même de la difficulté."*

Skelèton était une sorte de moine raté. Il se battait d'une façon assez spéciale, un peu en "acrobate". Mais il était quelques fois assez peureux devant le danger.

Cependant, lorsque son meilleur ami Klatou était agressé, il avait le courage de cent hommes.

— Bon, je dois y aller, mais dépêchez-vous: le combat commence bientôt! dit Clectus.

Le paladin prit la porte, mais en remarquant que le moine semblait le regarder avec la tête d'un homme qui ne comprend rien, il s'arrêta pour lui expliquer plus simplement, de façon à ce qu'il comprenne.

— Skelèton, tu auras autant de chups que tu veux si tu bats les deux mages!
— Ohé! D'accord! On va les battre! cria Skelèton avec son accent.
— Ouais on va gagner! Pas d'inquiétude! dit Klatou.

Le chef du village sourit. Plus confiant, il fit un signe d'au revoir à ses deux villageois, puis s'en alla.

Skelèton tapa l'épaule de son ami pour lui demander ce qu'il fallait faire, car il avait oublié.

— Je me rappelle des chups, mais qu'est-ce que Clectus voulait, déjà?

— Il faut battre des mages! s'écria Klatou sans colère, car qui pouvait être plus habitué à la simplicité d'esprit de Skelèton qu'un homme qui était constamment à ses côtés comme lui?

— Ohé! On y va?

Le clerc prit son espèce de bâton avec un bout piquant; une sorte d'arme qu'il traînait avec lui depuis toujours.

— Allons-y!

Les deux hommes sortirent de leur demeure. Généralement, deux personnes dites "normales" devraient être contentes de respirer de l'air frais à l'extérieur de cette maison pourrie, mais Klatou et Skelèton étaient tellement habitués qu'ils ne s'en rendirent pas vraiment compte. Le moine, de bonne humeur comme d'habitude, mangea le restant de ses chups et observa autour de lui.

Beaucoup le fixaient lui ainsi que son ami, parfois avec un étrange regard, car il fallait l'admettre, ils avaient une apparence assez spéciale comparée à la moyenne des gens du village, qui s'habillaient d'une façon propre. Mais la plupart avaient bon coeur et les encourageaient déjà, juste en les voyant.

Skelèton sortit un poulet vivant de sa poche; son vieux compagnon qu'il gardait depuis toujours. Cet animal ne faisait qu'augmenter l'excentricité du Nexicain. Il s'amusa un peu avec, lui parlant comme s'il parlait à un autre homme, en lui précisant qu'il aura à manger bientôt.

Les deux hommes observèrent le petit village: toutes les maisons étaient très jolies en comparaison à la leur, même si eux-mêmes ne s'en rendaient pas vraiment compte. Klatou remarqua l'arène de Philas qui était remplie de villageois, qui attendaient, impatients.

— C'est là qu'il faut aller, Skelèton! dit le clerc en mordillant son brin de blé. Je ne me rappelle pu trop comment on est entrés dans ce tournoi, mais il y a peut-être une récompense si on gagne!

— Ohé, Klatou! Je suis prêt! dit Skelèton, toujours prêt à suivre son ami.

Le terme "Ohé" que le moine disait sans arrêt, ne voulait pas dire grand-chose pour les autres; probablement qu'il en était de même pour Skelèton. Cependant, Klatou savait que c'était en général pour montrer que son ami Nexicain était joyeux et de bonne humeur.

Malheureusement, il n'allait pas rester si content pendant longtemps, car trois hommes arrivèrent dans sa direction, avec des visages moqueurs. Le premier était de forte taille, chauve, petit, et il faisait de drôles de sons avec sa bouche.

Le deuxième avait un oeil de pirate, et il fut celui que Skelèton reconnut. Il était assez gros, également. Quant au troisième; qui ne pouvait pas remarquer un homme de plus de sept pieds dont les bras musclés étaient deux fois plus gros que sa tête?

— Les trois gros! cria Skelèton, qui tenait encore quelques chups dans sa main gauche.
— Eh bien eh bien eh bien, Skelèton... Qu'est-ce que je vois dans ta main? demanda l'homme à l'oeil de pirate.

Ces trois individus, dont Skelèton ignorait les noms, ainsi que Klatou d'ailleurs, riaient et insultaient sans cesse le pauvre moine, ce qui donnait régulièrement des situations semblables à un petit élève qui se ferait déranger par un grand dans une école.

Le chauve regarda Skelèton intensément en marmonnant des mots étranges sans arrêter, qui ressemblaient à "Poum chi poum chi poum chi...".

Cet homme semblait être le plus dérangé des trois. Mais le Nexicain savait que l'oeil de pirate était le plus méchant du groupe. Ce dernier frappa la main de Skelèton, ce qui eut comme résultat quelques morceaux de chups par terre. Le gros homme, un peu plus âgé que Skelèton, écrasa ensuite la nourriture du pauvre moine avec ses pieds.

— Qu'est qui se passe Skelèton? Tu va pleurer c'est ça? Tu me disais pas que tu voulais devenir un brave aventurier, l'autre fois? Un aventurier ne pleure pas, imbécile! cria le bourreau du moine en riant.

— Pas aventurier! Grand combattant d'un tournoi! répliqua Skelèton.

— Hahahaha tu es un minable!

— Hey ho les gars, on se calme! On nous attend à côté! s'interposa Klatou, en observant les parages pour voir si par chance Clectus était dans le coin.

Mais le clerc, qui pourtant pesait beaucoup à cause de son armure, se fit prendre par-derrière par le géant pour ensuite être levé à la hauteur de la tête de ce dernier.

— On se calme, le malade! cria Klatou.

Puis le géant, tout en grognant, se mit à tourner sur lui-même avec Klatou au bout de ses bras. Skelèton essaya de l'arrêter, mais il reçut une bonne gauche du gros à l'oeil de pirate, ce qui le fit tomber par terre. Il vit ses morceaux de pain écrasés à ses côtés, ce qui le rendit fou de rage.

— Mes chups! cria le moine en assommant le faiseur de bruits bizarres avec son poing presque instantanément. Puis il engagea le combat contre l'autre écraseur de nourriture, tout en conservant sa colère, qui n'était pas si intimidante compte tenu de sa maigreur.

Klatou, lui, donnait des coups de chapeau sur son agresseur en criant: "Mais lâche-moi! tu va me lâcher, oui?!"

Le moine évita habilement le coup de son adversaire qui tentait de l'assommer une fois pour toutes, lui donnant ensuite un coup de nunchaku en plein sur la tête. Quant au géant, qui ne faisait rien d'autre que d'étourdir son opposant, reçut un coup de pique du clerc en pleine épaule.

Les trois ennemis de Skelèton et Klatou, un peu ensanglantés, prirent la fuite en direction de la sortie du village. Personne n'avait aidé les deux participants du tournoi; ils étaient tous à l'arène, lasse d'attendre.

Skelèton retrouva sa bonne humeur en mangeant ce qui restait de ses chups par terre. Quant à Klatou, il se remontait le moral en se disant qu'au moins ils allaient être réchauffés avant le combat du tournoi.

Sans être vraiment trop amochés par le combat, les deux excentriques se dirigèrent vers l'arène de Philas. Il y avait beaucoup plus de monde dans le village que d'habitude. Beaucoup venaient sans doute des villages voisins, voire même des îles voisines. En voyant Skelèton rentrer dans l'arène, beaucoup l'acclamèrent, car ce petit moine était populaire. Bien qu'il était très naïf et que beaucoup le qualifiait "d'imbécile heureux", une grande partie des habitants trouvaient que Skelèton était la gentillesse même et qu'il était comme un bon enfant innocent.

Mais beaucoup d'autres personnes criaient le nom de Miguel et Milana, les deux personnes qui étaient devant Skelèton et Klatou.

La première personne de l'équipe était un jeune homme, habillé avec une sorte de toge dotée d'un capuchon rouge foncé. Pas de signe d'armure, car il était connu que toute forme de métal trop lourd limitait la puissance de la magie. Il semblait calme, et sûr de lui. C'était tout de même le vainqueur des tournois précédents, et l'assurance était là.

La deuxième était une jeune femme rousse, assez jolie. Le même genre de vêtement que son équipier, excepté la couleur, qui était bleue. Elle semblait rire du chapeau de Klatou, ce qui fâcha un peu son propriétaire. Aucun d'eux n'avait d'armes, à première vue.

À côté, on pouvait apercevoir Mantor, qui les observait avec toute son attention. C'était clair dans son regard: ses deux disciples n'allaient pas perdre contre deux idiots.

L'arène avait une forme ronde, entourée d'un grand mur. En haut, il y avait tous les spectateurs qui criaient et qui acclamaient leurs participants préférés. Il y avait aussi Clectus, avec son armure blanche et sa grande épée lumineuse, accompagné de soldats, pour observer le tournoi, mais aussi pour assurer la sécurité en cas d'attaques des Loups noirs.

Un soldat, plutôt grand comparé aux autres, se tenait en haut également, mais plus près de l'arène. Il s'écria:

— Bonjour à tous! Je vous souhaite la bienvenue à la demi-finale! Je vous rappelle que nous sommes très sévères avec les faiseurs de troubles et aussi avec ceux qui veulent s'interposer dans le combat! Vous êtes là pour observer, alors profitez-en!

Sans être nerveux le moins du monde, même devant une telle foule, il poursuivit:

— Pour ce qui est des participants, je vous souhaite bonne chance et je vous rappelle que vous pouvez abandonner quand vous le voulez...

Klatou observa que le juge parlait en regardant surtout Skelèton et lui-même.

— Vous pouvez abandonner... et si je juge que vous êtes trop en mauvais état, je peux vous faire sortir de l'arène moi-même! Le tournoi n'est pas fait pour qu'il y ait des morts!

Quelques personnes se mirent à rire en entendant cette phrase, mais la plupart regardaient les quatre participants avec attention.

— Vous êtes prêts?...

Le silence. Klatou ainsi que ses deux adversaires se regardèrent fixement. Quant au moine, il salua la foule en rigolant.
— Que le combat commence! cria le juge.

Le mage rouge, qui a eu le réflexe le plus rapide, mit ses mains sur le sol en marmonnant des paroles étranges, tout en fixant intensément ses deux adversaires. Klatou fonça vers lui, mais c'était trop tard, car un mur de flamme sorti de nulle part le bloqua.

Le mur de feu montait assez haut, et il séparait l'arène en deux moitiés, les deux adversaires chacun de leur côté. On ne pouvait pas vraiment sauter par dessus, mais il n'y avait pas d'autres chemins pour passer en direction des deux mages.

Parmi les paroles exclamées de la foule, on entendit quelques-unes qui étaient plus fortes que les autres:

— Le feu! Vous avez vu ce feu?!
— Saletés de mages! Vous faites toujours la même chose!
— Skelèton! Vas-y Skelèton! Un grand, ça!

Pendant que Klatou pensait à vitesse hyper rapide, Skelèton observa le feu en se demandant ce que c'était.

Puis, de la main de la jeune fille habillée en bleu, un étrange petit jet de glace entourée d'une lueur saphir en sortit pour se faire projeter à travers le mur pour ensuite s'écraser sur le visage de Klatou.

C'était petit, mais cette sorte de petite boule d'énergie glacée arrivait vite, et elle faisait mal. Klatou avait d'ailleurs le front ensanglanté.

Cette technique consistant à combiner feu et glace était devenue une combinaison assez populaire sur Overa, étant donné que Miguel et Silania étaient les vainqueurs depuis quatre ans. Miguel créait un mur de feu pour alimenter une défense efficace en empêchant tout ennemi de les approcher. Quant à Silania, elle lancerait des projectiles magiques glacés pour peu à peu faire tomber chaque adversaire.

Les gens ne se lassaient pas de revoir le même spectacle, car c'était toujours assez impressionnant. En général, les opposants de Silania et Miguel abandonnaient.

Klatou, qui ne savait plus quoi faire, évita de justesse un deuxième projectile de glace lancé par Silania. La fille habillée en bleu semblait vouloir finir Klatou avant Skelèton. On pouvait remarquer un léger sourire de la part de Mantor.

— Skelèton! Essaye de trouver un moyen pour passer le mur de feu pour les battre! Pleins de chups en échange! cria le clerc, à bout de nerfs.
— Chups?! répondit Skelèton, toujours fasciné par le feu.

Klatou évita une troisième boule de glace en courant vers Skelèton, mais un autre apparut presque instantanément, et il le reçut directement sur l'épaule.

Son armure avait grandement amorti le choc, heureusement. Le clerc remarqua que la rousse pouvait également tirer deux boules de glace en même temps avec ses deux mains.

Silania, qui riait tout en tenant encore ses deux bras levés en direction du clerc, demandait à ses deux adversaires s'ils ne voulaient pas abandonner. Quant à son allier, il avait toujours les mains occupées par terre, pour maintenir le mur de feu, qui ne diminuait pas d'un centimètre.

— Hey! Ne faites pas de mal à mon ami! cria Skelèton, en perdant toute sa bonne humeur.

Le moine fonça vers le feu pour ensuite faire un saut extrêmement haut. Ses pieds touchèrent à peine les flammes et il tomba en plein sur le mage de feu. Miguel semblait tellement étonné que quelqu'un réussit à passer sa défense qu'il resta immobilisé, ne sachant plus quoi faire. En perdant sa concentration, son mur de feu tomba également.

— Incroyable! cria un spectateur. Quel saut! Jamais vu ça!

— Vous avez vu ça? Vous avez bien vu?! cria un second.

— Impossible! Les mages doivent gagner! cria une troisième personne, qui semblait en colère.

Skelèton donna plusieurs bons coups de poing sur le visage de Miguel, qui finit par tomber, assommé. Skelèton ensuite leva les bras en criant, toujours assis sur sa victime. Silania semblait beaucoup moins sûre d'elle qu'au début du combat.

Elle se concentra maintenant sur Skelèton, qui semblait finalement être le plus dangereux. Klatou, quant à lui, mit ses deux mains sur son épaule, et une sorte de lueur jaune s'échappa de ses paumes. La foule vit que ses blessures se régénéraient, et qu'il guérissait à vue d'oeil.

Skelèton regarda la fille rousse, tout en sortant son nunchaku de sa poche. Mais quelque chose attira son attention: il reçut une assez grosse pierre en plein sur le front. En criant de douleur, il se retourna pour apercevoir dans la foule le gros à l'oeil de pirate, en compagnie de ses deux amis, qui riait en le fixant.

— T'es qu'un minable, Skelèton! cria le gros bonhomme le plus fort qu'il le pouvait.

— Tu es un méchant gros! Très méchant! répéta le moine sans cesse, d'un ton toujours aussi innocent, mais avec un léger soupçon de tristesse.

En remarquant que Silania se préparait à lancer une autre de ses boules d'énergie glacées vers son ami, Klatou fonça vers elle avec son pique, voyant que le mur de feu était presque complètement éteint.

Clectus n'en croyait pas ses yeux. Skelèton et Klatou avaient l'avantage sur leurs opposants. Mais il savait que Silania était la plus dangereuse des deux mages.

La jeune femme évita assez habilement le coup de pique de Klatou, puis recula derrière.

— Skelèton! Allez, on en termine avec cette rousse, elle m'énerve depuis tantôt! cria le clerc à son ami.

Skelèton accepta du regard et fonça vers Silania en criant et en tournant son nunchaku autour de lui-même, tentant d'impressionner quelques personnes en chemin. Mais avant qu'ils arrivent vers leur dernier adversaire, la jeune rousse se mit par terre, à quatre pattes comme un animal, et une espèce d'énergie repoussa le clerc et le moine, comme si une grosse explosion aurait eu lieu à côté.

Ensuite, une sorte d'immense lueur bleue entoura Silania, qui restait immobile. Un brouillard bleu épais entourait maintenant la jeune fille; on n'y voyait plus rien.

On entendit un bruit étrange, comme un bruit de vent très puissant qui venait de la lueur bleue. Pourtant, le temps était très calme aujourd'hui.

— Ohé Klatou! Qu'est-ce qu'on fait, il y a plus de fille, juste un étrange nuage bleu! demanda le moine, assez calme malgré ce qui se passait.

— Je sais pas trop...

La foule était si silencieuse qu'un aveugle aurait pensé que l'endroit était vide. Quant à Mantor, il était à bout de nerfs.

Tout était calme, jusqu'à ce qu'on entende une espèce de cri d'animal, ressemblant à un grognement. Tout de suite après le bruit, un tigre bleu sortit immédiatement de la lueur et fonça, la gueule ouverte, vers ses deux adversaires surpris.

L'animal ressemblait en tout point à un tigre, hormis qu'il était constitué de glace!

— Mais qu'est-ce que... marmonna Klatou.

Le tigre bleu fonça sur Skelèton et, après l'avoir mis à terre, mordit son épaule droite. Bien que ses dents ne semblaient être que de la glace, les morsures étaient très douloureuses. Klatou observa rapidement la lueur bleue d'où est sorti ce monstre, puis remarqua qu'elle s'était complètement dissoute. Il conclut que la fille s'était métamorphosée en tigre de glace. Il fonça sur la bête en donnant des coups de piques, tentant d'aider Skelèton, mais en vain. Les coups ne semblaient pas faire grand-chose, à part attirer l'attention de la créature vers Klatou.

— Sale bête! Reste donc tranquille! dit Klatou en la menaçant avec son pique qui pourtant ne faisait pas beaucoup d'effet pour l'instant.

— Touche pas à mon ami, méchant animal! cria le moine en fonçant avec autant de rage que tout à l'heure, malgré ses blessures relativement graves.

Skelèton et son ami Clerc se mirent à attaquer à deux la bête à coup de nunchaku et de pique, et peu à peu, on pouvait observer des craquements sur le corps de la bestiole. Les deux amis réussissaient à bien éviter les crocs de Silania version tigre, et peu à peu, à force de l'attaquer, l'animal glacial finit par tomber en morceaux. Une sorte de poussière bleue et des morceaux de glaçons étaient désormais tout ce qui restait de la fille magicienne.

— Victoire! cria Klatou.

— Ohé! cria le moine pour accompagner son ami dans ses cris victorieux.

Le juge, qui observait le combat avec autant d'attention que la foule, cria que le combat était terminé. Quelques soldats transportèrent Miguel, qui était encore en vie. Quant à Silania, il semblait qu'elle était morte en même temps que sa forme animale.

Mantor, fou de rage, quitta les lieux. Il poussa même plusieurs spectateurs sur son chemin. C'était la première défaite de son équipe, et l'un des deux membres avait péri.

La foule en général cria victoire en l'honneur de Skelèton et Klatou, et lançait plein de chups par terre dans l'arène, puisque la majorité des gens de Philas connaissait les goûts du moine. Ce dernier, d'ailleurs, qui semblait encore avoir plein d'énergie, fonça vers les morceaux de pain pour les manger jusqu'au dernier.

Pendant que son ami mangeait les chups sur le sol en rampant, Klatou le guérit avec ses pouvoirs de guérisons, car même si cela ne parut pas dans le regard et l'allure de Skelèton, il avait été mordu plusieurs fois par le tigre de glace. Il valait mieux ne pas prendre de risque.

— Bien joué! dit le juge, en regardant surtout Klatou, car il ne s'attendait pas à ce que le moine comprenne bien ce qu'il dise.

— Ben merci... répondit Klatou, qui ne semblait pas vraiment accorder trop d'importance à ce gros soldat.

— Vous trouverez vos deux équipiers à Tardor! cria le juge pour que le clerc l'entende bien malgré les cris de joie de la foule. Le combat ne s'est pas encore déroulé là-bas, mais vous serez avec les deux gagnants! Je vous conseille de partir le lendemain matin pour ne pas perdre trop de temps; leur combat devrait être terminé d'ici là.

— Des équipiers? Comment ça, des équipiers? demanda Klatou en souriant à la vue de Skelèton qui continuait de manger ses chups par terre.

— C'est un quatre contre quatre pour la finale cette année! Allez à Tardor. Le chef du village, Keletor, vous expliquera tout ça... C'est bon? demanda le juge, qui semblait être assez pressé de partir.

— Heu d'accord. On part demain. Dites, il y a-t-il une récompense si on gagne ce tournoi-là?

— Oui, mille pièces d'or pour toute l'équipe!

— Pas mal du tout! se dit Klatou, lui qui n'avait que 10 pièces d'or. Sachant que Skelèton était très pauvre également, cet or pourrait leur servir.

— Ok ben merci, juge! On va aller se reposer là. Allez viens, Skelèton!

— Chups? demanda son ami, qui venait de tout terminer.

— Quoi, tu as encore faim! Plus tard, allez viens, on va à la maison, tu joueras un peu de guitare.

— D'accord! dit Skelèton avec un enthousiasme à toute épreuve.

Les deux finalistes du tournoi se dirigèrent vers leur demeure. Leur popularité allait sûrement grandir de façon phénoménale étant donné qu'ils avaient battu les deux mages de Mantor, jamais vaincu auparavant.

Clectus, en les regardant partir, toujours encore un peu surpris de cette victoire inattendue, était assez fier de ses deux villageois. Il se demandait ensuite: "Si Skelèton n'avait pas passé le feu, ils n'auraient pas gagné... Personne n'avait jamais passé ni même osé essayer de passer ce fameux mur de feu, qui était pourtant la cause des victoires incessantes de Miguel et Silania.

Skelèton a pourtant passé le feu sans problème, sachant à peine ce que c'était."

Clectus contina de penser en observant le ciel.

"Eh bien, sans vouloir offusqué Skelèton, il semblerait que la stupidité et l'ignorance auraient vaincu les deux invaincus" se dit-il en riant.

Chapitre 3: La rencontre

Après une bonne nuit de sommeil, les deux finalistes, à l'aube, avaient pris la route vers l'est en direction de Tardor sans perdre de temps. Klatou avait acheté une carte d'Overa pour être sûr de ne pas se perdre en chemin. Selon les indications de Clectus, ils devaient voir un certain Keletor, demi-orqueque, qui serait probablement dans l'auberge du village. Skelèton et Klatou n'avaient encore jamais vu de demi-orques dans leur vie, ces derniers étant plutôt peu nombreux sur Overa.

Le chef de Philas avait prévenu ses deux nouveaux champions : Tardor est un endroit dangereux avec des habitants parfois violents et imprévisibles. Cependant, en prononçant ses avertissements, Clectus n'avait pas vraiment de crainte dans sa voix, il était conscient que le moine et son ami clerc savaient se débrouiller.

En chemin, Skelèton remarquait que Klatou était plus silencieux que d'habitude et qu'il répondait qu'à peine lorsque le moine lui parlait. Son ami était en fait en train d'étudier intensivement son énorme livre de clerc, car c'est de là surtout que venaient ses pouvoirs de guérisons grandissants. Skelèton, qui ne savait pas vraiment lire, ne comprenait jamais rien à ce qui était écrit dans ce gros bouquin.

En voyant que Klatou était plutôt occupé sur la route, il sortit son poulet de sa poche pour s'amuser avec, le lançant d'une main pour le rattraper dans l'autre.

Le poulet, habitué à son maître, n'avait pratiquement aucune peur.

Passant tout d'abord par Klamtra - car le village était sur le chemin de Tardor - le duo remarqua que cet endroit était très semblable à leur propre village. Les seules différences étaient en fait les habitants, qui étaient habillés d'une façon assez similaire aux deux adversaires qu'ils avaient vaincus, la journée d'avant. Les regards posés sur eux étaient également différents: ce n'était pas de la joie ni de la fierté cette fois, mais plutôt une sorte de haine et de dégoût.

Alors que Skelèton se demandait s'il avait fait quelque chose qu'il ne fallait pas, Klatou se dit plutôt que leur réaction était normale; ils voyaient passer ceux qui ont vaincu leurs grands champions.

Bien qu'ils n'avaient passé que quelques minutes à Klamtra, les deux finalistes remarquèrent tout de même quelques personnes qui faisaient de la magie assez simple, comme faire apparaître des fleurs, ou créer des boules de feu minimes pour les faire tourner en l'air. Impressionnant tout de même, mais rien de comparable au combat d'hier. Il n'y avait pas de signe de Mantor.

*

Cinq heures de route plus tard, une pancarte devant le duo, avec une inscription: *Tardor*.

Mais le regard de Skelèton et Klatou n'étaient pas portés sur cette pancarte, ni d'ailleurs sur la vingtaine de maisons tenant à peine debout, construites avec du bois pourri, qui ressemblait d'ailleurs à leur propre maison. C'était plutôt cette demeure, plus loin, qui était en feu. Ou plutôt, le fait que personne ne semblait y accorder la moindre importance.

Les quelques arbres qui s'y trouvaient semblaient morts depuis un moment. Pour la majorité des maisons, la porte était arrachée et le vomi sur les murs était assez dur à manquer. Les habitants semblaient beaucoup moins nombreux que Klamtra et Philas, mais beaucoup plus agités. Encore moins nombreux étaient ceux qui semblaient normaux. Car juste en arrivant, Klatou et Skelèton voyaient déjà au moins six bagarres, huit personnes blessées au sol, ainsi qu'une bonne trentaine de personnes qui s'envoyaient des injures, de toute leur force. "La bière au pouvoir!!", qui était la phrase qu'on entendait le mieux, venait d'un jeune homme qui criait comme si sa vie dépendait de la force de sa voix. Il regardait tout le monde, mais personne ne l'écoutait vraiment.

Leurs vêtements déchirés étaient en général aussi sales sinon plus que ceux de Skelèton. Les habitants ne semblaient pas s'être lavés depuis plusieurs semaines, voir des mois. Bref, la propreté n'avait pas l'air d'être dans les habitudes des gens d'ici.

La maison la plus grande du village était l'auberge, si on se fiait à ce qui était inscrit sur sa porte: *L'auberge la bière de la bière*. Skelèton, qui ne semblait pas vraiment nerveux mais plutôt curieux, regardait ce que les gens buvaient sans arrêt, à une vitesse assez incroyable.

Le clerc, lui, s'interrogeait encore s'ils ne devaient pas partir de cet endroit des plus étranges sans perdre une seconde.

La population du village, qui était pourtant deux fois moins nombreuse que Philas, était de loin plus bruyante. Bien que le duo était arrivé que depuis quelques minutes, les cris ennuyaient déjà Klatou au plus haut point. Il fit signe à son allié d'entrer dans l'auberge. Dernière chose qu'ils virent avant de pénétrer à l'intérieur de l'énorme maison, c'était cet homme, allongé par terre. De loin le plus bizarre de tous, il avait un casque de métal énorme, qui pouvait recouvrir deux têtes comme la sienne ainsi qu'une sorte de foulard vert qui recouvrait presque tout son visage. Il avait un bon nombre de chaînes partout autour de son corps, sur lesquelles étaient accrochés des dizaines de contenants de bières, la plupart vides.

Bien qu'il avait une de ses jambes coupées, il semblait être encore relativement en forme malgré les circonstances.

L'homme aux chaînes, manifestement saoul mort, s'adressa aux deux hommes:

— Hey pourquoi vous tournez comme ça? Non, mais pourquoi vous tournez comme ça?! Vous savez qui je suis? Le grand Machenko! Je vais participer à la demi-finale! Vous le savez? Alors, arrêtez de tourner!

— Tais-toi, fit un homme, qui passait par là. Tu l'as déjà perdu hier, la semi-finale, idiot! Va donc te soigner!

Klatou et son ami Nexicain n'avaient pas entendu le reste de la conversation; ils étaient déjà à l'intérieur de cette auberge. Les deux hommes n'avaient jamais pénétré dans une auberge de leur vie, mais le clerc pouvait être sûr que ce n'était pas toujours comme ça, habituellement. Les bières se faisaient lancer partout, plusieurs personnes se battaient à mains nues, d'autres étaient allongées par terre, probablement saouls morts comme l'autre de tout à l'heure... Aussi, bien qu'on ne pouvait pas en être sûr dans l'obscurité, on jurerait presque qu'il y avait des cadavres dans cette maison!

La majorité des gens étaient des jeunes hommes, mais on pouvait apercevoir une très vieille femme au comptoir, trop peu habillée, selon Klatou, ainsi qu'un vieillard qui semblait se vanter devant trois adolescents. Sans prévenir, une énorme silhouette s'approcha du duo. Par réflexe, Klatou sortit son arme.

L'énorme personne prit la parole:

— Ha! Des visiteurs! Messieurs, je suis le maître de la place! Les bières sont gratuites aujourd'hui et...

Ce n'est pas l'arme du clerc que l'individu observait, mais plutôt son chapeau. Il regarda ensuite Skelèton.

— Chapeau bizarre, homme aussi maigre que mon cure-dent... Hé, mais vous êtes les deux partenaires pour le tournoi, là! Hein, je suis fort je m'en rappelle!

Klatou, presque surpris, car il s'attendait carrément à être attaqué, préféra d'abord bien examiner l'homme devant lui avant de répondre.

D'ailleurs, était-ce un homme? Car il faisait au moins sept pieds de haut, avait des bras si musclés que ça en était inhumain...

Et ce visage, presque monstrueux, qui avait la peau de couleur brune. Était-ce un demi-orque? C'était fort possible.

— Keletor? marmonna enfin Klatou.

Skelèton, lui, regardait les gens, toujours curieux.

— Ouais c'est ben moé! répondit le chef de l'auberge, presque fier. Klatou et machin c'est ça? Vous allez faire équipe avec deux de mes gars! Le combat va être un quatre contre quatre, cette année! Le roi en a, de bonnes idées, des fois, hein?

Le gros demi-orque chauve semblait saoul comme toutes les autres personnes que le duo avait croisées dans ce village. Même si c'était la première fois qu'ils le voyaient, ils avaient la sensation qu'il était plus bavard que d'habitude.

— C'est à son château que va se dérouler la finale, au fait! Dans deux jours, si j'me rapelle bien! Ça va être génial!
— Heu d'accord, répondit le clerc. C'est qui, nos alliés? Sont-ils moins fous que... Enfin... Ils sont où?
— Ils sont juste là, au comptoir! dit Keletor en pointant du doigt deux personnes, trop dures à bien voir d'ici à cause de la fumée ainsi que tous les gens qu'il y avait.

— Voknul et hem... C'est quoi le nom de l'autre, déjà… Bah, on a qu'à l'appeler bière, tient! Voknul et bière sont là-bas! Maintenant désolé les gars, faut que je continue ma partie de cartes avec Zirus, un bon ami... Je vous laisse, et la bière est gratuite, hein?

Le demi-orque s'en alla vers une des tables qui tenaient encore debout. Un homme habillé en noir l'attendait, fumant sa pipe. Mais encore une fois, trop difficile de bien voir avec tout ce qui se passait ici.

On pouvait cependant remarquer, lorsque Keletor se retourna, l'énorme hache rouge qu'il avait d'accrochée sur son dos. Ce rouge était soit une espèce de peinture, soit du sang séché. Probablement les deux, en fait...

Curieux de voir ses nouveaux compagnons, Klatou fit signe à Skelèton, qui semblait être dans la lune, de le suivre jusqu'au comptoir.

— Vous savez, j'ai déjà tué deux dragons moi, je suis Carnage, ha! s'écria le vieil homme maintenant à proximité du clerc et du moine.
— Ah fou moi la paix, vieux débile! cria Klatou.

Le vieil homme partit en quête d'autres personnes à déranger avec ses exploits imaginaires. Klatou et le Nexicain pouvaient enfin arriver vers leurs deux nouveaux partenaires. Les deux seuls qu'il y avait maintenant au comptoir, d'ailleurs.

La première personne rassura un peu Klatou. Assez petit et maigre, il avait l'air à première vue plus normal que les autres. Son regard était composé de deux yeux verts tels des émeraudes. Il portait un manteau de tissu noir.

L'inconnu sourit en voyant le chapeau brun de Klatou. Au moins, il ne se battait pas et ne criait pas comme les autres, se dit le clerc. Skelèton, qui était demeuré silencieux depuis un bon moment, observa ce que le deuxième homme buvait.

Car il buvait trois bières en même temps. Klatou soupira en l'examinant. C'était un demi-orque également! Et il semblait beaucoup moins sympathique que l'autre, celui-là...

En se faisant tapoter l'épaule par Klatou, le demi-orque chauve se retourna avec une espèce de rage dans le regard.

— Quoi?! Tu veux mourir?! cria le géant.

Étonné d'une telle réaction, le clerc tenta de garder son calme.

Car d'habitude, lorsqu'on se fait tapoter l'épaule et qu'on se retourne, on dit "Oui?", "Qu'est-ce qu'il y a?" ou quelque chose du genre, non? Enfin, c'est ce qu'ils faisaient à Philas...

— Heu non, avec toi et ton ami, on est supposé être en équipe pour le tournoi...
— Ami? Ah lui?! J'oubliais!

Il but trois autres bières en même temps à nouveau.

Klatou soupira encore une fois, et tout en tentant de maintenir son calme, il essaya d'analyser la situation: "Bon, il a l'air normal... Il a juste oublié le nom de son ami, boit comme 3 personnes et... Mais non! Il faut partir d'ici! Partir loin de cet homme géant avant qu'il ne lui lance une bière dessus, ou qu'un malade l'attaque par-derrière."

Mais le clerc tenta d'essayer, encore une fois, de discuter avec le demi-orque...

— Tu as l'air d'aimer la bière! dit Klatou, essayant d'avoir l'air sympathique devant le demi-orque qui ressemblait beaucoup à Keletor. Environ sept pieds également, très costaud, et avec une grosse hache.
— Moi, j'aime mieux les bras.

Klatou se retourna. "Des bras? Quoi? Qui a dit ça?" Car ce n'était pas Voknul, qui se désintéressait complètement de la conversation.

C'était l'autre homme, habillé en noir. Se demandant d'ailleurs si c'était une blague de goût étrange d'un alcoolique, Klatou pouvait malheureusement bien voir que le petit homme d'environ cinq pieds cinq devant lui ne semblait pas être saoul du tout. Il devait être bizarre aussi, finalement... Encore un autre dingue!

— Les bras poilus, c'est encore mieux, continua le petit homme.
— Tu as un drôle de visage et des oreilles pointues! dit Skelèton, qui prit la parole pour la première fois depuis un moment. C'est quoi toi nom? Ohé?
— Desmothe, et je suis un demi-elfee, c'est pour ça! Un grand sorcier! Et toi, tu es qui?

Demi-elfe? Klatou avait déjà entendu parler d'elfes, mais jamais de demi-elfes.

— Skelèton! Un grand moine Nexicain! répondit le moine avec fierté. Tu aimes les bras? Comment ça?

Skelèton était un être très innocent et ignorant. Il ne connaissait pas le principe de normalité, de ce qui était étrange et de ce qui ne l'était pas. Donc, ce n'était pas de la peur ni du stress, mais surtout de la curiosité qu'il émettait en entendant des gens parler de certains sujets, comme par exemple, un amour pour les bras.

— J'aimerais bien en accrocher partout sur mon corps!!! cria le demi-elfe de toutes ses forces. Mais des têtes, ça pourrait être sympathique aussi, tu ne trouves pas?

Klatou observa le demi-elfe fou presque avec colère. Il savait que son ami était très influençable et ne voulait pas que ce sorcier débile le rende fou comme tout le monde ici! Car Skelèton, qui était pourtant une personne hors du commun, était une des personnes les plus normales dans cette maudite auberge.

— Ça va faire! Vous êtes deux malades! On s'en va, Skelèton, et...

Mais le gros demi-orque le coupa immédiatement en se retournant:

— Ok les gars, j'ai réfléchi... C'est bon pour le tournoi. Au fait, moi je suis un grand barbare, je détruis tout ce qui bouge sur mon chemin. Alors c'est ça, on part demain pis je vous préviens, c'est moi le chef icitte!

Le barbare semblait plus saoul encore que tout à l'heure, mais l'alcool semblait le rendre plus amical, d'une certaine manière.

— Un chef, comme Clectus! dit Skelèton avec joie. Mais dis-moi, quelle est cette étrange chose que tu bois?

— Pas question qu'il y a de chef ici! Et toi, arrête de me regarder les bras! cria le clerc en repoussant le sorcier.

Mais le mot "bière" semblait avoir toute attiré l'attention du barbare, qui n'écoutait plus Klatou.

— Ça, mon petit gars, c'est de la bière, et c'est pour homme, pas pour les mauviettes dans ton genre!

Le mot "mauviette", Skelèton l'avait entendu souvent, de la part des trois gros bonhommes qui le dérangeait sans cesse à son village. Comme si c'était pour les contredire, même s'ils n'étaient pas présents, il répondit à Voknul:

— Je suis un homme! Donne-moi cela, j'en veux! cria Skelèton, qui attirait quelques regards grâce à son étrange accent.

— Très bien, ça! Et toi, l'homme au chapeau, viens donc te joindre à nous. C'est quoé ton nom, au fait?

Klatou, presque désespéré, se dit qu'une bière pourrait probablement juste le calmer, en ce moment.

— Klatou, clerc... répondit-il tout simplement.

— Parfait, ça! Malgré mes puissants réflexes, quelques fois mes ennemis me blessent, à peine, mais quand même! Tu guériras ça, si ça arrive!

— Mais oui, mais oui...

— C'est un beau pique que tu as là, murmura le sorcier au clerc. Mais à une seule main, ça doit se tenir. Si tu veux, je te prendrais bien un bras. Allez, juste un! Tu n'en as pas besoin de deux, dans le fond!

— Non! J'ai besoin de mes deux bras pour ça! répondit sèchement Klatou, en regardant son ami tomber dans les pommes après ses quelques premières gorgées.

Il regarda ensuite, pendant qu'il était en train de parler d'armes avec le fou, si ce dernier en avait une. En effet, sur son dos, il portait une espèce de faux; un grand bâton de bois sur lequel était accrochée une énorme lame tombante. Un peu comme l'arme de la faucheuse. Le sorcier, avec sa maigreur, devait avoir du mal à s'en servir, se dit le clerc.

Klatou but sa bière et tenta tant bien que mal de devenir ami avec ces deux étranges personnages. Étaient-ils forts, au fait? Car leurs futurs adversaires qui s'étaient rendus en finale devaient l'être! Il fallait gagner, pour avoir cette belle récompense! Quitte à faire équipe avec ces cinglés!

— Ça s'est bien passé, votre tournoi de demi-finale? demanda-t-il au sorcier.

— Ouais, il y avait une sorte de petit blondinet idiot; il s'est fait couper la tête par Voknul!

— Eh bien, il doit être fort, ce barbare. Et le deuxième combattant?

— C'était un gars étrange.

Klatou se mit à rire sur le moment. Entendre ce sorcier traiter un autre homme d'étrange était tout simplement trop drôle.

— Il s'est comme coupé une jambe pis la le juge a dit qu'il n'était plus apte à se battre, alors il a arrêté le combat. Je voulais prendre sa jambe, mais le juge ne voulait pas... En tout cas...

Desmothe sembla déçu. Voknul lui, se servit une autre bière. Sûrement au moins la douzième depuis que Klatou et Skelèton étaient arrivés.

Toujours quelques bagarres dans l'auberge. Plusieurs discussions, dont la plupart se résumaient en insultes et menaces. Mais rien qui dérangeait Voknul et Desmothe.

Ni Klatou, d'ailleurs, car il devenait vite habitué à cette atmosphère brutale.

— Eh ben, ton ami maigrichon, il n'a pas l'air de bien prendre l'alcool! s'écria Voknul en observant le pauvre Nexicain sur le sol. C'est la première fois qu'il boit, non?

— Oui, je pense, répondit Klatou.

— Quelle vie gaspillée!

— Si tu le dis...

— Tuer et boire! Voilà ce qu'il faut faire!

Le barbare prit une de ses bières pour faire la boire à Skelèton, toujours évanoui.

— Allez, boit cette bière, petit gars, ça va te réveiller!

— Il est par terre, fais le pas boire, il n'est même pas conscient!... Et faudrait pas être en forme, pour le tournoi? C'est bientôt, quand même!

— Je vais allez me promener! fit Desmothe, qui se dirigeait déjà vers la sortie.

Klatou observa la place: moins de monde que tout à l'heure. C'est vrai qu'il faisait déjà nuit depuis un moment; les gens allaient sûrement dormir. Cependant, ils n'allaient pas loin pour cela, environ trente personnes dormaient déjà par terre, ou sur les tables. Voknul était lasse de faire boire le Nexicain, il continua donc à consommer ses bières lui-même. Le vieux de tout à l'heure était par terre également, avec un œil au beurre noir. Probablement qu'il avait dérangé quelqu'un sans patience. Quant à Keletor, il était toujours avec cet homme mystérieux, que l'on discernait mieux maintenant.

Cheveux longs noirs, petite barbe. Il fumait encore sa pipe et semblait de bonne humeur. Il avait une rapière noire. Keletor et lui étaient toujours en train de jouer aux cartes, mais le demi-orque semblait de mauvaise humeur. Peut-être qu'il perdait.

— Salut chéri, dit une voix dégoûtante.

C'était la vielle, trop peu habillée! Elle s'adressait au clerc en lui faisant un clin d'œil. De proche, elle semblait plus âgée encore, sûrement dans les quatre-vingts ans. Elle avait une grosse cicatrice sur le visage.

— Je charge pas cher pour t'amener au huitième ciel... Brrr... continua-t-elle.

— Pouah! Fou le camp, tu m'écœures! cria Klatou en la repoussant.

— Et toi, mon beau, ça te tenterait pas, une petite soirée privée? demanda la vieille dame en s'adressant cette fois au barbare.

Voknul se retourna en criant:

— Quoi?! Tu veux mourir?!
— Moi? Non, je...

Klatou s'amusa en regardant la scène. On voyait bien que la fameuse phrase de salutation de Voknul faisait de l'effet à chaque fois. C'était plus drôle lorsqu'il le disait à d'autres personnes que lui.

La vieille dame, manifestement saoule, (c'était la mode, ici!) reprit son calme pour essayer de séduire le géant à nouveau. Elle était aussi probablement habituée aux gens d'ici, quoique ce Voknul semblait être un cas assez spécial.

— Allez chéri, seulement cent pièces d'or.
— Parfait, parfait... Viens avec moi dans ma chambre, en haut.

Celle-là, Klatou ne s'y attendait pas. Il allait donc accepter de coucher avec ce... cette... chose?

Le nouveau couple s'éloigna du comptoir, puis monta les escaliers. Klatou voyait ensuite que Skelèton était toujours allongé au sol. Pas de nouvelle de Desmothe. Le clerc décida qu'il était temps d'aller se coucher. En se dirigeant vers le chef de Tardor, il entendit:

— Encore perdu! Tu triches, salaud!

C'était la voix de Keletor. Probablement qu'il avait encore perdu au jeu de cartes contre Zirus.

— Hé Keletor, ça coûte combien une chambre ici?

— C'est toujours gratuit les chambres ici, répondit l'homme à la pipe à la place de Keletor, qui était trop occupé à crier après les cartes.
— Ah d'accord. Ben merci...

Toujours gratuit? Et la bière qui ne coûte rien non plus, il ne doit pas être très riche, ce Keletor. Pourtant il pourrait l'être, si tous les gens qui boivent, c'est-à-dire tout le monde dans ce village, payaient pour leurs bières...

— Une petite partie de cartes pour cinquante pièces d'or, ça t'intéresse? Keletor est ruiné, de toute façon! poursuivit le type étrange.
— Non, merci, je vais me coucher là...

Jouer aux cartes n'intéressait pas Klatou du tout. Il s'éloigna des deux hommes. Keletor semblait un peu déprimé, mais il commençait à se servir d'autres bières.

Très peu de personnes étaient encore debout.

Le clerc pris Skelèton sur ses épaules pour l'amener dans une chambre en haut, au hasard. Il n'était pas bien lourd, ce maigrichon de Skelèton! En haut de l'escalier, il y avait huit portes. Sept qui étaient fermées, une qui était par terre.

Qui donc avait arraché cette porte? Toujours en tenant Skelèton, le clerc passa devant la chambre en question.

Voknul était debout, en train de donner de puissants coups de hache sur le ventre de la vieille femme, morte depuis probablement un bon moment déjà.

— T'avais juste à pas exister, vieille pute!! cria le barbare plein de rages.

— Quoi, ya un problème?! dit-il ensuite en fixant Klatou.
— Non... Aucun. Bonne nuit là.

Le clerc s'éloigna rapidement de la chambre du barbare. Cette personne était dangereuse; il valait mieux ne pas trop l'énerver. Il faudra rester sur ses gardes, lorsque demain, lui et Skelèton allaient partir sur la route avec lui.

Klatou ouvrit une des chambres sans cogner. Vide. Décor affreux, un bureau qui ressemblait étrangement au sien dans sa maison, un lit plein de vomi. Rien de très luxueux, mais Klatou et Skelèton étaient habitués, de toute façon. Il installa le Nexicain sur le lit et s'en alla dans la chambre voisine, vide également, et pratiquement identique.

Desmothe était proche de l'auberge, revenu de sa promenade. Il entendait la voix de Voknul qui provenait du deuxième étage. Ensuite, il vit une vieille dame se faire lancer par une fenêtre. La femme âgée était morte, si on se fiait à toutes les grosses blessures qu'elle avait.

— Intéressant, fit le demi-elfe...

Le lendemain, le nouveau groupe prit la route. Skelèton avait une gueule de bois épouvantable. Il est vrai que le barbare avait quand même réussi à lui faire boire pas mal, lorsqu'il était inconscient. Klatou, lui, était calme, comme d'habitude. Il avait cependant un léger stress en pensant à l'idée que le barbare pouvait l'attaquer dans le dos n'importe quand. Ce fut Desmothe qui avait fait le plus d'effet lorsqu'il apparu devant les autres.

Il avait un bras cousu sur son manteau. Celui de la vieille dame.

— Ohé, dit le moine, toujours joyeux malgré son mal de tête. Tu as un bras sur ton manteau! Est-il vivant?

— Pas encore, fit le sorcier. Un jour, j'espère!

— T'as des... drôles de passe-temps, fit le clerc.

— On ne va pas se disputer pour un bras! On va où, au fait, là?

Voknul était encore en train de boire quelques bières. Skelèton, lui, admirait le barbare, qui semblait résister beaucoup mieux que lui à l'alcool. Quant à Klatou, il se demandait comment il allait rentrer dans le château du roi avec DKlatouesmothe comme compagnon. Car c'était bien au château qu'il fallait aller, pour la finale.

— Au nord, il faut aller au château du roi pour finir le tournoi, dit , en tentant d'oublier qu'il parlait à un homme à trois bras.

— Intéressant… murmura le sorcier. Si on gagne, on peut-tu prendre leurs bras, cette fois? Parce que…

— On va les tuer! Les tuer, les tuer, les tuer!! cria le barbare en interrompant la conversation qui devenait de plus en plus étrange.

— Bon ben, partons! cria Klatou en tentant de parler aussi fort que voknul, sans raison.

— Ohé! Allons-y! On va pouvoir acheter plein de chups avec la récompense!

— Chups? C'est quoé ça? dit Voknul, plus calme. C'est-tu alcoolisé?

— Non, c'est de la nourriture... fit le clerc.

— C'est pas intéressant, debord!

Klatou commença à marcher, pour faire signe aux autres qu'ils pouvaient également marcher en continuant cette conversation stupide.

— C'est quand, la finale? demanda le petit demi-elfe.

— Je sais pas... Demain, je pense? répondit Klatou, en regardant le troisième bras.

Les quatre marchèrent sur le chemin, pendant plusieurs heures. Il n'y avait personne en vue. C'était un beau matin ensoleillé. Il y avait très peu d'arbres, comme partout sur l'île.

Un vent assez fort soufflait, mais ça ne dérangeait pas le groupe, excepté Klatou, qui devait faire des efforts pour maintenir son chapeau sur sa tête.

Les conversations variaient. Ils parlaient de bières, des Nexicains, de leur fameuse île cachée, des chapeaux, du tournoi, de Keletor, de bières, de Miguel et Silania, de façons rapides pour couper des bras, de bières. Voknul semblait souvent ramener le sujet sur le plaisir de l'alcool.

C'était pas trop difficile de le comprendre: il aimait se battre et boire. Il semblait supporter la présence du clerc et du moine. Tant qu'on n'insultait pas les bières, on avait plus de chance de rester en vie...

Quant au sorcier, c'était un excentrique et un morbide. Loin d'être aussi imposant que Voknul, sa folie le rendait tout de même dangereux. On n'avait pas encore vu ses pouvoirs magiques. Klatou ne comprenait pas pourquoi on appelait certains magiciens des mages et d'autres, des sorciers.

— C'est quoi ça, sorcier, au fait? demanda Klatou au demi-elfe. C'est comme des mages, mais fous, c'est ça?

— Fou? Comment, fou?!

— Ben non, pas fou, mais... Enfin... C'est quoi la différence! Moi et Skelèton, on a battu deux mages, ils faisaient de la magie et... Enfin, les sorciers font quoi eux?

— Ben... de la magie.

— Alors, tu es un mage?

— Non, non.

— Sorcier c'est un synonyme de mage?

— Ben non...

Klatou soupira légèrement. Il n'était pas très bavard, aujourd'hui, ce sorcier. Il semblait trop occupé à contempler son nouveau bras de femme. Le clerc, cependant, insista:

— C'est quoi la maudite différence!! cria le clerc.

— Fallait le demander plus tôt! cria Desmothe sur le même ton. Ben, des mages, c'est ceux qui étudient longtemps dans les livres pour apprendre des sorts. Des heures entières, il paraît...

— Ben... et les sorciers?

— Les sorciers, eux, se lèvent un beau matin en ayant de nouveaux pouvoirs magiques! Pratique, non? Les mages haïssent les sorciers, pour ça! Ça marche selon le sang, on naît sorcier, en général.

— En général?

— Ouais, en général, ouais... Pas mal, ce bras, hein? Quand même!

— C'est quoi, cette manie de prendre des bras, au fait?

— Je veux créer un monstre.

— Un monstre? Un monstre fait en bras? cria Klatou en riant.

— Ouais, pas pire comme idée, hein?

— Tu es vraiment étrange, toi!

— Merci, merci...

Malgré leurs différences, les membres du groupe devenaient vaguement amis. Voknul était un peu trop autoritaire selon Klatou, mais en général ça se passait bien. Le seul événement surprenant qui s'était produit en route était le fait que Voknul s'était mis à crier un bon paquet d'insultes lorsqu'il avait vu le poulet de Skelèton.

Il semblait avoir une haine profonde pour ce poulet, ce qui était très perturbant pour le moine. Ce dernier le rangea vite dans sa poche lorsque le barbare avait menacé de l'écraser. Heureusement, la mémoire de Voknul semblait limitée, et il avait oublié l'animal assez rapidement lorsqu'il n'était plus dans son champ de vision.

— On devrait arriver dans environ une heure, fit Klatou.

— C'est déjà la nuit! Ça fait longtemps qu'on marche? demanda le sorcier.

— Ouais quand même; ça prend une journée aller de Tardor au château, je pense.

— J'ai ben hâte de les voir moé, ces quatre futurs cadavres! lança Voknul.

— Avec les pièces d'or du tournoi, je vais m'acheter plein de chups! dit Skelèton, maintenant plus en forme.

Le moine Nexicain s'arrêta brusquement en fixant quelque chose. Bien que Voknul et Desmothe continuèrent le chemin, Klatou s'arrêta en regardant Skelèton.

— Hé bien, Skelèton, tu avances?
— Ohé! Là-bas, il y a des animaux! Ils n'ont pas l'air trop gentils!

Klatou regardait l'endroit pointé par Skelèton. En effet, ils avaient de la compagnie. Bien qu'il faisait noir, on pouvait apercevoir cinq hyènes s'approcher assez rapidement dans leur direction, gueule ouverte.

— Hé arrêtez, vous deux! Il y a cinq bêtes qui s'en viennent vers nous! cria Klatou aux deux autres.

Voknul et Desmothe s'arrêtèrent. Klatou et le moine s'étaient déjà battus contre des hyènes. À ce qu'on disait, il y en avait beaucoup sur Overa. En général, elles se promenaient en groupe.

La dernière fois que le clerc en avait vu, c'est lorsqu'ils avaient quitté Philas pour aller dans une forêt s'amuser, plus au nord. Lui et son ami s'étaient battus contre deux hyènes qui étaient foncé agressivement sur eux.

Le combat n'avait pas été trop difficile, mais maintenant elles sont cinq. Quoiqu'ils ont cette fois deux équipiers; il allait pouvoir vérifier s'ils savaient se battre, pensa le clerc.

Les hyènes accélérèrent le pas. Voknul se retourna vers eux en criant: "Enfin de l'action!" puis il couru dans leur direction. Il semblait être assez costaud pour prendre quelques morsures, alors le reste du groupe le laissa aller en premier.

Skelèton et Klatou voyaient bien que Voknul n'était pas juste qu'un gros parleur, il savait se battre aussi. D'un coup sec, il coupa le corps d'une hyène en deux avec son énorme hache. Les autres bêtes sautèrent sur le barbare. Malgré le fait qu'il avait deux hyène sur son dos et que deux autres le mordaient, il semblait bien tenir le coup.

Deux coups de hache après, Voknul tua deux autres de ces animaux féroces d'une manière semblable. Klatou ne faisait rien, immobile, manifestement surpris et impressionné en même temps par la force de son équipier. Ce dernier utilisait la force de sa rage et de sa haine pour améliorer ses attaques, en mettant toute son énergie. Mais comment pouvait-il haïr des hyènes? En fait, ce barbare détestait probablement presque tout ce qui n'était pas lui.

''Étrange et dangereux personnage…''pensa le clerc.

Skelèton, lui, malgré la scène, tenta de caresser la tête d'une hyène pour devenir son ami, en vain. Il se fit mordre la main assez sévèrement.

— Aille! cria le moine.
— Attend Skelèton, je vais te guérir!

Tout en soignant la blessure du Nexicain avec ses pouvoirs de guérisons, il observa d'un œil la bête avec qui Skelèton tentait d'être ami. L'hyène s'éloigna rapidement d'eux pour venir en aide à l'autre animal en vue de vaincre le gros barbare. De l'autre œil, le clerc remarqua que le sorcier utilisa un de ses pouvoirs pour la première fois.

Desmothe prononçant des phrases incompréhensibles tout en fixant une des bêtes, puis une espèce de légère fumée bleue glaciale se projeta rapidement sur son ennemi.

L'animal fut recouvert de glace, qui le ralentissait énormément dans ses mouvements d'attaque.

— Voilà! cria Desmothe en fixant Voknul. Maintenant, il est super lent, manque le pas!

En effet, l'hyène qui semblait plus rapide que les autres évitait sans arrêt les coups de hache du barbare pendant que Klatou voulait guérir le moine. Mais cette fois, Voknul toucha sa tête qui resta prise dans sa hache.

— Une tête de hyène, une! cria Voknul, qui semblait à l'aise bien qu'incommodé par quelques blessures.

Toujours avec la tête congelée de hyène prise sur sa hache, il frappa avec son arme sur la dernière bête pour l'assommer, puis finit par l'écraser avec ses pieds.

— T'es qu'une merde! Une merde, une merde, quelle merde! fit Voknul, en continuant d'écraser la bête, puis en se mettant à rire.

— C'est beau, je crois qu'elle est morte cent fois déjà! dit Klatou.

Le barbare pointa ensuite Klatou du doigt, puis dit:

— Eh ben! On dirait que j'ai toute faite icitte! Je l'ai ai tous tué, sans exception!

— Oui, on a vu ça, fit Klatou, conscient de la force du barbare.

— Hey! J'en ai congelé un! s'offusqua Desmothe.

— Je l'ai ai tous tué! Moi! continua Voknul.

— C'est beau, on sait... fit le clerc en soupirant.

— Moi, moi, moi!

— On sait!!

— Heille, oublie pas qui est ton chef! cria le barbare, presque ridicule avec la tête de hyène congelée prise dans sa hache.

— Je vais te guérir ça, fit Klatou en observant plusieurs blessures sur les bras du barbare. S'attendant à un merci, Voknul marmonna un: "Ouais t'est ben mieux..."

Le petit sorcier semblait assez impressionné de voir toutes les blessures du barbare complètement régénérées. Il demanda au clerc s'il pouvait guérir comme ça sans limites.

— La vie serait plus facile! lança Desmothe. Suffit d'envoyer le gros tas de muscles ici présent, puis de le guérir quand il a fini le travail.

— Non, malheureusement je peux seulement le faire sept ou huit fois par jour. Mais je lis souvent mon livre de clerc; bientôt je pourrai sûrement le faire plus de fois encore!

— Ah oui, ce gros livre-là. Vous me faites rire avec vos livres, vous autres!

— Ben on n'a pas toute la chance de se lever chaque matin en ayant de nouveaux pouvoirs, comme ça!

— Hey! Pas à chaque matin, ça arrive des fois, c'est tout!

Desmothe se retourna ensuite vers le demi-orque avec un regard lumineux, comme si une incroyable idée avait frôlé son esprit.

— Voknul! Cette tête d'hyène sur ta hache, t'en as-tu besoin?

— Quoi?! répondit Voknul avec étonnement, car il n'avait pas vraiment encore remarqué cette tête de hyène refroidie accrochée sur la lame de son arme.

Le sorcier décrocha la tête de l'animal et l'observa minutieusement. Cela ne dérangeait pas Voknul, qui décida de continuer de se vanter un peu encore devant ses équipiers.

— Ouais ouais... Tous morts d'un seul coup en plus, les gars. Yen a qui l'ont, hein?

À l'aide de sa Faux et de ses mains, le sorcier commença à vider la tête de la hyène dans le but d'en faire un chapeau. Il enleva le cerveau et la majorité des os, puis le mit sur sa tête.

— C'était moins difficile que je pensais! s'écria le sorcier, le visage plein de sang de hyène. Assez confortable, même!

— Comment tu veux que les gardes du château nous laissent entrer, maintenant?! s'offusqua Klatou.

— Bah, je vais bien trouver quelque chose...

Le groupe continua leur route en direction du lieu de la finale du tournoi. Voknul était également ensanglanté; le sang des bêtes avait été projeté sur lui lorsqu'il les avaient tués. Mais ça ne semblait pas le déranger du tout.

Puis, malgré la noirceur de la nuit, les quatre finalistes, mais surtout le demi-elfe et le demi-orque - car ces derniers avait des capacités spéciales à voir dans le noir - pouvaient apercevoir le château du roi Morrenus sur leurs champs de vision.

La demeure du roi surprenait un peu les quatre nouveaux arrivants, étant donné qu'ils n'avaient jamais vraiment vu de château de leur vie. Ce dernier était plutôt grand, les murs étaient gris et blancs, assez sales et légèrement détruits, mais tenant toujours biens sur place. Des tours sur chaque coin avec des archers au sommet. Plusieurs fenêtres un peu partout et une grande porte en métal au milieu, protégé par deux soldats.

Le soldat à la gauche semblait assez sympathique. Il souriait déjà à l'arrivée des quatre visiteurs. Protégé par un casque et une armure de métal assez simple, il avait une petite épée assez ordinaire, tout comme son équipier à sa droite. Le deuxième soldat, lui, semblait étonné de l'apparence de Desmothe, ce qui était probablement une réaction normale. Le sorcier sourit en apercevant son regard pointé sur son nouveau "chapeau".

— Bonsoir et bienvenue! lança le sympathique. Vous êtes les finalistes, c'est bien cela?

— Exact, répondit Klatou. C'est demain, je crois, et...

— Il y a-tu de la bière icitte?!! cria Voknul en interrompant le clerc, ce qui devenait presque déjà une habitude.

— De la bière! Oui, de la bière! lança Skelèton avec joie et avec un accent qui étonna le soldat de gauche.

— Bien sûr qu'il y a de la bière! répondit le soldat, toujours calme, malgré le comportement original des visiteurs. Nous sommes conscients que deux d'entre vous viennent de Tardor. Il y a un bar, dans le château. La finale se déroulera demain vers midi. Vous pouvez fêter, en attendant!

— Parfait, dans ce cas tu vas vivre!! cria Voknul avec tellement de force qu'il pourrait réveiller tout un village.

Le soldat rit à cette phrase, pensant que c'était une blague. Son équipier resta silencieux du début à la fin. Les deux hommes ouvrirent la porte, pour laisser entrer les quatre finalistes dans un château qui semblait beaucoup plus petit de l'intérieur.

— Prenez l'escalier à votre droite, là... Et bonne nuit en avance!
— Merci, merci... dit Desmothe en levant son chapeau d'hyène, par politesse.

Voknul grogna à tous les soldats qu'il voyait en chemin pour les intimider efficacement. Skelèton était le premier à se diriger vers l'escalier, ayant hâte de s'aventurer une deuxième fois dans le monde de l'alcool. Desmothe semblait un peu fatigué, mais de bonne humeur. Klatou posa quelques questions aux soldats les moins traumatisés par les grognements du barbare géant, pour s'informer.

D'après ce qu'ils disaient, les deux gagnants venaient de Mallas. C'était deux types étranges, quoique beaucoup moins que le sorcier. C'était des bardes utilisant la magie de la musique pour se battre.

Il parait qu'ils auraient très rapidement vaincu leurs adversaires. Leurs deux équipiers, pour compléter leur groupe de quatre, allait très probablement être deux soldats élites du roi Morrenus, nom qui ne disait pas grand-chose au clerc. (Bien qu'ils habitaient depuis longtemps sur Overa, les quatre personnages ne se tenaient jamais vraiment au courant de ce qui se passait.)

Il en apprit un peu vaguement sur les Loups noirs, qui pourraient éventuellement attaquer pendant la finale. Cependant, de nombreux soldats protégeaient les lieux le soldat expliqua qu'il serait idiot de toute façon d'attaquer le château déjà bien gardé avec en plus les finalistes du tournoi.

Un autre soldat dans la quarantaine assez bavard parlait également de Tardor, du danger qu'il y avait, de la tranquillité de Philas, de la froideur et de la beauté de la chef de Mallas, de son pauvre fils qui supposément hallucinait un petit sorcier qui voulait l'empêcher de voyager et de partir à l'aventure.

Le clerc finit par rejoindre ses trois équipiers en bas de l'escalier. Arrivé sur place, il pouvait déjà remarquer que c'était beaucoup mieux que l'auberge qu'il avait vu à Tardor. Beaucoup plus propre, il n'y avait aucune dispute, hormis celle de Voknul avec l'aubergiste sur la qualité de la bière. Il n'y avait pas beaucoup de gens; il était déjà tard. Klatou remarqua le vieil homme qui avait accompagné Miguel et Silania.

L'homme barbu semblait déjà regarder le clerc d'un mauvais oeil. Sinon, il y avait quatre soldats, un aubergiste, un jeune homme habillé salement qui semblait boire rapidement, ainsi que l'aubergiste effrayé par le barbare.

Deux bières plus tard, Skelèton tomba à nouveau dans les pommes. Même inconscient, il gardait un sourire de pur bonheur. Voknul, lui, se plaignait de ses bières après chacune de ses gorgées. Klatou but une bière en compagnie de Desmothe à une table. Le sorcier semblait être assez fatigué.

— C'est ennuyant ici… fit le sorcier.

— En effet, répondit Klatou, qui observait toujours le vieux mage qui le fixait sans arrêt.

— Il n'a pas l'air de t'aimer, celui-là! Tu as volé un bras à sa fille?

— Un bras?... Non, non. Moi et Skelèton, on a battu ses deux mages, alors il est bien fâché. Il commence à m'agacer, d'ailleurs.

Klatou en avait assez de cette atmosphère agressive créée par le vieil homme; il décida d'aller lui parler. Car bien qu'à Tardor, c'était également une atmosphère agressive et violente, il y avait une sorte de côté amusant, alors que là, ce n'était qu'une de haine irritante.

En chemin, il entendit Voknul crier: " Vous appelez ça de la bière?! Moi j'appelle ça de l'eau!"

Le vieil homme vêtu d'une toge blanche haussa un sourcil d'étonnement en apercevant Klatou s'approcher, mais il avait toujours son regard froid.

— Tu es qui, toi? demanda froidement Klatou.

— Mantor, chef de Klamtra, marmonna le vieil homme.

Les deux hommes se fixèrent un peu en silence, puis le vieux mage lança:

— Hors de ma vue.

— Quoi? Je vais être là où je veux. Qu'est-ce que tu va faire, vieux barbu!

Klatou se mit ensuite à tirer la barbe de Mantor en riant, tenant à faire un ultime signe qu'il n'en avait rien à faire de sa façon de penser.

Le vieux mage blanc, beaucoup plus étonné que la première fois, recula puis marmonna des insultes incompréhensibles. Étaient-ce vraiment des insultes? Il semblait y avoir des mots des plus étranges dans ses paroles. Puis, ses yeux devinrent jaunes comme le soleil.

Klatou se fit transformer en poulet.

— Dérange pas les grands, fit Mantor en ricanant. Il sortit ensuite de la pièce en sifflant, fier de son coup.

Le seul surpris fut Desmothe, car Skelèton était inconscient, Voknul s'engueulait avec l'aubergiste, le jeune homme qu'on pouvait soupçonner de venir de Tardor était déjà trop saoul, et les soldats étaient probablement habitués à voir Mantor à l'œuvre face aux personnes qui le dérangeait.

— Coat coat coat! lança Klatou le poulet.
— Je ne peux pas parler en poulet; juste en singe! lança Desmothe avec un ton et un air sérieux malgré l'originalité de sa phrase.
— Singe, poulet? marmonna Skelèton, qui venait tout juste de se réveiller.

Le moine fouilla ensuite dans sa poche par réflexe en voyant le poulet se promener dans le bar, pensant que c'était le sien.

— Ton ami s'est fait transformer en poulet! cria Desmothe en ricanant.

— Un poulet? Un ami pour mon poulet à moi! fit Skelèton en sortant son animal joyeusement. Allez, jouez, les poulets!

— Poulet?! marmonna Voknul qui s'était enfin lassé de la conversation avec l'aubergiste.

Le barbare se retourna en observant les deux volatiles sur le sol.

— Poulet... Deux poulets... Des poulets?!

Le demi-orque géant commença à taper sur le sol avec ses pieds dans le but d'écraser les deux poulets, avec une rage si grande qu'on aurait dit que c'était ses deux ennemis jurés.

— Non! Pas mes poulets! cria Skelèton en tentant tant bien que mal d'arrêter Voknul, qui malheureusement l'ignorait complètement.

— Hey! Il en a un des deux qui est Klatou! lança Desmothe en s'amusant, observant la scène avec attention.

— Klatou? C'est qui ça, déjà? répondit le barbare sans arrêter de tenter d'écraser les deux poulets qui luttaient pour leur vie.

— C'est moi, maudit malade! cria Klatou qui venait de reprendre instantanément sa forme humaine, lorsque le pied de Voknul était près de l'avoir.

Le barbare semblait complètement perdu et il fut figé sur place quelques secondes, non pas parce qu'il avait presque tué son guérisseur, mais parce qu'il ne comprenait plus rien à la situation. Skelèton en profita pour ranger rapidement son animal dans sa poche.

— C'est quoi, cette rage pour les poulets, l'ami? demanda le sorcier.

— Les poulets ne doivent pas exister, voilà! À mort, les poulets! cria le barbare, tout en répandant sa grosse haleine puant la bière.

— Tu es un malade, c'est tout! répéta Klatou, qui commanda une bière, tentant d'oublier rapidement sa récente transformation en poulet.

— Klatou, tu peux tu m'en acheter une, aussi, j'ai plus de pièces d'or... demanda Skelèton, l'air plus déçu que jamais.

Avec le peu de pièces d'or qui lui restait, le clerc paya quelques bières à lui-même ainsi qu'à son ami Skelèton. L'atmosphère commençait à devenir plus tranquille. Klatou s'était calmé et avait déjà oublié le petit problème de tout à l'heure. Skelèton retomba à nouveau dans les pommes. Voknul était surtout fâché, mais il valait probablement mieux le voir en colère que saoul mort. Le barbare, probablement trop habitué à l'auberge Tardor, semblait peu affecté par l'alcool beaucoup plus faible de cet endroit. Desmothe buvait également un peu, mais son comportement étrange ne semblait pas changer le moins du monde.

Quand au jeune homme qui semblait avoir bu quelques bières de trop, il s'était fait sortir de la place assez rapidement par les soldats, lorsqu'il avait commencé à insulter le nom du roi en pointant tout le monde du doigt.

Alors que Klatou s'attendait à ce qu'il n'y aille plus de nouveaux arrivants à cette heure, un nain rentra dans la place pour s'installer au bar. Encore une nouvelle race que Klatou n'avait jamais vue. Il ne semblait pas attirer l'attention des autres personnes.

Klatou l'observa attentivement: très petit avec une forte barbe brune, il semblait tout de même assez costaud et intimidant. Son armure de métal était assez impressionnante, ainsi que son épée accrochée à son dos.

Mais le plus surprenant était ses yeux. C'était loin d'être un regard normal, ses deux yeux étaient rouges comme de la lave. Pas de pupilles, juste deux trous rouges, complètement vides.

Le nain semblait être extrêmement calme malgré le fait qu'il y avait un demi-elfe qui dévoilait maintenant fièrement son troisième bras non loin de lui. Il observait tout le monde, en prêtant une attention particulière au barbare. Sur son casque, il y avait une espèce d'inscription, difficile à voir d'ici.

Le clerc, qui était un plus saoul que tout à l'heure après ses cinq bières, décida d'aller lui parler. Qu'est-ce qu'il avait à perdre, de toute façon? Dans le pire des cas, ce nain était un dingue venant de Tardor, et s'il attaquait le clerc, il y avait encore quatre soldats à proximité pour l'aider en cas de problème.

— Bonsoir, ça va? lança Klatou, simplement.

Le nain le fixa un peu, puis tourna la tête pour observer encore les autres personnes. Aucune surprise ni émotion dans son regard, qui est plus rouge que jamais.

Klatou fit un pas de recul, sur le coup. Il se rappelait ce qui s'était passé récemment, la dernière fois qu'il avait vu une lueur de couleur dans les yeux de quelqu'un. Mais il commençait à être un peu saoul, et comme il ne s'était toujours pas transformé en poulet ou en chien, il tenta de continuer la conversation.

— Tu as des drôles d'yeux mon gars, continua Klatou, tout en observant le casque du nain.

"E3", voilà ce qui était inscrit. Qu'est-ce que cela voulait dire? Une sorte de nom de groupe, ou la marque de son casque, peut-être une qualité supérieure...

— Eh bien, tu ne parles pas? insista Klatou. Les nains ont toujours ces drôles d'yeux, au fait?

Étant toujours un peu saoul, Klatou tenta de partir un sujet de conversation quelconque.

— Je sais pas trop ce que je veux dans la vie, mais j'aime bien les chapeaux...

Le clerc regardait l'air impassible et vide du nain, qui ne réagissait pas le moins du monde à ce qu'il disait.

— Et toi, qu'est-ce que tu aimes faire, dans la vie? fit Klatou, sur un ton un peu plus haut.

Toujours pas de réponse. Bien qu'il était assez curieux, il devenait rapidement ennuyant, celui-là...

Le clerc se lassa et décida d'aller se coucher, tout en portant encore son ami Nexicain.

En demandant la location de leur chambre aux soldats, il remarquait que Voknul avait encore commencé à se disputer avec l'aubergiste. L'homme très maigre semblait être très intimidé par le barbare. Ce dernier regardait sans cesse dans la direction des soldats, comme pour se rassurer lui-même.

"À Tardor, on se ferait pendre pour vendre cette bière affreuse!" fit la voix de Voknul que le clerc entendait avant de sortir du bar. Il regarda encore le nain; il était toujours dans la même position. Assis au comptoir, il regardait tout le monde autour. Drôle de personnage. Mais Klatou commençait à devenir habitué.

Il aurait peut-être dû demander au soldat qui était ce nain, mais la fatigue montait, et Skelèton commençait à devenir lourd. Il partit en direction de sa chambre, tout en remarquant Desmothe qui se dirigeait vers la sortie.

— Vous êtes sûr que vous voulez sortir à cette heure, monsieur? Cela peut être dangereux, fit l'un des soldats.

— Ben non, ben non... La chambre de Voknul, c'est bien celle-là, hein? répondit le sorcier.

— Oui, en effet.

— Très bien, je reviens tout à l'heure! fit Desmothe en s'en allant.

Arrivé devant la chambre de Skelèton, le clerc déposa son ami sur son lit. La chambre était beaucoup mieux entretenue que celle de Tardor. Plusieurs bureaux très propres bruns, un lit extrêmement propre, quoique le fait que le Nexicain était désormais dessus l'avait quelque peu sali.

Deux fenêtres avec une belle vue sur la plaine.

Après avoir souhaité bonne nuit à la personne qui aura une bonne gueule de bois le lendemain, Klatou sortit de la chambre pour se diriger vers la sienne, juste en face. Il remarqua, juste à côté, le barbare, qui traînait un jeune homme dans sa chambre.

— Qui est-ce? C'est pas l'aubergiste? demanda Klatou au barbare.
— Ouais, je voulais discuter avec "monsieur j'aime pas l'alcool fort", ici présent!
— Les gardes ne t'ont pas vu l'emmener?!
— Non… T'as un problème contre ça?
— Non, non... Fais donc ce que tu veux, je vais me coucher. À demain!

Le barbare ferma la porte de sa chambre pour être tranquille avec son nouvel ami. Klatou entendit une phrase qui ressemblait à: "Non, pitié monsieur, je..." Puis un gros bruit ressemblant à un coup de poing.

— Qu'il fasse ce qu'il veut! marmonna Klatou. Vaux mieux cet aubergiste que moi, après tout. Tant qu'il ne recommence pas à essayer de m'écraser, ça devrait bien se passer...

Alors que le clerc tourna la poignée pour enfin dormir, c'est le nain qui apparut sur le champ de vision. Toujours le même visage barbu, vide d'émotions...

— Tu sais pas où est ta chambre? demanda Klatou, sachant tout même qu'il n'aurait pas de réponse à sa question.

Pas parce que le nain ne parlait jamais, mais parce qu'il avait passé à l'attaque.

Le nain silencieux leva son bras droit, poing serré, en visant Klatou, et une sorte d'éclair en sortit pour foudroyer instantanément le clerc. Même pas une seule seconde pour avoir le temps de réagir.

Le choc et la douleur, bien qu'ils n'avaient duré que deux secondes, étaient les plus forts qu'il avait jamais eus de sa vie.

Il fut projeté, très loin. Et, toujours en l'air, sa vision brouillée pouvait voir des soldats qui commençaient à se battre avec ce nain fou. Ce nain qui l'avait tué, se dit-il dans sa tête, avant de perdre connaissance.

*

Skelèton se réveilla. Il reçut son ami clerc en plein sur lui-même; le réveil fut assez rapide. Assez énervé, il comprit que son ami inconscient, ayant une grosse blessure au ventre, fut projeté à travers sa porte, maintenant complètement détruite.

— Ohé, Klatou? Qu'est-ce qui se passe? demanda le moine, énervé, essayant de comprendre la situation.

Le Nexicain mit une couverture pour la serrer sur le ventre de son ami, car le sang commençait à couler de façon assez extrême. Il n'avait aucune connaissance en médecine, mais il essayait de faire quelque chose pour tenter de sauver son ami mourant, devant lui.

Selon lui, le sang devrait normalement rester dans le corps des gens, donc il fallait l'empêcher de sortir!

Il sortit rapidement de sa chambre pour jeter un coup d'œil; pour savoir d'où venait tout ce boucan et aussi pour voir si quelqu'un ne pourrait pas l'aider.

Dans le corridor, huit soldats se tenaient, armés jusqu'aux dents, devant le nain. Ce dernier était complètement immobile. Son épée était par terre. Il ne se battait plus. Il était tout simplement debout, à ne rien faire du tout, fixant le mur.

— Il ne bouge plus! Pourquoi il ne bouge plus?! fit un des soldats.

— C'est une ruse! Attention, c'est une ruse! cria un deuxième, complètcment énervé, brandissant toujours son épée tremblante dans la direction du nain.

— Ses yeux ne sont plus rouges! Il s'est arrêté et ses yeux ne sont plus rouges! Qu'est-ce que ça veut dire? demanda un troisième, en regardant tous les autres, réalisant finalement que personne ne le savait plus que lui.

Quelques-uns des soldats, après quelques minutes, reprirent leur calme et emmenèrent le nain, qui était devenu complètement docile. C'était comme ramener un zombie sans intelligence; les soldats se contentaient de le pousser dans une direction pour qu'il avance, tout en restant sur leur garde.

— Heille, vous voyez pas que je suis occupé? Arrêtez de faire tout ce bruit! cria Voknul couvert de sang, en sortant de sa chambre, sans remarquer les quelques cadavres de soldats à ses pieds.

— Mon... Monsieur... Vous êtes blessé? Ce nain vous a attaqué, aussi? demanda l'un des soldats, intimidé par les sept pieds du barbare. Les guérisseurs vont arriver d'une minute à l'autre, et...

— Ben non, quel nain? Arrêtez de faire du bruit, je suis en pleine discussion! répondit Voknul, furieux, en retournant dans sa chambre.

Skelèton, qui venait de se rappeler que son ami était mourant, tapa l'épaule d'un des soldats pour lui demander:

— Mon ami, dans la chambre, il a un gros trou dans le ventre! Venez l'aider!

— Je m'en occupe, viens ici, fit une voix.

Skelèton entra dans la chambre, il n'avait pas vu qu'un vieil homme était entré. Le lit de Skelèton était maintenant rempli de sang, avec Klatou, qui respirait encore légèrement.

Le vieil homme mit ses deux mains au-dessus de la blessure. Il avait un gros chapeau bleu pointu, un manteau gris-vert aux manches vraiment longues, et une barbe vraiment sale qui descendait jusqu'à ses épaules.

— Vous êtes capable de le guérir, ohé? demanda Skelèton, dont le coeur battait plus vite que jamais.

— Oui, oui, c'est facile, fit le vieil homme.

Une lueur jaune apparut sur ses deux mains, et les blessures du clerc commençaient à se régénérer à une vitesse assez étonnante.

— Oh, vous avez l'air fort, comme guérisseur! dit Skelèton, en admirant les pouvoirs du vieil homme. C'est quoi votre nom?

— Ce n'est pas important, répondit calmement le guérisseur barbu. Heureusement que je passais par là, les autres n'auraient pas pu le guérir.

— C'est ce drôle de nain, qui lui a fait ça, non? demanda le Nexicain, tout en remarquant enfin l'étrange objet que le vieil inconnu avait dans sa bouche.

C'était une sorte de grand bout de papier, que le guérisseur aspirait de temps à autre. Skelèton n'avait jamais vu une telle chose, mais de temps en temps, le bout du papier devenait rouge et de la grosse fumée sortait de la bouche de son possesseur. Il y avait également une drôle d'odeur.

— Oui, c'est le nain qui lui a lancé un éclair, ou un truc du genre... Je ne pense même pas que c'est le sale gnome qui l'a créée, c'est étonnant. Je me demande d'où il vient...

— Le gnome? De quoi vous parlez, monsieur?

— Peu importe, répondit le vieil homme. La blessure est complètement disparue, maintenant! Ton ami va se réveiller demain.

Skelèton pouvait en effet constater le bon travail du barbu. Mis à part le sang qui était toujours là, Klatou ne semblait plus avoir aucun semblant de blessures sur le corps. L'éclair qu'il a reçu était vraiment fort; il avait brisé une bonne partie de son armure.

— Alors, Skelèton, tu veux partir à l'aventure? demanda le vieil homme, qui se dirigeait vers la sortie de la chambre.

— Vous connaissez mon nom? L'aventure... En fait, je fais partie d'un tournoi!

— Mais tu aimerais bien partir en voyage, faire des quêtes pour détruire des démons, des orques, des gnolls, ou n'importe quoi?

— Oui ça pourrait être drôle! répondit Skelèton, enthousiaste. Et boire plein de bière en chemin!

— C'est bien ce que je pensais. Eh bien, je t'aiderai dans ton voyage, à l'occasion, fit le vieux guérisseur en sortant finalement de la chambre tout en saluant le Nexicain.

— Merci, heu... répondit le moine, sans trop comprendre ce qu'il venait d'entendre.

Le calme recommençait à prendre le dessus sur l'atmosphère bruyante de tout à l'heure. On n'entendait plus de bruits dans le corridor ni dans la chambre de Voknul. Skelèton se coucha sur le sol, pour protéger Klatou, au cas ou le nain reviendrait.

Il était habitué de dormir sur le sol, de toute façon.

Et, dans une nuit très noire, légèrement éclairée par une pleine lune, peut-être que quelqu'un aurait pu apercevoir un drôle de demi-elfe, avec un bras accroché sur son manteau, qui attendait devant le mur du château, fixant une fenêtre précise, pour enfin apercevoir un cadavre de jeune homme se faire lancer, tombant juste devant lui.

Chapitre 5: La finale

Il était environ onze heures. Klatou se réveilla en premier, et en pleine forme, malgré les événements d'hier soir. D'abord en sursaut, il réalisa que sa blessure était complètement disparue. Il se demanda pendant quelques secondes si ce qui s'est passé était un rêve, avant de remarquer tout le sang sur le lit. Son sang.

Skelèton se réveilla le deuxième, et malgré une gueule de bois terrible et une constatation de vomi sur son corps, il était content de voir le clerc en pleine forme.

Desmothe se réveilla dehors, sur le sol, avec un bras de jeune homme cousu sur l'autre côté de son manteau. Plutôt de bonne humeur, il entra dans le château, sans trop de difficultés malgré la surprise et la méfiance des soldats.

Voknul était également en pleine forme à son éveil. La bière du château de Morrenus n'avait pas eu grand effet sur lui. De toute façon, les matins se suivaient et se ressemblaient pour le barbare, presque immunisé aux gueules de bois, étant très habitué aux boissons alcoolisées. C'était probablement la seule chose qu'il buvait depuis toujours.

Le quatuor se rejoignit dans le corridor, près du bar d'hier.

— C'est ici que l'autre nain malade m'a presque tué d'un seul coup! cria Klatou en levant les bras.

— Les soldats l'ont emmené! Ils vont le punir, je pense! marmonna Skelèton.

Voknul et Desmothe ne comprenaient pas trop ce que le clerc et le moine disaient, mais ça ne les dérangeait que très peu.

— T'as encore un nouveau bras, toi? Je l'ai déjà vu quelque part! s'exclama Klatou, encore énervé.

— Oui, j'ai trouvé un truc! Je me mets en dessous de la fenêtre de Voknul, et il y a un cadavre qui tombe! C'est pratique, quand même, non?

— Allez les fillettes, c'est le temps d'allez tuer quatre personnes et de leur cracher dessus, cria le barbare en se dirigeant dans la direction de l'arène. Dépêchez-vous ou je vous coupe la tête!!

La colère du clerc se transforma en une légère crainte. Ce barbare était possiblement aussi fort que le nain avec son énorme hache. Et bien que celui-là (Voknul) parlait, il était loin d'être plus amical que l'autre.

— Tu le connais depuis longtemps, ce gros-là? fit Klatou en fixant Desmothe.

— Un bon moment, pourquoi?

— Pour rien. Comment tu as survécu?

— Survécu?

— Ben... il menace tout le monde de mort sans cesse!

Desmothe regarda Klatou en souriant tout en tâtant son nouveau bras, puis il lui dit:

— Un de mes premiers sorts magiques que j'ai eu était une espèce de pouvoir de charme. Si le sort marche, la personne ciblée pense que tu es son meilleur ami! Et puis, tu sais, les barbares, avec leur petit cerveau... Disons qu'ils n'ont pas une très grande résistance mentale à mes sorts, en général!

— En général?

— Ouais, en général, ouais...

— Eh bien... Quelle amitié admirable! Et, ça dure tout le temps, ce sort? Tu l'as fait sur moi, avoue!

— Ben non. Et non, ça ne dure pas tout le temps; quelques heures, je pense.

— Alors, tu lui lances le sort chaque matin, ou quoi?

— Non non...

Le sorcier rangea quelque chose qui allait tomber de sa manche. Klatou n'eut pas le temps de bien observer ce que c'était, mais il entendit un drôle de bruit.

— Je lui ai tellement lancé le sort souvent que c'est rendu permanent, je crois! lança Desmothe en ricanant. Bon, on y va, à la finale?

Klatou fit un signe affirmatif de la tête, et les trois hommes partirent en direction d'un combat qui allait probablement être difficile.

Le clerc se demandait s'il allait quitter Voknul et Desmothe après ce combat. Ils étaient bizarres et tout de même dangereux, mais il fallait avouer qu'on ne s'ennuyait pas avec eux!

— Il a l'air fort, Voknul! Pour boire de la bière aussi! Ça doit être sympathique d'avoir un ami comme ça! dit Skelèton au sorcier, toujours en gueule de bois.

— En effet, il me lance des cadavres et tout... Il est bien gentil!

Desmothe, Klatou et Skelèton rejoignirent Voknul dans une grande salle. Ensuite, un corridor gris mena à une espèce d'arène ronde, entourée d'un géant balcon plus haut, pouvant être accédé par deux escaliers. Il devait y avoir environ trois cents personnes. Beaucoup de brouhahas, de cris de joie et d'applaudissements, mais la puissance du bruit ne battait pas le record du monde, toujours détenu par Tardor.

Tout le monde se tenait debout, sur un gros tapis rouge. C'était beaucoup plus grand et propre que l'arène dans laquelle s'étaient battus Skelèton et Klatou, ainsi que Desmothe et son ami barbare.

Autour d'un homme dans la trentaine portant une couronne et un gros manteau doré; qui était probablement le roi Morrenus; il y avait Keletor le demi-orque, Clectus le paladin ainsi que quelques autres personnes; probablement les autres chefs des villages.

Il y avait le mystérieux homme en noir, toujours en train de fumer sa pipe. Klatou eu un regard furieux lorsqu'il aperçut Mantor, qui était également près du roi, en train de discuter avec. *"Pas question de se faire transformer en poulet à nouveau''*, se dit-il!

Le clerc regarda attentivement les deux autres personnes qui normalement devaient être des chefs, aussi. Ils ne semblaient pas en avoir la carrure...

Il y avait une jeune femme blonde et mince, vraiment jolie malgré son air très sérieux. Recouvert de vêtements blancs et portant une harpe, elle n'avait pas vraiment l'air d'une puissante combattante. Elle semblait fixer Voknul avec mépris. En tournant la tête vers son équipier barbare, le clerc constata que Voknul la pointa sans cesse puis pointa ensuite son sexe en rigolant et en criant: "Allez, chérie, viens donc!" à répétition. Un sacré gentleman, quoi.

Quant au dernier chef, c'était simplement un gros homme aux cheveux bruns semi-longs. En fait, il n'était pas gros, mais vraiment énorme. En apparence, cet homme ne semblait pas fort du tout. Il n'arrêtait pas de manger du poulet cuit. Celui-là, c'était Desmothe qui le fixait intensément.

La foule était très agitée et bruyante, ce qui était compréhensible étant donné l'événement et le nombre de personnes. Klatou s'attendait cependant à pire. Probablement que le fait que les six chefs étaient présents diminuait l'envie de faire du grabuge, ici.

On entendit quelques: "Vas-y, Skelèton!". Sûrement des habitants de Philas. Les regards étaient pour le moment en partie fixés vers Voknul, mais surtout sur Desmothe. Pas étonnant: même venant de Tardor, un homme à quatre bras, c'était sans doute assez rare! Quelques cris d'impatience pouvaient se faire entendre également; on voulait que le combat commence.

La lumière était assez forte ici, grâce aux nombreuses fenêtres en haut qui éclairaient toute la place. Klatou pouvait finalement apercevoir ce qu'il y avait dans la manche de Desmothe: c'était un serpent!

Le clerc n'était cependant pas si étonné. Il commençait à être habitué au sorcier, et puis... son ami Nexicain avait après tout un poulet dans sa poche de toute façon.

Venant de l'entrée en face, quatre personnes entrèrent dans l'arène. Cette fois, le quatuor fixait tous la même direction. Ils observèrent leurs ennemis en gardant le silence.

Quatre humains. Au moins, il n'y aurait pas de demi-orque géant ni de demi-elfe dingue à affronter, se dit le clerc.

Le premier était très petit, dans les cinq pieds. Même le sorcier paraissait presque grand, en comparaison. Il avait les cheveux longs noirs, habillé de vêtements minces d'un tissu blanchâtre, sans armure de métal. Il avait une flûte grise dans ses mains, et son regard semblait être celui d'un homme sorti de l'enfer après six ans.

Il avait vraiment le regard fou, les yeux cernés complètements ouverts, fixant Skelèton.

Le deuxième était également habillé en blanc, et il avait une guitare accrochée à son dos. Le clerc, en voyant l'instrument, se rappela que Skelèton n'avait pas joué sa musique depuis un moment. Trop occupé à boire, sans doute. Il commençait à constater que tous les bardes semblaient s'habiller en blanc, dans le coin. Ressemblant beaucoup à son compatriote, celui-là était cependant blond, et son regard était normal.

Les deux autres portaient des armures. Il y avait un gros homme, plus costaud que graisseux, qui avait une grande armure grise et un casque d'un métal semblable. Il avait une grosse massue qu'il tenait à deux mains, et il affichait un sourire baveux. Quant au dernier, il était plutôt grand, dans les six pieds six. Quoique Voknul était plus impressionnant. Il avait un très grand arc et des armures comparables à son ami à la massue.

Alors que Voknul se préparait à foncer en grognant, Desmothe mit sa main devant pour l'arrêter, tout en observant le roi, qui semblait vouloir parler avant le combat.

— Quoi?! Tu veux mourir?! lança Voknul à Desmothe.
— Attend un peu, je te donnerai une bière pour ta patience!
— Hmm c'est bon! Mais deux bières!

Le sorcier, qui connaissait Voknul depuis un bon moment, avait trouvé quelques trucs pour garder le barbare instable de son côté.

— Non en fait, cinq bières! continua Voknul, souriant devant son ami sorcier. Six? Hmm sept! En fait, j'en prendrais bien huit et...
— Oui oui, mais tais-toi, je veux savoir ce que l'autre gars veut dire!

La foule commença à se taire rapidement en voyant le roi lever la main, signe qu'il voulait prendre la parole. L'air sérieux, le roi prit la parole avec une voix très forte et impressionnante.

— Bonjour messieurs et mesdames, je vous souhaite la bienvenue dans mon château pour assister à la finale du tournoi!

Plusieurs cris de la foule se firent entendre, beaucoup plus forts qu'au début. Mais le roi leva rapidement la main, faisant signe d'attendre la fin de son discours avant de s'exclamer de joie.

— Bien que beaucoup d'entre vous le savent déjà, je vous annonce que la finale sera un quatre contre quatre cette année. Vous pouvez le constater: il y a huit combattants dans l'arène.

Le roi toussa un peu, puis, sans être gêné le moins du monde devant une telle foule, il poursuivit:

— Premièrement, Desmothe et Voknul, venant de Tardor, feront équipe avec Klatou et Skelèton de Philas, qui ont surpris tout le monde en battant Miguel et Siliania!

Klatou, en écoutant cette phrase, regarda immédiatement Mantor. Comme il l'avait prévu, une expression de mépris pouvait être vue sur le visage du vieil homme.

— J'ai malheureusement appris la nouvelle de la mort de Silania. Ces combats sont dangereux, je vous rappelle encore une fois qu'il suffit d'abandonner pour être sorti de la bataille. Comme tous les autres combats du tournoi, il y aura un juge.

Le roi Morrenus attendit un petit moment et observa la foule, avec une étrange expression sur son visage. Une expression de fierté. Il semblait très heureux - son air sérieux disparut quelques secondes - puis il poursuivit à nouveau:

— Merlock et Joanus, les deux vainqueurs de Mallas, feront équipe avec deux de mes meilleurs soldats! Le combat risque d'être intéressant!

— Une bière pour fêter ça! cria Keletor.

Il avait une voix très semblable à Voknul.

Le roi le fixa ensuite, non pas avec un air furieux, mais du genre: "Laisse moi parler avant s'il te plait..."

Le chef de Tardor fit un signe de tête pour que Morrenus continue son discours.

— J'aimerais aussi profiter du moment, pendant que vous êtes là, ainsi que tous les chefs des villages, pour vous donner quelques informations sur ce nain qui a attaqué dans mon château hier.

Cette fois, le visage du roi était plus sérieux que jamais. Klatou, qui avait gardé son attention sur ses quatre adversaires, écoutait maintenant le souverain plus attentivement. Desmothe regardait toujours le gros homme, Voknul semblait dormir debout et Skelèton mangeait des chups sans rien comprendre de ce que Morrenus disait. Bien qu'il était loin d'être un groupe modèle, le quatuor était incontestablement très original.

— En effet, un nain possédant d'étranges pouvoirs d'éclair a attaqué violemment plusieurs de mes hommes ainsi qu'un participant du tournoi. Nous pouvons compter cinq soldats morts. La puissance de ce nain, qui était incroyable, n'est plus à redouter. En effet, le meurtrier a été mis à mort ce matin.

Je n'ai aucune pitié pour ceux qui attaquent et tue les habitants d'Overa. Je n'en ai plus.

Le silence total dans la foule, cette fois. Tout le monde ou presque était plus attentif que jamais.

— Nous avons noté quelques petites choses plus qu'étranges à son sujet. Il ne semblait pas ressentir la douleur, même lorsqu'un de mes soldats lui a coupé la main. Il n'a eu aucune réaction. Il ne semblait pas non plus avoir d'émotions, ni même de respiration. C'était loin d'être un personnage normal. L'inscription "E3", sur son casque, est également très intrigante.

— C'est endormant! cria Voknul.

Quelques personnes se retournèrent vers le barbare, mais le roi n'y prêta aucune attention. Voknul, qui n'accordait pas la moindre importance à un nain lanceur d'éclair, commençait à s'impatienter. Il voulait se battre. Il avait *besoin* de se battre. Mais il pensait à ses bières, promises par le sorcier. En fait, Desmothe avait utilisé une dépendance du barbare pour en calmer une autre.

— Mantor a examiné le nain brièvement, et grâce à ses puissants pouvoirs, il a pu déterminer que le meurtrier possédait un pouvoir spécial d'analyse. Selon Mantor, ce pouvoir sert à déterminer la puissance d'une personne.

Nous pouvons donc en conclure que ce nain était un espion venu pour évaluer nos forces. La raison de son attaque dans le corridor est toujours à déterminer. Nous sommes presque sûrs qu'il n'a pas été envoyé par les Loups noirs; ils n'utilisent pas de magie, ils l'ont en horreur, hormis leur invisibilité temporairement possible à l'aide de leurs potions. Mais nous connaissons tous la rumeur grandissante d'un homme nommé Razor qui aurait pris les rênes des Loups noirs. Un nouveau chef peut changer les habitudes d'un groupe.

Le roi Morrennus observa les huit combattants un moment. Il voyait bien que ce n'est plus seulement Voknul qui s'impatientait, mais presque tout le monde. Il se dit qu'il allait bientôt terminer, mais il tenait à informer tout le monde de cette situation étrange avec le meurtrier d'hier.

— On m'a aussi dit qu'après que les yeux rouges du nain soient redevenus normaux, il restait immobile complètement, sans bouger ni même penser. On peut peut-être parler d'une sorte de contrôle mental à distance, mais normalement, d'après ce que Mantor m'a dit, la victime d'un tel sort redevient normale lorsque la magie prend fin. Or, ce n'était pas du tout le cas. Je suis sûr que tout le monde peut être d'accord avec moi qu'un homme sans respiration ni réaction à la douleur n'est pas normal. La situation va être étudiée longuement.

— Ah... Donc ce n'est pas tous les nains qui ont les yeux rouges... marmonna Klatou. Ils ne sont peut-être pas tous violents comme cela, aussi.

— Je vous annonce, pour finir mon discours, une très bonne nouvelle qui risque de changer l'histoire! Mon bon ami Mantor, que beaucoup connaissent, m'a annoncé ce matin qu'il a enfin découvert l'emplacement exact de la base des Loups noirs! Après tant d'années!

Morrenus se retourna vers Mantor un moment avec un sourire. Le vieux mage fit de même.

— Mes connaissances en magie sont très limitées, mais Mantor m'a affirmé qu'un de ses nouveaux pouvoirs magiques a fonctionné pour découvrir la base des assassins, et qu'il n'y a aucun doute. Donc, après le tournoi et sans perdre une minute, j'enverrai très probablement de nombreuses troupes de soldats qui attaqueront en masse la base des Loups noirs. Ils seront défaits, je peux vous le jurer!

Cris de joie plus grands que jamais dans la foule. Tout le monde connaissait bien les Loups noirs, et il était bien rare qu'un habitant d'Overa n'eût jamais été volé par ces voleurs.

En fait, il n'y avait probablement que Voknul, Desmothe, Klatou et Skelèton qui ne les connaissait pas, ou très peu.

— Messieurs, mesdames, pardon pour l'attente, mais maintenant, que le combat commence!!

— Y'était temps, imbécile! s'exclama Voknul d'un cri recouvert par les hurlements de la foule.

Alors que l'être qui avait probablement le plus envie de foncer le premier était Voknul, ce dernier s'immobilisa en apercevant quelque chose qui sortit de la poche de Skelèton.

C'était son poulet. L'animal voulait manger une des chups de Skelèton tombée sur le sol. Aussi vif que l'éclair, le barbare l'écrasa complètement d'un seul coup de pied.

— Il fallait que je le fasse! cria Voknul, comme pour se justifier. Il fallait que ce poulet meure!
— Mon poulet! cria Skelèton, en sanglot.

Le pauvre animal n'était plus qu'un tas de plumes. L'action insensée de Voknul avait attiré l'attention de tout son groupe, mais leurs ennemis décidèrent d'en profiter.

C'est Skelèton qui reçut un puissant coup de massue en plein visage. Bien que le gros soldat avait pris un bon élan et que l'attaque était forte, Skelèton réussit à rester debout.

Il n'y voyait cependant plus très clair.

Le clerc, sans perdre une seconde et en évitant de justesse une flèche tirée par le grand archer, s'approcha de Skelèton pendant que tout les combattants se rapprochaient. Il voulait le guérir, car le coup de massue avait ensanglanté le visage de Skelèton, qui avait de plus en plus de difficulté à rester debout.

Alors que l'équipe adverse semblait déjà avoir l'avantage, Voknul décida de rapidement remettre l'équilibre en donnant un coup rapide avec sa hache géante, coupant le bras droit du gros soldat. La massue tomba au sol avec son membre, accompagné d'un cri de douleur.

Ce n'était pas vraiment pour aider Skelèton que le barbare avait attaqué son assaillant. C'était tout simplement pour montrer qui était le plus fort. Car Voknul ne pouvait pas concevoir qu'un autre être était plus puissant que lui sur terre. Bien que beaucoup pourraient juger cette façon de penser comme arrogante et imprudente, le barbare avait d'un autre côté la confiance de mille hommes et pratiquement jamais aucune peur.

Déjà un homme par terre. Et c'était un soldat élite du roi. Donc, c'était probablement un bon départ, se dit Klatou, tout en guérissant Skelèton. Les trois hommes ennemis semblaient rester derrière pour l'instant. Pas étonnant, avoir Voknul dans le camp ennemi, Klatou aussi aurait décidé de rester loin.

Le barde blond qui possédait une guitare se mit soudainement à jouer une musique étrange et calme. Il jouait très lentement et des sortes de morceaux d'énergies mauves qui flottaient au-dessus du sol apparurent au fur et à mesure qu'il faisait des notes.

 Les différents morceaux se fusionnèrent rapidement pour créer une forme humanoïde. Une *très* grande forme humanoïde.

L'être fait en énergie mauve fonça sur Desmothe. Il devait faire facilement huit pieds de haut et il avait de très longs bras. Sans arme et sans visage, la créature invoquée par le blond commença à assiéger le petit sorcier de puissants coups de poings.

Le demi-elfe, beaucoup moins tolérant physiquement que Voknul, s'écroula rapidement, mais, toujours conscient, il tentait tant bien que mal d'éviter les coups ou de les arrêter en les bloquant avec ses nombreux bras.

Alors que son groupe aurait bien eu besoin de son aide encore une fois, Voknul avait arrêté de se battre, trop occupé à parler au soldat élite blessé, tout en le menaçant avec son énorme hache.

— Si je te tue tout de suite, ça va rien changer, puisque tu vas mourir de vieillesse un jour ou l'autre de toute façon. Donc, ce que je fais, c'est pas si méchant, non? demanda le barbare en ricanant, finaud.

L'autre barde, qui n'avait rien fait d'autre que fixer le vide pendant tout le combat, mit sa flûte dans sa bouche en mordant le milieu de son instrument. Il fonça ensuite vers Skelèton. Pour une raison quelconque, il semblait voulait avoir les mains libres en maintenant son instrument dans sa bouche; pour se donner un meilleur élan avec ses bras, peut-être?

Il arriva rapidement devant le Nexicain, qui était tout seul, car Klatou essayait de porter secours au sorcier en utilisant son pique.

Skelèton attaqua de manière horizontale avec son nunchaku dans le but de toucher la tête de son adversaire étrange, mais ce dernier l'évita en penchant sa tête si bas qu'elle touchait presque le sol. Et, toujours penché, juste devant son ennemi, il se mit à jouer de la flûte. Skelèton n'était pas un grand expert en musique, mais il pouvait tout de même se rendre compte que les notes que le petit barde jouait n'avaient aucun sens. La musique faite par la flûte était chaotique. Puis, une fatigue incroyablement pesante l'envahit. Il tomba sur le sol, dans un sommeil si profond qu'on aurait dit qu'il n'avait pas dormi depuis plusieurs semaines.

L'humanoïde géant s'était mis à attaquer Klatou après avoir pratiquement assommé Desmothe. La grosse armure du clerc l'aidait, mais il savait qu'il n'allait pas gagner seul contre son ennemi. Le sorcier lui, sortit son petit serpent pour tenter d'effrayer l'homme mauve, sans succès.

— Non, pitié monsieur, je... j'abandonne! Juge! J'abandonne! cria le gros soldat, terrorisé par Voknul, avec les larmes au visage, qui rendaient presque invisibles ses gros muscles intimidants.

— Pardon? J'ai pas compris! cria Voknul en lui coupant la tête.

Puis il se mit à regarder le roi, avec un regard faussement surpris.

— Il voulait abandonner, c'est ça? J'avais pas compris, désolé!

Desmothe reçut une flèche sur son genou. Après un cri de douleur, il profita du fait que l'homme mauve géant n'était plus sur lui pour lever les mains vers l'archer. La plus grande partie de l'attention du clerc était portée sur son assaillant mauve, mais il pouvait cependant contempler une deuxième fois le spectacle du sorcier qui projeta de la fumée glaciale, sur l'archer, cette fois. Malheureusement, l'effet fut que presque nul.

— Eh bien! J'ai eu un peu froid... Hahaha! Ça, un mage?! lança l'archer en ricanant.

— Un sorcier! murmura Desmothe, offusqué, tout en se relevant.

Le barde aux cheveux noirs, qui avait endormi son adversaire grâce à sa magie, n'avait pas profité de l'occasion pour le tuer dans son sommeil. Avec son regard qui devenait des plus étranges, il décida de commencer à couper les cheveux de Skelèton avec une dague qu'il sortit de sa poche.

— Mais qu'est-ce qu'il fait à Skele... fit Klatou, coupé par un coup de poing en plein visage de l'homme mauve. Voknul! Viens donc nous aider!

— On a encore besoin de moi, les fillettes? s'écria Voknul avec un rire moqueur. Je suis la seule personne utile ici!

— On va voir ça, marmonna Klatou, tout en évitant de justesse un autre coup.

Tout en prononçant des paroles incompréhensibles pour son entourage, le clerc s'éloigna un peu de son ennemi géant. Ses mains, ainsi que ses yeux, devinrent jaunes.

— C'est la première fois que j'essaye ça! cria Klatou tout en fonçant vers Voknul. Je l'ai appris dans mon livre, ça m'a pris des heures!

— Hé ho, qu'est-ce que tu veux, tu veux te battre? demanda Voknul, surpris, en brandissant sa hache vers son guérisseur, tout en recevant une flèche dans l'épaule sans s'en rendre compte.

Ce fut Klatou qui eut le geste le plus rapide. Le clerc toucha l'épaule de Voknul avec ses mains toujours lumineuses. Quant au barbare, il n'avait pas frappé son équipier, incertain si ce dernier voulait le guérir ou l'attaquer.

En quelques secondes, Voknul doubla de taille. Il faisait maintenant quatorze pieds de haut, et le côté intimidant de sa personne avait également doublé, tout comme sa hache.

— J'aime bien ça, ce sort-là! cria Voknul, qui semblait vraiment heureux. C'est bon, guérisseur, je vais te garder plus longtemps que prévu!

— Hé bien, merci! répondit Klatou en ricanant, rendu habitué à être menacé. Je me suis dit que rendre plus fort le plus fort, ça pourrait aider!

Pendant que Voknul le géant coupa en morceau l'humanoïde mauve qui ne semblait plus si grand, Skelèton se réveilla et, complètement étourdi et perdu dans ses pensées, donna un puissant coup de poing au dénommé Merlock pour le faire tomber au sol, avant de lui donner des dizaines d'autres coups en criant de façons répétitives:

— Tu as tué mon poulet! Je le vengerai!

L'ennemi mauve s'était dissout dans les airs. Il n'était plus une menace. Ni les flèches de l'archer qui se plantaient sur Voknul, ayant l'effet de piqûres de moustiques.

Klatou, en train de guérir le petit sorcier, prévint le barbare que le sort doublage de taille était très limitée en temps, et qu'il serait mieux de se dépêcher de finir les deux derniers opposants. Mais le clerc avait déjà prévu la réaction du barbare. Un rire moqueur. C'était facile de lire dans les pensées du demi-orque. Il se disait probablement que son sort magique était amusant, mais qu'il n'avait pas besoin de ça pour tuer deux minables.

Merlock était complètement assommé, mais cela ne semblait pas déranger le Nexicain qui continuait de lui donner tous les coups de poing qu'il pouvait. Quant à Desmothe, plutôt que de dire un merci à son guérisseur, il lui demanda comment il avait eu ce pouvoir, et il commenta qu'il aimerait bien l'avoir aussi, trouvant cela très drôle.

C'est l'archer qui fit le premier à abandonner, sans avoir été interrompu. Il cria de toutes ses forces qu'il voulait quitter le combat au juge. Le juge acquiesça de la tête et l'archer, tout en fixant Voknul, non pas avec un regard de colère, mais de peur, monta les escaliers pour rapidement se mêler à la foule, voulant disparaître à tout jamais du champ de vision du demi-orque.

Joannus le barde blond, qui était désormais seul, remarqua que le barbare reprenait sa taille normale, mais il ne voulait pas du tout se battre contre quatre personnes. Un demi-elfe à quatre bras qui semblait plus fou que son équipier, un Nexicain qui frappait furieusement un homme déjà assommé depuis des lustres, un guérisseur capable de doubler la taille des gens... Et ce barbare, qui tue tout le monde d'un coup. Il était temps d'abandonner.

— J'aband... fit le barde. Mais sa phrase avait été coupée par le demi-orque, qui l'étrangla pour lui couper le souffle. Le juge ne semblait pas avoir entendu sa phrase.

— Pas question que tu abandonnes, petit gars! fit Voknul, en souriant.

Mais on entendit, dans toute la salle, et ce malgré les hurlements de la foule, un son aigu vraiment puissant. C'était la chef blonde, qui se tenait à deux pas du roi. Elle semblait avoir joué une note avec sa harpe. Une seule note, qui avait fait ce son si fort, avec un instrument qui pourtant devrait être doux. En même temps que cette note fut jouée, Voknul reçut un coup dans le ventre venant de nulle part qui le fit projeter à trois mètres en arrière. Il tomba par terre pour la première fois du combat et il laissa tomber sa hache par terre.

— Il avait abandonné, dit simplement la barde en observant la réaction surprise du juge, avec une voix aussi sérieuse que l'expression de son visage.

— Le combat semble terminé! cria le roi! La victoire va à l'équipe de Philas et Tardor!

Pendant que la foule hurlait de plaisir et d'amusement tout en clamant le nom des vainqueurs, Joanus, soulagé, monta l'escalier pour allez rejoindre la femme.

— Arrête de le frapper, il est déjà inconscient, c'est fini... fit le juge à l'endroit de Skelèton.

Alors que tout le monde semblait heureux, Voknul, lui, n'était pas content du tout.

— C'est cette femme qui m'a empêché de tuer l'autre minable! Je vais la violer!
— On se calme, mon grand, tonna le juge.
— La violer, violer, violer, violer!!
— Tais-toi, tu vas gagner mille pièces d'or, soit donc content!
— De l'or... Avec de l'or, tu peux acheter de la bière, proposa Klatou, tentant d'essayer de calmer le gros barbare. Plein de bières!
— La bière je l'ai toujours gratuite!

C'est le roi qui descendit dans l'arène, un peu mal à l'aise d'être si près de ce groupe étrange. Un peu vexé par le cadavre de son soldat à proximité, il était quand même heureux de voir son peuple si amusé.

— Alors, Voknul, tiens: prend cet or, je te le laisse le distribuer aux autres membres de ton équipe. C'est bien toi le chef, non? demanda le roi.

— Ouais, c'est ben moé, marmonna le barbare sur un ton sérieux, mais ravi qu'on l'appelle chef.

Mais le clerc n'aimait pas du tout la simple pensée que ce demi-orque, donc le seul principe était: "On tue, ensuite on boit" ait l'idée de posséder le statut de chef. Bien que côté force il était le meilleur, et que la place de chef devrait être à Voknul dans ce sens, le problème était que les mots "stratégies de combat" ainsi que "réfléchir" lui étaient totalement inconnus.

— Un chef, lui? Je parie qu'il ne sait même pas lire! fit Klatou

— Ça se boit-tu, lire? Ça saoule-tu, lire? Ça sert à rien, lire! cria Voknul tout en prenant le sac d'or. Cet or est à moi seul! C'est moi qui a tué tout le monde, de toute façon!
— Ohé! Moi j'ai eu le tueur de poulets! s'offusqua Skelèton.
— Un poulet?! Où ça? cria Voknul en tournant la tête dans tous les sens.
— Hé bien, vous êtes des originaux... murmura le roi, tout en observant les regards d'interrogations de la foule. Félicitation pour votre victoire!

Voknul prit les pièces d'or au roi, puis, tout en observant ses trois équipiers, il partagea le lot sous le regard surpris de Klatou.

— Allez, les petits, vous faites pitié! De toute façon, la bière, je l'ai gratuite, pas vraiment besoin de tant d'or!
— Eh bien, merci! fit Klatou, content d'avoir plus d'or qu'il n'en a jamais eu.

— De l'or... Je ne sais pas ce que je m'achèterais avec ça... Peut-être qu'on pourrait passer à une boutique d'un nécromancien pour que j'aille acheter des choses? murmura le sorcier, en train de s'interroger en se grattant la tête.

— Pleins de chups! Avec tout cet or, pleins de chups! se dit Skelèton. Puis, tout en observant Voknul, il rajouta également un "Pleins de bières aussi!"

La grande foule commençait à se calmer. Tout le monde était de bonne humeur; le combat avait été assez spectaculaire et original.

Bien que beaucoup s'inquiétait à cause de ce nain, la plupart étaient plus heureux que jamais après avoir entendu la nouvelle du roi à propos de la découverte du lieu où la base des Loups noirs était implantée. Le simple espoir d'en finir une fois pour toutes avec ces assassins était suffisant pour faire apparaître un sourire sur tout habitant d'Overa.

— Merci à tout le monde d'être venu. On remet ça l'an prochain! cria Morrenus, en observant ensuite une drôle de personne entrer dans l'arène tandis que les gens commençaient à sortir.

Portant un masque blanc de bois que beaucoup jugerait ridicule, avec deux gros trous noirs dans lesquels on ne pouvait pas apercevoir le moindre signe d'yeux, l'homme d'environ six pieds cinq et d'une maigreur extrême attira beaucoup de regards en entrant dans la salle.

Il avait des vêtements de tissus gris avec des manches de chandail vraiment trop longues pour lui, dépassant de loin ses mains invisibles, et le plus étrange, c'est qu'il semblait être en train de danser, en suivant un rythme qui ne pouvait être que dans sa tête.

Silence dans la salle. Tous les cris de joie de tout à l'heure n'étaient déjà que de vieux souvenirs.

Seulement quelques légers murmures entre spectateurs pouvaient se faire entendre.

— Qui êtes-vous? demanda le roi, surpris autant que les autres. La finale est terminée.

— D'où ça sort? demanda le grand homme, en s'arrêtant soudainement de danser.

— Pardon? répondit Morrenus.

— D'où? continua l'étrange personnage, en regardant cette fois dans sa longue manche droite. Ah, mais de là, bien sûr!

Puis, plus vite que l'éclair, deux espèces de tuyaux de bois sortirent de ses deux longues manches pour faire projeter un gaz vert, qui se propagea à une vitesse presque incroyable dans la salle, atteignant les spectateurs sans perdre une seconde.

— C'est quoi ce... marmonna Klatou, avant d'être plongé dans un profond sommeil. Avant de tomber, il vit tout le monde avoir une réaction semblable à la sienne, c'est-à-dire chuter au sol.

Le noir. Vide total.

DEUXIÈME PARTIE

Chapitre 6: Motivés par la peur

Kergor attendait, commençant à devenir impatient. Il avait un rendez-vous très important et surtout dangereux si l'autre homme arrivait en retard. Dans le corridor entouré de murs blancs, éclairé par quelques torches accrochées sur les murs, il attendait que son ami Viert se réveille enfin, dans la salle de repos. Il attendait également Tirog. Un peu déçu qu'un Loup noir vétéran soit en retard, il marchait dans tous les sens, s'imaginant toujours et encore le pire. Il finit par apercevoir Tirog, ce qui le rassura un peu.

— Il était temps! On ne fait pas attendre Razor, tu le sais bien! fit Kergor.

— Du calme, il reste encore du temps. On discutait avec le lieutenant Mephus, à propos de l'attaque du druide...

Dans la quarantaine, le vieux rogue semblait beaucoup moins énervé que Kergor. Beaucoup plus habitué au métier, sans doute.

— J'aime mieux arriver en avance qu'en retard! fit Kergor. De quel druide tu parles?

— Il y a une espèce de type étrange aux yeux rouges qui se transformait en différents animaux féroces. Je n'y étais pas, mais il parait qu'il a tué une trentaine de nos rogues...

— Une trentaine?! répondit Kergor immédiatement. Une trentaine?! C'était qui, ce druide?!

— C'est ça qu'on essaye de trouver. Il s'est enfui alors... Non en fait, c'est les Loups noirs qui se sont enfuis. Que fait Viert?

Toujours en train d'essayer de réaliser la mort de trente des siens, Kergor resta silencieux un moment, puis, en entend la question de Tirog une seconde fois sur un ton plus grave, il répondit qu'il se lèverait sûrement dans une minute ou deux.

— Un druide, hein... Je n'en ai pourtant jamais vu sur Overa. Ces espèces d'étranges personnes qui ont des pouvoirs de nature et tout ça, j'en avais vu sur Marbridge, mais ici... Razor va trouver une solution pour l'éliminer, tu penses? S'il est capable de tuer autant de nos rogues...

Une sorte de soupir provenant de Tirog. On ne voyait pas sa bouche à cause de son foulard rouge, vêtement que chaque Loup noir portait, mais ses yeux, toujours visibles, pouvaient montrer qu'il semblait las de quelque chose.

— Razor, Razor... Dans le temps de Desastros, le problème aurait déjà été résolu depuis un moment... Et...

Mais Viert le coupa en sortant enfin de la salle de repos. Le petit homme chauve était toujours aussi souriant que d'habitude.

— Désolé, les gars! J'ai dormi un peu plus que je ne le pensais. Alors, Razor veut nous voir pour qu'on fasse partie du coup à la finale, c'est bien ça?

— Non, je ne crois pas, fit Kergor. C'est autre chose. Allons-y, on va le savoir!

En se dirigeant vers le bout du corridor, tout en jouant avec sa rapière comme à son habitude, Viert, accompagné de ses deux équipiers, se préparaient tous mentalement à aller voir Razor.

Viert ainsi que Kergor ne l'avaient jamais vu en personne auparavant. Tirog, qui était dans le clan depuis déjà longtemps, l'avait vu souvent, sans avoir été impressionné, disait-il.

Arrivant enfin à une porte, Viert s'arrêta soudainement, et son sourire disparut un petit moment.

— Dites, le trio n'est pas là, aujourd'hui, hein?
— Non, répondit Tirog. Pourquoi?

Viert ouvrit ensuite la porte, observa discrètement à l'intérieur, puis, satisfait, entra.

— Je ne sais pas, ils me mettent mal à l'aise. Ils sont bizarres, ces gars-là, avec leur espèce d'obsession de garder ce fichu trou en avant, juste pour rire des rogues. Je suis tombé dedans deux fois la semaine dernière…

Les trois hommes entrèrent dans la grande pièce. Très propre, il y avait une table au milieu avec trois chaises, beaucoup de vin et de nourritures riches.

— Razor a eu l'idée de garder le Trio de côté un moment, fit Kergor, tout en ouvrant une trappe. Pour surprendre les imbéciles d'habitants en les faisant revenir soudainement, je pense.

— Pourquoi le seul chemin pour voir Razor passe par la pièce du Trio? demanda Viert. C'est idiot, tous les rogues ont peur d'eux, on ne peut même pas voir notre chef.

— Ils n'ont rien d'extraordinaire, marmonna Tirog en descendant le premier dans la trappe en prenant l'escalier de bois.

— De toute façon, avec la réputation de Razor, qui a vraiment envie de le voir souvent? dit Kergor en ricanant, deuxième à descendre.

Tous les trois descendus dans le sous-sol, ils passèrent devant la prison, devant l'elfe endormi, le seul prisonnier encore en vie qu'il restait.

— Tiens, Mouriaki est encore en vie! Ça m'étonne! lâcha Viert avec une bonne humeur revenue.

— Tu le connais? demanda Tirog.

— Moi? Oui, heu... Non. Enfin...

— C'est pour ça qu'il est encore en vie.

Les trois rogues restèrent un moment devant le prisonnier endormi en le fixant. Viert et Kergor se regardaient, s'interrogeant du regard. Tirog, lui, semblait toujours aussi calme que d'habitude.

— Tout le monde le connaît, tout le monde connaît son nom, sans même l'avoir vu avant. Étrange, non? C'est peut-être un sort magique, je ne sais pas.

— De toute façon, ce n'est pas à nous à nous poser des questions, dit Kergor. Mais je l'avoue, c'est étrange. Vraiment étrange.

Viert eut un gros rire qui faisait de l'écho partout dans le corridor sombre.

— De la magie! Il y a-tu quelque chose de plus idiot que ça! Je vous ai déjà parlé de la fois où j'ai tué un mage de Klamtra en lui rentrant ma rapière dans la tête? C'était vraiment drôle et…

— On en parlera une autre fois, le coupa Tirog, lasse des exploits du jeune rogue.

Tout en continuant dans le corridor pour arriver à une nouvelle porte, Viert arrêta ses vantardises un moment, respectant le vieux rogue.

— C'est vrai qu'il y a quelque chose de vraiment étrange avec ce prisonnier...

— Parlant de chose étrange... dit Kergor.

Les trois rogues arrivèrent dans une grande salle, avec rien d'autre que des personnes et une musique qui résonnait. Il y avait deux guitaristes, deux hommes qui jouaient du tambour et un qui jouait de la flûte, tout en dansant d'une drôle de manière. Il y avait aussi un grand homme, vraiment maigre, avec un masque de bois. Il dansait également, tout en suivant le rythme fait par ses compagnons.

— Tient c'est Plix! fit Viert. Ça va, Plix?

— Il ne le voit pas, dit Tirog, sur un ton toujours aussi calme. Il est comme ça. Allez, continuons, on arrive bientôt, enfin.

Cette fois, les trois hommes arrivèrent devant une très grosse porte, sur laquelle étaient accrochés de gros piques de bois pointus. Un message était collé au mur juste à droite.

— C'est écrit... "Dérangez pour rien, mort assurée." Ça alors, c'est gai! dit Viert en ricanant.

— Je ne suis pas rassuré... fit Kergor.

— Allez, les mauviettes, il n'y a rien là. Je l'ai vu bébé, ce Razor-là, moi.

Alors que Kergor allait cogner à la porte, Tirog l'ouvrit avant qu'il n'en aille le temps. Il entra le premier, sans être énervé, contrairement à ses deux équipiers, qui finirent par le suivre, tranquillement.

Devant eux se tenait un gros trou rempli de liquide brûlant - ressemblant à de la lave - entouré par deux petits escaliers qui montaient vers une autre porte.

Le vieux rogue monta l'escalier et cette fois, il cogna à la porte, en marmonna quelque chose qui ressemblait à: "Ça sert à quoi de mettre ce liquide rouge ici..."

— Razor? C'est nous. Tu as demandé qu'on vienne, annonça le vétéran.

— Entrez, fit une voix aussi calme que la sienne, avec un ton cependant plus hautain.

Tirog ouvrit la porte et fit signe à ses deux compagnons d'entrer dans une cette pièce sombre, sans torche cette fois. Devant eux se tenait Razor, le chef des Loups noirs. Il était assis dans un grand trône rouge.

Sur le coup, Viert se demandait ce que son chef faisait ici dans l'obscurité. Il réfléchissait, sans doute.

À cause de la noirceur, on ne pouvait pas vraiment distinguer le moindre trait du chef du clan, hormis ses yeux verts.

— Bonjour, chef... fit Kergor, en tentant d'avoir la même assurance que Tirog.

— Tais-toi et laisse-moi parler, répondit Razor.

Tout en sueur, Kergor ravala sa salive et, en baissant la tête quelques secondes, il regarda le chef des Loups noirs camouflé par la noirceur pour l'écouter sans jamais vouloir l'interrompre une seule seconde. Qui serait assez fou pour faire cela?

— Je vais être bref, Mallas n'a jamais été attaqué par notre clan. J'ai envie de changer les choses. Mais avant, je veux connaître leur niveau de défense. Puisque c'est différent pour chacun de leurs villages, je veux savoir leur nombre de soldats, ainsi que la force de leur nouveau chef. Vous trois ferez partie de cette mission.

Kergor écoutait attentivement, ne disant pas un mot, préférant faire des signes d'accord avec sa tête pour faire comprendre à son dangereux chef qu'il écoutait chaque syllabe. Viert, lui, écoutait également, mais en observant l'épée noire géante de razor. La fameuse épée unique nommée "L'aile noire" était très impressionnante, avec une lame qui semblait plus coupante que n'importe quoi d'autres dans le monde. Quant à Pirog, qui voulait presque faire exprès pour montrer qu'il ne voyait pas Razor comme un chef, bâillait en écoutant qu'à moitié ce qu'il disait.

— Donc, on va se déguiser en villageois pour espionner Mallas... C'est une bonne idée, fit Pirog. Et ce druide, qu'est-ce qu'on en fait? S'il y en a plusieurs comme lui, on va avoir beaucoup de problèmes.

— On s'occupera de ce druide plus tard, dit simplement le chef.

— Plus tard, plus tard! Desastros, lui, ne perdait pas de temps, et...

Mais le vieux rogue n'eut pas le temps de finir sa phrase ni sa vie, d'ailleurs... Presque instantanément, Razor ouvrit son manteau noir pour lancer trois dagues sur la tête et l'estomac de Pirog. Viert et Kergor n'eut même pas le temps de voir les mouvements de Razor effectués pour lancer ses armes.

— À la réflexion, deux rogues suffiront pour cette mission, continua Razor, calme, comme si le meurtre qu'il venait de commettre était aussi banal que de prendre une gorgée de son verre pendant une discussion. Vous partez maintenant, je vous donne cinq jours, je veux autant d'informations que possible. Vous pouvez y aller.

Faisant un signe de tête affirmatif, Kergor partit en direction de la sortie, tout en traînant Viert par le bras, toujours figé sur place par la mort de son compagnon.

Constatant maintenant que les multiples rumeurs sur leur chef qu'ils n'avaient jamais vu auparavant étaient probablement vraies, motivés par une peur extrême, les deux rogues partirent sans perdre une seconde vers le village Mallas, prenant à peine le temps de prendre des vêtements de villageois banals.

Chapitre 7: Une mission pour des fous

Ce sont les cris de colère d'une voix connue qui réveilla le groupe des quatre. La voix du roi.

— Encore les Loups noirs! Cet énergumène faisait partit des Loups noirs! Je les hais! cria-t-il.

En se réveillant, le clerc pouvait constater que tout le monde était encore là. Il se rappela ce qui s'était passé il y a... Il ne savait plus trop il y a combien de temps il était tombé endormi. Il voyait que tout le monde semblait agité, une bonne majorité de personnes fouillait dans leurs poches et dans leur sac. Plusieurs cris et injures se lançaient dans la grande salle, mais il était difficile de distinguer ce qu'ils disaient, excepté le roi et sa grosse voix, qui insultaient les Loups noirs sans cesse en levant les bras.

Klatou commençait à reprendre complètement ses esprits, et, tout en se levant, il commençait à discerner quelques mots parmi les hurlements de la foule.

"Mon sac" "Vide" "Voleurs"

Puis, tout en fouillant dans sa poche et en observant les mains de Voknul, il réalisa que l'homme maigre étrange les avait endormis dans le but de voler leurs pièces d'or. Les pièces d'or de tout le monde dans la salle.

— Nos pièces d'or! Ce salaud nous a tout volé! cria Klatou, en imitant le reste de la foule.

— Heille c'est vrai, j'ai pu mon sac! grogna Voknul. Je voulais m'acheter une meilleure hache avec cet or! Bon j'aurais pu la voler, mais là, ça me tentait de voir ce que ça donnait comme impression, d'acheter légalement quelque chose!

— Mes cheveux! J'ai moins de cheveux qu'avant! cria Skelèton.

Desmothe, qui constata que ses bras étaient toujours accrochés à son manteau, poussa un long soulagement, et regardait un peu la foule s'éparpiller vers la sortie, poussé par les soldats du roi qui tentait de les calmer en leur disant de s'en aller, pour probablement laisser le roi s'occuper de cette situation. Desmothe était tout de même un peu fâché. Bien qu'il ne s'intéressait que peu à l'or et la fortune, il avait quand même reçu plusieurs bons coups de poing d'un monstre mauve pour obtenir ce prix.

Le Nexicain, toujours en train de tâter ses cheveux moins nombreux, leva un poing en essayant de trouver quelqu'un - probablement le fou qui lui avait fait ça- pour lui donner une correction. Mais il ne le trouva pas.

— Hé, ils vous ont volé, vous aussi? demanda une grosse voix.

C'était Keletor, le chef de Tardor. Toujours aussi grand. Il fixait surtout Klatou.

— Ouais... On venait d'être riches, mais c'était pour une courte durée... susurra Klatou, déçu.

— Moi j'avais pas de pièces d'or, juste une bière, et je l'ai encore! s'exclama Keletor, presque amusé par la situation, tout en buvant la bière en question.

— Moi aussi j'ai encore mes bières! tonna Voknul, tout d'un coup de bonne humeur.

— La bière!! cria Keletor de toutes ses forces.

— Bière?! continua Voknul.

— Bière!

— Bière ohhhh bière!

Les deux barbares demi-orques semblaient s'amuser à se crier le mot bières, comme si c'était des sortes de cris d'honneur. Comme si c'était pour garder le moral, ou qui sait...

Même s'ils étaient très près, ils se le criait, et sur le même genre de ton amical que deux amis utiliseraient en hurlant: "Hé ça va?!" "Ça va et toi?!" pour qu'ils s'entendent à travers un gros bruit.

La majorité des gens étaient déjà partis. On pouvait voir que le roi était toujours en colère, discutant avec Mantor, puis montrant sa bourse vide à un de ses soldats en pointant du doigt le fond vide. Le soldat et le vieux mage semblaient vouloir le calmer, sans succès apparent.

— On dirait qu'il va falloir y aller aussi, marmonna Desmothe en regardant un soldat qui arrivait dans leur direction.

Mais c'était le roi qui arriva en premier, voulant leur parler. Il était accompagné de Mantor, mais le soldat qui était à ses côtés préféra allez s'occuper de faire partir le restant de la foule. Morrenus ne semblait pas du tout avoir la même allure que tout à l'heure.

— Vous! cria le roi, toujours énervé. Vous êtes forts, non? Vous avez gagné le tournoi! On sait où est la base des Loups noirs, ça vous intéresserait, une mission?! À la place d'envoyer une armée, je préfère envoyer un petit groupe pour les attaquer par surprise. Ils aiment les attaques par surprise? Parfait!

Klatou observa un moment le roi qui tremblait presque tellement il était énervé, lui qui était pourtant calme tout à l'heure, puis répondit enfin, puisqu'il voyait bien que ses trois équipiers n'avaient même pas vraiment écouté ce qu'il avait dit:

— Pourquoi on ferait ça? demanda Klatou. Et puis, ils sont sûrement nombreux; c'est dangereux... Non, envoyez une armée et prévenez-moi quand vous retrouverez les mille pièces d'or.

''*Pourquoi on ferait ça?*'' résonna la phrase dans la tête du roi.

— Keletor et Mantor vous accompagneront, poursuivit le roi. Ils sont très forts, vous n'aurez pas de problème. Quant à ce que vous avez à gagner, l'honneur de votre roi, ainsi que du peuple d'Overa?

Klatou soupira un moment. Il n'avait que faire de tout ça.

— Moi j'prendrais bien votre femme, comme récompense! fit Voknul.
— Ma femme? Mais de quoi vous p... Je n'ai pas de femme et...
— Je prendrais bien ta mère, moi, Morrenus... marmonna Keletor, un peu gêné.
— Vous avez une fille? Un bras de jeune fille, il me faut... dit Desmothe.

— Mes cheveux! J'ai moins de cheveux?! grogna Skelèton en levant les bras.

— Mais de quoi vous parlez tous... grommela le roi, ayant la tête qui tourne.

Le roi, comme perturbé par le tourbillon de folie de ce groupe de fous, commençait à ne plus voir clair, n'entendant que partiellement toutes les phrases étranges qui sortaient de ces personnages excentriques. Il semblait presque être à moitié dans un autre monde, ayant de la difficulté à distinguer sa propre voix de celle des autres. Le fait qu'il n'aille pas dormit depuis des jours, peut-être... Il ne voyait plus rien, il ne voyait qu'un vide blanc et n'entendait que plusieurs voix qu'il n'arrivait pas à bien distinguer ni entendre.

— Votre femme, ça me va.

— Un peu de bières avec ça, tiens!

— Alors, ce bras, de votre fille, marché conclu?

— Rien à faire de votre honneur, moi.

— Alors, qui a volé mes cheveux?

— Arrêtez, je... je ne vois plus clair...

    " Ils ont gagné le tournoi"

— Alors, dix bières?

— La bière!!

— Je peux prendre sa tête, si vous préférez!

-- C'est le tueur de poulets, c'est ça?!

— On n'en a rien à faire, de votre honneur!

    ''Ils n'en ont rien à faire''

— Bière!

— Bière ohhhh bière!

— De la bière! J'en veux!

— Hé, où est mon chapeau? Ils m'ont aussi volé mon chapeau?

— Allez, vite, j'ai rendez-vous avec une fenêtre... Voknul?

"Rien à faire de rien"

— Ouf, je l'ai retrouvé!

— Bière, bière, bière, bière, bière, bière, bière!

— La bière?!

— Mais!... On m'a volé mes chups! Les trois gros?! Ils ont fait le coup!

" Pourquoi les victorieux devraient nécessairement être bons, avoir de l'honneur, et être un exemple à suivre pour tous les autres?..."

— Qui a dit ça?!

— Bière! Pause bière!

— De la bière?

— Chapeau.

— Poulet.

— Bras.

— Arrêtez de parler, je... j'ai...

" Y a-t-il beaucoup de gens comme cela, que j'ai protégés avec tant d'énergie contre les Loups noirs?"

Le roi tomba une seconde fois dans les pommes, d'une façon très similaire à tout à l'heure, mais ce n'était pas le gaz qui en était la cause, cette fois. C'était la folie ou plutôt l'anormalité du groupe victorieux du tournoi qui parlait tous sans arrêt. Le roi, qui essayait de comprendre un sens à chaque phrase insensée qu'il entendait, commençait à être trop perturbé et sa tête fatiguée avait commencé à tourner, jusqu'à ce qu'il tombe.

C'était tout simplement la goutte d'eau qui faisait déborder le vase. Le roi ne dormait presque plus depuis longtemps, pensant toujours et encore aux Loups noirs que son père et lui-même avaient essayé de stopper depuis si longtemps.

Il avait beaucoup de travail également, des visites aux villages pour rassurer la foule, l'organisation du tournoi, l'engagement de soldats venant des îles voisines, le maintien de liens amicaux avec Marbridge, avec un roi qui devenait de plus en plus instable dernièrement...

Les quatre aventuriers ne se doutaient pas une seconde qu'ils pouvaient ébranler les gens dits normaux avec leurs étranges manies et types de conversation. Voknul se moquait de ce que les gens pensaient, et ça en était de même pour Klatou. Sans être spécialement méchant, le clerc était assez antisocial avec les gens, excepté avec Skelèton et ses nouveaux amis. C'était le genre qui ne fait rien sans rien; il fallait quelque chose en échange de ses services. Était-ce nécessairement une mauvaise façon d'être? Skelèton n'avait probablement pas assez le cerveau développé pour s'imaginer la réaction des gens ou ce qui se passait dans leur tête lorsqu'il le voyait. Desmothe était peut-être le seul qui s'en préoccupait un peu, mais pas vraiment de façon positive. Telle une personne appréciant exposer de beaux vêtements, il éprouvait une certaine fierté à avoir l'air original et morbide, et les réactions de peur, de nervosité et de surprise des gens étaient l'un de ses amusements favoris de la journée.

Alors que Keletor et Voknul débattaient sur un nombre de bière à consommer aujourd'hui (nombre qui augmentait sans cesse), le roi, après avoir reçu quelques claques au visage de Mantor, se réveilla.

— Que... Qu'est-ce qui s'est passé? demanda le roi, encore sonné, tout en se levant debout, péniblement.

— La bande d'imbéciles qui dit n'importe quoi ont dû t'étourdir... répondit Mantor. Étrangement, la plupart viennent de Tardor!

— D'imbéciles? rétorqua Klatou, furieux.

— En cochon, cette fois, ta transformation? ricana Mantor, moqueur.

Le clerc s'éloigna un peu tandis que les deux barbares se mirent d'accord sur cent bières chacun.

Le roi se frotta un peu le front. Cette fois, l'esprit plus clair, mais toujours en colère, il s'exclama:

— Bon ça suffit! Ramenez-moi la tête de Razor, et je vous donne tout ce que vous voulez! Tiens, j'envoie même Zirus avec vous; trois chefs en tout!

— Même votre femme? ricana Voknul.

— Ma femme imaginaire, mes enfants, ma grand-mère, ou tout ce que vous, les fous, voulez, mais ramenez-moi la tête du chef des Loups noirs! C'est votre mission, vous entendez?! Mantor connaît le chemin, c'est assez loin, alors partez sur le champ!

Keletor marmonna à Voknul qu'ils pourraient peut-être faire une pause à son bar, à Tardor, pendant le voyage. Il le dit tout bas, voyant que Morrenus semblait être en colère pour une raison qu'il ignorait.

Le chef de Tardor avait quelques points communs avec Voknul et quelques différences. Premièrement, il était très fort, buvait autant que lui sinon plus, était aussi sale et un peu naïf comme lui (quoique ce n'était rien à côté du Nexicain).

Cependant, alors que Voknul, était du genre à frapper ensuite parler avec n'importe qui, Keletor avait un côté plus sympathique et amical; il était presque gentil avec ceux qui ne le dérangeaient pas. Malgré tout, il valait mieux ne pas tenter le coup d'insulter la bière devant lui.

Le groupe, composé maintenant de sept personnes, se prépara à se mettre en route. Klatou analysa brièvement la situation: il y avait d'abord ce mage, Mantor, qui était sûrement puissant puisqu'il était un chef. Ensuite, Desmothe, un sorcier bizarre, mais qui semblait généralement efficace à sa façon. Voknul et Keletor étaient parfaits pour le rôle des deux qui foncent dans le tas pendant que les lanceurs de sorts faisaient ce qu'ils avaient à faire. Skelèton, qui était beaucoup moins fort que Voknul, faisait tout de même sa part dans les combats. Klatou s'occuperait de guérir les blessés. Un groupe efficace, mais contre des Loups noirs... Combien sont-ils, sont-ils forts? Il réalisa que lui et les trois autres ne savaient rien, mais rien de tout à propos de ce groupe d'assassins qui rodait depuis toujours sur l'île.

Comme dernier membre il y avait aussi ce Zirus et son arme étrange ressemblant à une épée mince et pointue qu'on appelait une rapière. Il avait un manteau noir ressemblant à celui de Desmothe, bras en moins, et un regard presque toujours calme. Le clerc savait que c'était l'ami de Keletor; il était peut-être fort...

— Donc, on va à la base des fameux Loups noirs? marmonna Zirus en fixant Keletor. Ça risque d'être intéressant, enfin, beaucoup plus que mon village! On se jouera quelques parties de cartes en chemin, mon vieux?

Sous le regard épuisé, voire désespéré du roi, le groupe, dont le but était de sauver Overa (même si la plupart s'en moquaient), devait se diriger vers Tardor, puis ensuite un peu au Sud-est, selon les dires de Mantor.

Mais ce n'est pas en arrivant à Tardor que les dit "héros" allaient boire, mais en chemin, déjà à la sortie du château. Car Voknul sortit déjà plusieurs bières qu'il donna à Keletor et Skelèton. C'était probablement le seul côté généreux du violent barbare.

— Pourquoi ils ne nous ont pas tués, ceux qui nous ont volés? Ils ne sont pas censés être des assassins? demanda Klatou, en regardant un peu tout le monde.

— Sûrement que l'effet du gaz produit par l'autre grand type avait une durée très limitée. Et l'argent était probablement le but principal de nos petits loups... marmonna Zirus.

Le chef de Phillemus accepta ensuite une bière de Voknul. Les trois quarts du groupe faisaient la fête en marchant sur la route.

Skelèton, qui représentait l'innocence même, était de plus en plus influencé par le barbare, autant pour l'alcool que pour la violence. Sa curiosité pour l'inconnu changeait son comportement très rapidement. Voknul était devenu pour lui une sorte de modèle à imiter, pour connaître de plus en plus de nouvelles sensations qui s'avéraient jusqu'à maintenant très amusantes pour lui. Tout en conservant une amitié plus grande que jamais avec Klatou qu'il considèrait comme un égal, bien que le clerc était de loin plus intelligent que lui, le barbare était pour lui une sorte de maître ou de professeur. Skelèton était comme un enfant curieux qui voulait tester de nouvelles choses, observer ce qui se passait après certaines actions, comme arracher les ailes d'un insecte, par exemple.

Klatou, lui, était probablement la seule personne qui possédait encore une logique ou conscience dans le groupe. Alors que les trois autres fonceraient sans doute contre des dizaines de dragons, le clerc serait là pour tenter de leur redonner un semblant de raison. Tandis qu'il était lui-même assez étrange, il était en apparence le plus normal des quatre... donc lorsqu'il fallait utiliser de diplomatie ou tenter de discuter avec des individus quelconques pour arriver à une entente, Klatou était très probablement la personne la mieux disposée pour ce rôle. Malheureusement, qu'il le voulait ou non, les comportements de ses équipiers l'influençaient peu à peu, et la violence ainsi que les cadavres, qui devenaient de plus en plus routiniers en leur compagnie, changeaient sa façon de voir les choses.

Voknul, qui intimidait tout son entourage, qui leur faisait peur et qui les rendait nerveux sans cesse, commençait maintenant plutôt à créer une espèce d'assurance dans le groupe, une protection.

Car ses équipiers commencent bien à voir que le grand barbare abattait ses ennemis assez rapidement et facilement. Ils voyaient bien que les agressions du barbare à leurs égards se limitaient généralement en menaces, et que probablement, ils les aiment bien, les trouvant amusants comme compagnons. Bien qu'il ne les voyait pas du tout comme des égaux, il ne les voyait pas comme des ennemis, ce qui était déjà bien pour eux. Klatou était pour lui une sorte d'instrument qui lui permettait de rester plus longtemps debout donc qui lui permettait de détruire plus de choses. Desmothe était celui qui l'accompagnait depuis toujours, et Skelèton était un élève amusant.

Quant au sorcier, c'était l'incompréhensible, celui dont les objectifs étaient très flous et durs à cerner. C'était le mystérieux demi-elfe, qui passait de plus en plus du sorcier qui rendait mal à l'aise au sorcier loufoque qui était amusant à regarder, qui était original et qui surprenait toujours. Il était très violent, ou plutôt morbide, mais était faible en même temps, donc Voknul était pour lui l'allier idéal. C'était probablement l'une des personne dans le monde qui ne dira presque jamais dans sa vie: "C'est vraiment dégoûtant!".

Il se liait de plus en plus d'amitié avec Klatou et Skelèton, ayant un malin plaisir à observer leur réaction lorsqu'un nouveau bras était accroché à son vieux manteau.

Ces quatre personnes qui normalement n'auraient rien à faire du bien étaient en route à l'aventure pour l'honneur du roi ainsi que pour la paix de l'île Overa. S'ils réussissaient à éliminer le fameux Razor, ils seront sûrement perçus comme des héros sur l'île. Ce n'était pas leurs buts du tout, car hormis obtenir la mère, la fille et la femme du roi, qu'ils pensent dans leur naïveté vraiment obtenir à la fin, leurs objectifs étaient probablement de trouver de la bière, tuer des gens, arracher des bras...

Chapitre 8: Un sorcier et un marchand

— C'est bizarre: à chaque fois que ce demi-orque regarde mon arme, il se met à rire, remarqua le chef de Phillemus.

Mantor regarda un peu Voknul, qui était devant, sur la route, en compagnie de Keletor et Skelèton. Il fixa ensuite Zirus.

— J'imagine que ce stupide barbare n'a jamais vu de rapière et qu'il pense que sa grosse hache est meilleure que n'importe quoi, dit le mage.

— Drôle de type, marmonna le chef rogue. Les autres sont étranges, aussi. Tu as vu l'autre, avec ses bras morts accrochés?

Mantor soupira légèrement, en regardant cette fois le demi elfe. Il ne savait pas lequel des deux il détestait le plus, trouvant aussi ridicules l'un et l'autre.

— C'est un sorcier... Ce sont tous des excentriques.

— Je t'arrête, Mantor. J'ai quand même vu beaucoup de sorciers dans ma vie, celui-là semble spécial. Arrête-moi un peu ta petite haine envers les sorciers, vieux mage!

S'attendant à voir le vieil homme en colère, Zirus s'éloigna légèrement, au cas où. Mantor ne poussa qu'un nouveau soupir. Il était bien fatigué, également.

— Comment ne pas détester ceux qui ont les mêmes pouvoirs, mais qui ne font aucun effort pour les obtenir... dit-il.

— En tout cas, ce groupe-là, ce sont de sacrés numéros! Ils sont amusants. Si tu savais comme c'est ennuyant, s'occuper de mon village...

— Ce sont des idiots qui ne sont pas saints d'esprit. Ce sont ceux-là qui meurent en premiers, d'habitude.

Le groupe qui avait comme but d'éliminer les Loups noirs s'était divisé en trois sur la route menant à Tardor. Skelèton, en avant, commençait à avoir de la difficulté à marcher, trop saoul, mais Voknul l'aidait à marcher dans la bonne direction en le poussant, parfois un peu trop fort. Keletor semblait être le meilleur des trois pour résister aux effets des bières.

Mantor et Zirus étaient juste en arrière, et Klatou et Desmothe étaient un peu plus loin derrière.

— Alors, qui faut-il tuer, déjà? marmonna Desmothe en pointant Klatou.

— Aucune idée, dit Klatou, qui fixait Skelèton pour voir s'il ne tombait pas trop par terre. Razor, son nom, je pense.

— Ses bras sont sûrement intéressants!

— Oui, peut-être très poilus! cria Klatou en rigolant, presque étonné de trouver cette conversation normale.

Klatou regardait Zirus, Mantor et Keletor. Il n'avait jamais vu un chef se battre sérieusement, même Clectus, le chef de son village. Ils sont sûrement très forts s'ils sont responsables d'un village au complet. Celui de Tardor, c'est Keletor, donc... Il doit être très coriace pour que son village de fous tienne toujours en place. Pensant aux fous, il commençait à se demander s'il n'était pas lui-même devenu un peu fou de rester avec les deux types étranges du tournoi...

Car après la finale, il n'était pas obligé de les suivre, et ce n'est sûrement pas un stupide roi qui allait l'obliger à les accompagner à nouveau... Peut-être qu'il s'amusait bien, avec eux, finalement... Et Skelèton semblait bien s'amuser également, hormis pour les lendemains de fêtes...

— Ce vieux mage-là, il a sûrement des armes spéciales de magies! lança le demi-elfe en ricanant. Il faudrait le tuer et le voler dans son sommeil!

— Mantor? Celui qui me transforme en poulet? Ça ne me dérangerait même pas! répondit le clerc.

Klatou regarda ensuite en avant, puis dit.

— Ah, voilà.
— Qu'est-ce qu'il y a?
— Skelèton est tombé. Saoul mort, sans doute. Mais Voknul semble le porter sur son épaule! Il l'aime bien, on dirait.
— Probablement pas.

Klatou fut surpris pour la première fois dans cette discussion. Il pensait que Voknul aimait bien Skelèton. Le fait que le Nexicain ne soit pas mort était, étant donné la situation, une assez bonne preuve.

— Ah non? fit le clerc

— Je pense pas, il s'amuse juste à le saouler à mort. Chacun ses plaisirs.

"Bière!!" "La bière!!" "Bière?!" "D'autres bières!" "Des bières?!" "La bière!!"

Le clerc entendait à nouveau Keletor et Voknul crier le mot bière sans arrêt, en se pointant du doigt et en buvant.

— Ça fait longtemps qu'il fait ça? demanda Klatou.

— Faire quoi?

— Crier le mot bière sans arrêt, quoi d'autre!

— Ah non. Depuis qu'il est avec Keletor. Peut-être une sorte de tradition entre demi-orques, je sais pas...

Le groupe passa à côté des cadavres de hyènes, qu'ils avaient combattues il y a un moment déjà. L'une d'elles avait une tête en moins, et Mantor constata en fixant le demi-elfe l'endroit où elle était passée.

Dans les heures qui suivirent, le groupe continua à marcher vers Tardor. Mantor ne semblait pas ravi de l'idée d'y aller. Il restait en retrait avec Zirus, qu'il n'aimait pas beaucoup, mais qu'il jugeait comme "seule personne normale" ici. Klatou discutait de tout et de rien avec Desmothe, et Skelèton se réveilla en vomissant sur Voknul, ce qui ne sembla pas déranger le demi-orque.

— Tardor! On n'é arrivé! cria Keletor, fou de joie. Pleins de bières!

— La bière! cria Voknul, presque instantanément.

Cette fois, Mantor ne soupira pas. Il poussa plutôt un léger cri de colère pour ensuite dire:

— N'oubliez pas que notre mission est de tuer le roi des Loups noirs, pas de boire dans chaque village!

— Ben ouais, ben ouais, marmonna Voknul.

— On a même plus de pièces d'or pour acheter de la bière, de toute façon! cria Mantor, presque sûr de son coup.

— Voyons, on est à mon auberge! C'est gratuit pour tout le monde! dit le chef barbare de bon coeur. Essayez juste de ne pas tuer trop de monde; je perds mes clients, moi!

Le groupe arriva au village Tardor, qui était égal à lui-même. La maison qui était jadis en feu était maintenant complètement calcinée. Encore de nombreuses disputes sur tout, et encore de nombreuses personnes qui buvaient de la bière. L'endroit parfait pour Skelèton, Voknul et Keletor.

Le dénommé Machenko n'était plus là, mais l'auberge de Keletor semblait toujours tenir debout. Plusieurs cadavres pouvaient être vus sur le sol, ce qui ne surprenait même plus le clerc. Ce qui le surprenait cependant, c'était qu'il remarqua cette fois que ce village n'était protégé par aucun soldat, alors qu'à Philas, il y en avait beaucoup.

— C'est encore pire que la dernière fois que j'y suis allé... se marmonna Mantor à lui-même.

Arrivés dans l'auberge, on pouvait remarquer qu'il y avait beaucoup moins de personnes que la dernière fois, mais que l'ambiance était bonne. Quelques musiciens jouaient de la musique rapide avec leurs guitares et tambours.

Klatou expliqua à un Skelèton inquiet que ce n'était pas tous les musiciens qui faisaient apparaître des monstres mauves et qui coupaient les cheveux.

— De retour au point de départ! ricana Zirus. On se joue quelques parties, Keletor?

Mantor alla s'asseoir dans son coin près d'une table, sans avoir la moindre intention de laisser quelqu'un s'asseoir près de lui. Klatou alla au comptoir en compagnie de Skelèton, sans trouver d'aubergiste. Ils décidèrent de se servir eux-mêmes. C'était sans doute cela que tout le monde faisait, de toute façon. Quant à Desmothe, c'était le premier qui remarqua l'étrange singe sur la table, au fond, dans la noirceur. Le fait que ce petit animal buvait une bière ne le surprenait pas, ce qui aurait pourtant été l'effet sur beaucoup de gens, mais ça le rendait curieux.

— Un singe qui boit! Intéressant... dit-il à voix basse.

Mais ce qui le rendait encore plus intéressant pour Desmothe était le fait que ce singe s'amusait à lancer des bières vides sur la tête des gens en ricanant. Il semblait boire aussi rapidement que Voknul. Desmothe n'avait jamais vu de singe boire de la bière, c'était vraiment étrange, même pour lui.

— Hey ça va, le singe? s'annonça Desmothe en s'adressant au buveur de bière d'un pied. Car Desmothe parlait "le singe", fait qui ne faisait qu'accentuer son excentricité ainsi que son côté mystérieux.

Mais le singe ne répondit pas, et après avoir lancé une bière vide sur Desmothe qu'il avait bu d'un seul trait, il s'éloigna rapidement pour aller sur une autre table.

Le mystérieux animal contempla les nouveaux arrivants, soit le groupe chargé de tuer Razor. Il regardait bien, comme s'il tentait de choisir quelque chose. Il pointa ensuite Desmothe du doigt en étirant la tête et en faisant un drôle de regard. Très rapidement, et avant que le demi-elfe puisse réagir, le singe sauta sur son épaule.

— Bon ben je te choisis comme équipier. Le dernier a duré plusieurs dizaines d'années, lança le singe.
— Hé bien! Tu dois être un vieux singe! Alcoolique, à part de ça! Quel est ton nom?
— Mojo.
— Ah enchanté, moi c'est...
— Rien à faire! Trouve-moi d'autres bières!

Desmothe contempla son nouvel équipier. Il prit une bière sur le comptoir pour lui donner. L'ancien propriétaire de cet alcool était probablement cet homme maigrichon, par terre, endormi juste à côté. Une nouvelle fois, le singe but la boisson d'un coup.

— Tu bois vite! Qu'est-ce que tu fais de bon, dans la vie?

— J'aime boire quelques bonnes bières...

— Regarde, du café! Tu aimes ça?

— Ahhh... marmonna le singe en faisant un signe de non avec sa main droite.

Le fait qu'il avait des bras accrochés à son manteau noir rendait déjà Desmothe étrange même pour les habitants de Tardor, mais maintenant qu'il semblait parler à un singe, beaucoup de regards se tournaient vers lui,

— De la bière! Je veux d'autres bières! Là! s'exclama Mojo en pointant la bière de Voknul sur la table.

L'animal descendit de l'épaule de son nouveau maître et fonça vers la bière de Voknul pour lui prendre, sans attirer son attention.

— Ma bière! Qui m'a volé ma bière?! cria Voknul, en assommant un homme au hasard qui passait par là, d'un seul coup de poing.

— C'est pas grave, mon gars! dit Keletor. Zirus arrive avec un plateau contenant trente bières "spéciales Keletor ben fortes"!

— On se fait un concours? Le gagnant a le droit de boire encore plus de bière!

— Marché conclu! cria Keletor de bon coeur, mais sûr de lui.

Quant à Skelèton, nouvelle saoulade également. Klatou avait déjà remarqué que l'alcool le rendait un peu plus violent, mais cette fois, il constata que la boisson alcoolisée, étrangement, semblait lui faire perdre peu à peu son drôle d'accent.

D'ailleurs, il ne se rappelait pas la dernière fois que le Nexicain avait dit "ohé".

— Heille toi! cria Skelèton en arrêtant un jeune homme aux cheveux bruns.

— Quoi?! Qu'est-ce que tu veux, imbécile?

— Tiens toé!

Et le Nexicain lui balança un gros coup de poing en plein visage qui l'assomma d'un coup. Il se servit ensuite une autre bière, mais il en renversa la moitié.

Klatou regarda ensuite Voknul tombé au sol, après avoir bu environ douze bières en une dizaine de secondes. Keletor lui, semblait encore en forme.

— Alors, une petite partie? murmura une voix que le clerc avait déjà entendue.

C'était Zirus, qui lui parlait, pipe à la bouche.

— Non, merci, dit Klatou.

Il jeta un coup d'oeil sur Mantor. Ce dernier semblait furieux et frustré, et cela semblait presque suffisant à rendre le clerc de bonne humeur. Il regarda ensuite les musiciens. Bien que le clerc ne connaissait pas grand-chose à la musique, il les trouvait doués. Ils jouaient vraiment rapidement et l'ambiance était parfaite.

Skelèton était cette fois en train de se battre avec un vieil homme. Le clerc n'avait pas trop bien entendu, mais il pensait avoir ouït la deuxième victime de Skelèton marmonner: "Pourquoi as tu assommé mon fils, salaud?"

Voknul se releva, semblant surpris. Cela faisait longtemps qu'il était tombé à cause de la bière. Content que quelqu'un l'ait battu dans un concours de bière, mais en même temps un peu frustré, il demanda à Keletor s'il ne voulait pas faire un bras de fer.

Il restait maintenant qu'une vingtaine de personnes encore actives. Klatou remarqua cette étrange personne, assis au comptoir, à l'autre bout. Il était vraiment petit. Très petit. Car enfin... le nain qui l'avait presque tué semblait grand, à côté.

— C'est un gnome, murmura Zirus en expirant de la grosse fumée. Tu n'en as jamais vu?

— Non, il est bien petit! Il lance des éclairs, aussi?

Zirus éclata de rire, puis, en buvant une gorgée de bière, dit:

— Non, normalement non! Mais il paraît que les gnomes peuvent faire apparaître des fleurs! Assez comique, non?

— Assez, oui...

— Je ne l'ai jamais vu, celui-là. En fait, ça fait longtemps que je n'ai pas vu de gnomes. Tu sais, ici, en général, il y a surtout des humains.

— Je ne vais pas m'approcher de lui, juste au cas où...

Le gnome était assis sur une chaise beaucoup trop grande pour lui. Il devait faire deux pieds, pas plus; à peine plus grand que le singe de Desmothe. Le petit gnome avait une apparence quasi humaine, mais avec de drôles d'oreilles et un regard assez mince. Il avait un drôle de manteau trop large pour lui de couleur rouge vin, qui descendait presque jusqu'à ses pieds, ainsi qu'une cape de couleur vert forêt.

On pouvait également remarquer de gros gants noirs et de longs cheveux roux en bataille.

Pendant que Desmothe essayait de faire jouer son serpent avec le singe, Keletor fit un puissant mouvement avec son bras qui fracassa celui de Voknul à travers la table pour le faire tomber par terre à nouveau. Le vainqueur du bras de fer était assez incontestable.

— Désolé, mon vieux! Prends cette bière!

— T'es sacrément fort! cria Voknul. J'ai trouvé mon idole, on dirait...

Voknul, qui était de plus en plus saoul, quitta Keletor un moment. L'alcool lui donna l'envie de rencontrer quelques nouvelles personnes. En marchant sur le corps endormi de Skelèton sans le remarquer, il alla voir le gnome en buvant d'un trait la bière offerte par son ami Keletor.

— Heille les p'tits, je pense que vous êtes sur ma chaise!! cria Voknul aux deux gnomes, même s'il y en avait qu'un seul.

Trop peu de réactions du gnome. Un simple regard souriant, porté sur le barbare puant l'alcool. Ce dernier voulait absolument voir un regard de peur devant lui; il continua de grogner sur son nouvel ennemi.

— Tu dois avoir quoi, quatre ans? C'est pas comme si t'étais ben habitué à la vie depuis longtemps, alors je peux ben te tuer, hein?!

Voknul, avec son intelligence inférieure à la moyenne et l'alcool dans son sang, semblait ne pas s'apercevoir que la personne devant lui était un adulte. Il se fiait seulement à la taille de son opposant, donc forcément, ça devait être un enfant. L'âge des personnes ne changeait toutefois grand-chose pour Voknul.

— Je suis plus vieux que vous, jeune demi-orque... résonna la voix calme du gnome, qui se fit enfin entendre. Une voix vraiment aiguë, presque comparable aux voix des sorcières imitées par les mamans pour effrayer leurs enfants en racontant des histoires.

— Ha! Ça parle, cette affaire-là?! cria Voknul en ricanant. Moi, je sais jamais si ça parle ou non, mais je sais que ça meurt toujours!!

Le petit personnage ne semblait pas effrayé le moins du monde par le gros barbare. Il était même presque amusé.

— Maléfique, probablement, non? demanda le gnome à l'être qui faisait cinq pieds de plus que lui. En général, j'aime mieux déranger ceux qui travaillent pour le bien, mais on ne choisit pas, hmm?

— Tu arrête-tu de parler, des fois? grogna Voknul, en brandissant sa hache.

— Vous êtes bien un aventurier? Cela m'étonnerait si je me trompais...

— Non je suis ton bourreau, petit gars... B-o-u-r-r-e-a-u.

— De toute façon, je le sens. Avec l'habitude, vous savez!

Le seul qui observait vraiment la scène était Klatou. Car la majorité des autres se battaient ou buvait, comme à l'habitude de Tardor. Le clerc voyait bien que Voknul perdait sa patience, déjà qu'il n'en avait que très peu. Assez étonné de l'impassibilité du gnome et de son calme, il observait la scène avec curiosité, en écoutant qu'à moitié l'histoire de Zirus sur son village.

— Bon! Assez parlé! cria Voknul en prenant son élan vers le petit homme.

Mais celui qui fit la première action était le gnome. Ce n'était pas un geste de recul pour éviter un coup de hache qui le couperait probablement en deux, ou au moins une tentatives d'arrêter Voknul avant qu'il ne frappe.

C'était un simple claquement de doigts.

Et après ce claquement, le gnome disparu, ainsi que tout le monde dans l'auberge, d'ailleurs.

Seul Klatou, Desmothe, Skelèton et Voknul qui venait de frapper dans le vide était présent. Même le nouveau compagnon animal du sorcier ne semblait plus être là. L'auberge, qui avait encore beaucoup d'actions il y a deux minutes malgré le fait que beaucoup commençait à quitter la place, était maintenant complètement vide.

Ayant à peine eu le temps d'avoir un air de surprise dans leur regard, l'auberge disparut à son tour. Ils étaient maintenant dans une espèce de vide infini, un vide avec un fond vert. Le sol sur lequel leurs pieds étaient posés était maintenant une sorte de nuage vert solide.

— Qu'est-ce qui se passe? Où on est?! demanda Klatou aux autres, plus surpris que terrifié. On flotte dans le vide, mais...

— Elles sont bien fortes, les bières, ici! Vive Tardor! cria Voknul en joie.

— Ce ne sont pas les bières qui font ça... fit Desmothe, en cherchant son singe.

— On est où, là? demanda Skelèton en se réveillant.

Le clerc, énervé, regardait partout dans le but de trouver une solution pour sortir de cette étrange dimension. Mais c'était partout la même chose, c'était vert.

Un rire pouvait se faire entendre, en envahissant le silence qui était rapidement devenu presque intolérable quand on s'habituait trop à l'ambiance de Tardor. Un rire aigu. C'était maintenant clair pour Klatou: c'est le petit gnome étrange qui avait probablement lancé un sort.

— Quatre, hmm... D'habitude je n'en trouve pas autant dans cet endroit! fit la voix aiguë.

— T'est encore là, toi?! cria Voknul tout en entendant son écho par la suite.

Le groupe victorieux du tournoi regardait partout dans le vide mauve, mais la voix du gnome semblait ne venir d'aucun endroit en particulier. C'était toujours sa même voix aigüe, mais transposée par une espèce d'écho étrange.

— Mon nom est Xémock...

Et après que le gnome étrange eut prononcé son nom, les quatre excentriques furent complètement paralysés.

Désormais, ils n'étaient plus capables de parler ou de bouger, pas même d'un centimètre. Voknul était encore dans sa position de menace, bras droit levé dans une direction au hasard, en visant le gnome qu'il ne voyait pas.

— Je déteste les aventuriers!! cria le gnome, et les échos de sa voix firent de même.

Skelèton, Klatou, le sorcier et le barbare purent enfin voir leur opposant, car leurs yeux étaient la seule et unique chose qu'ils arrivaient à bouger.

Le gnome apparut de nulle part, et il était sur une sorte de nuage vert qui flottait en haut de leur tête. Il les regardait en ricanant. Voknul aurait aimé pouvoir au moins être capable de bouger assez pour lui cracher dessus.

— Je ne sais pas pourquoi... Mais je les hais! dit le seul personnage encore capable de parler. Avec mes puissants pouvoirs de sorcier, je les ralentis comme je le peux!

Le gnome observa attentivement ses prisonniers un moment dans le silence, puis dit:

— Alors, personne ne répond?

Le gnome éclata de rire en flottant sur son étrange nuage, puis en volant autour de ses quatre victimes. Il semblait contrôler le nuage, comme tout le reste, d'ailleurs. Klatou se doutait qu'il devait être un très puissant mage ou sorcier, mais il se demandait surtout qu'est-ce qu'il voulait.

Car s'il voulait les tuer, il l'aurait normalement déjà fait...

— Enfin, d'habitude, je fais un long discours... Mais je commence à en avoir assez. C'est lassant, vous savez... Mais le travail, toujours le travail!

En flottant à côté du barbare, il dit:
— Toi, pleure!

En flottant à côté du sorcier, il dit:
— Toi, pue!

En flottant à côté du clerc, il dit:
— Toi, ai mal à la tête!

Et en flottant à côté du moine, il dit:

— Toi...

Mais en allant en proximité de Skelèton, il ne finit pas sa phrase, trop occupé à rire devant le Nexicain, qui aurait tout échangé pour pouvoir lui donner au moins un coup de poing.

"Mal de tête"? "Pue?" Le clerc essayait de comprendre ce que Xémock voulait dire, sans succès. Car le barbare ne semblait pas pleurer du tout, et il était sûr qu'il n'allait jamais voir ce phénomène dans sa vie. Quant à lui-même, il n'avait pas le moindre mal de tête...

— Et ça recommence! fit le gnome en claquant les doigts à nouveau.

Un bruit de tonnerre énorme put se faire entendre alors que le petit gnome regarda ses victimes d'un dernier sourire. Puis, tout redevint normal. Le groupe des quatre était revenu au bar, dans la même position qu'ils étaient. Aucune différence dans les réactions et actions des gens.

Zirus continuait à parler de son village au clerc comme si rien ne s'était passé, Keletor continuait de boire des bières d'un trait pendant qu'il dansait sur la musique de l'auberge, et Mojo le singe continuait de voler des bières. Klatou et Skelèton se regardèrent un moment, voulant être sur que chacun avait bien vécu la même chose, n'étant pas encore certain si ce qui venait de se passer était un rêve ou non.

Nouveau réflexe des quatre victorieux du tournoi, regarder si le mystérieux Xémock était encore présent. Heureusement, il n'y était plus. Il avait disparu, les dieux savaient où.

Klatou réfléchissait un moment, voulant comprendre ce qui venait de se passer. C'était très probablement un mage ou un sorcier. Bien que le clerc n'avait pas souvent vu ce genre de combattants, il n'avait jamais vu des pouvoirs semblables à ce que le gnome avait fait.

En une seconde, ce gnome les avait complètement emprisonnés dans une autre dimension. Pour quelle raison?

Klatou frotta un peu son front. Car Xémock lui avait bien dit qu'il aurait un mal de tête; une malédiction sans doute. Mais il semblait être en pleine forme. Il observa un peu Voknul, Desmothe et Skelèton. Rien de différent de l'habitude. Desmothe semblait heureux de retrouver son singe, Voknul semblait chercher le gnome derrière le comptoir pour l'écraser, sans succès. Quant à Skelèton, il semblait regarder un peu partout, cherchant à comprendre ce qui venait de se passer, comme d'habitude, excepté qu'il donnait des coups de poing à des personnes au hasard dans l'auberge, puisqu'il était vraiment très saoul.

Bref, rien ne semblait avoir changé du tout dans le groupe.

Klatou reprit donc son calme, et, jouant avec son bout de foin dans sa bouche qu'il avait depuis plusieurs jours déjà, il se versa une autre bière, étant las d'être un des seuls qui ne buvait pas dans le coin.

Pendant près d'une heure, tout était paisible. Pas vraiment calme, mais l'atmosphère, qui était pourtant vraiment mouvementée, était bonne. Tout le monde dans la place était heureux. Les gens faisaient des concours de celui qui boit le plus vite la bière, mais le perdant et le gagnant récoltait la même chose. Ceux qui se battaient s'amusaient, et les musiciens faisaient de très bons bruits de fond qui convenaient parfaitement à l'auberge.

Rien d'inhabituel à signaler, excepté lorsque deux personnes voulaient voler les bières que Keletor s'était servi pour lui-même. Le premier, qui semblait assez costaud mais petit en comparaison d'un demi-orque de sept pieds, s'est fait projeter en dehors de l'auberge avec une force incroyable, brisant un mur et le tachant de sang. Il s'était fait carrément lancer par Keletor. Le deuxième, assez grassouillet et doté d'un air vraiment vantard, eut vraiment moins de chance de survie que son ami. Keletor avait écarté ses deux longs bras de demi-orque et, en se donnant un élan vraiment rapide, les avait rapprochés tous deux en direction de la tête de son voleur de bières. Alors que normalement, un tel mouvement, devrait de la part d'un homme costaud, qu'assommer son adversaire, celui de Keletor avait complètement éclaté sa tête, comme une bulle!

Le chef de Tardor, couvert de sang et murmurant quelques injures envers les deux voleurs, continuait ensuite de boire ses bières dans la bonne humeur.

— Bon, allez, je vais aller me coucher, moi... murmura Zirus à Klatou.

— Ah, d'accord, fit Klatou, content qu'il n'avait plus à entendre d'autres longues paroles du chef de Phillemus.

La plupart des gens commencèrent à faire de même. Soient ils quittaient les lieux, soit ils s'endormaient sur place. Desmothe, avec Mojo sur son dos, parlait avec un individu dans la quarantaine aux cheveux bruns. Il sortit de l'auberge en sa compagnie, et Klatou devina que le lendemain, le manteau du sorcier allait changer légèrement. Voknul, qui se parlait à lui-même très fort, cria qu'il allait prendre quelques bières pour la route demain, en accrochant trois gros tonneaux sur son dos.

Il alla ensuite dans sa chambre et s'endormit, sans retirer les tonneaux de son dos. Skelèton lui, finit par boire sa bière qu'il fit tomber trois fois, complètement étourdi.

Quant au clerc, il s'endormit sur une table, commençant à être assez saoul également.

*

Le lendemain, tout le monde ou presque était en gueule de bois. Comme prévu, Desmothe avait un nouveau bras accroché à son manteau, rejoignant les autres bouts de chairs puants et pourrissants. Ce que Klatou se demandait cette fois, c'était où le sorcier aurait bien pu laisser le cadavre.

Voknul était de meilleure humeur que d'habitude depuis qu'il avait ses tonneaux sur le dos. Ça devait lui faire un handicap pour marcher, mais tous savaient déjà que le barbare ne laisserait pas ses tonneaux pour tout l'or du monde.

Skelèton était vraiment amoché, mais il tenait encore debout. Étant un peu jaloux de Desmothe (car il avait un singe et lui plus de poulet), il réussissait tout de même également à garder sa bonne humeur comme le barbare.

Zirus et Keletor semblaient être relativement en forme, ainsi que Mantor, quoique ce dernier était assez de mauvaise humeur, comme à son habitude. Il avait rapidement quitté l'auberge à la soirée d'hier, jugeant que tout ce qui se passait à l'intérieur était complètement idiot.

— Bon! Si on va complètement au Sud-est de mon village, on devrait aller dans la bonne direction pour trouver Razor et compagnie, c'est bien ça, Mantor? demanda le chef de Tardor.

— Oui... C'est ça... répondit froidement le vieux mage.

— En route pour l'aventure! cria Zirus, de bonne humeur et fumant sa pipe.

Le voyage à partir de Tardor ressemblait beaucoup à celui qu'ils avaient fait pour y arriver. Plusieurs cris vénérant la bière sur la route de Keletor et Voknul, et aussi de Skelèton, à l'occasion. Le Nexicain était de plus en plus content et innocent tandis que la bière dans son sang diminuait.

Lorsqu'il était saoul, il était plutôt violent et de mauvaise humeur envers tout inconnu qui s'approchait trop près de lui.

— Klatou, dis-moi! Où on va, déjà? À l'auberge? demanda Skelèton au clerc.

— Non, on va aller tuer les Loups noirs; des voleurs de pièces d'or!

— Les tueurs de poulets?!

— Oui, oui... C'est ça, les tueurs de poulets.

Skelèton était maintenant plus motivé que jamais: il avançait maintenant en avant de tout le monde - au début dans la mauvaise direction, mais Klatou le remit sur la bonne route.

— C'est endormant! cria Voknul.

— Pause bière?! cria Keletor par la suite.

Mantor regarda les deux demi-orques avec mépris, puis ouvra la bouche.

— Ah non! Vous avez déjà bu toute la soirée hier! Faisons maintenant notre mission, bande d'imbéciles!

— Allons, Mantor, bois donc un coup aussi, je suis sûr que tu aimerais ça! proposa Keletor.

En voyant que Keletor, Skelèton, Voknul et Mojo commencèrent à s'asseoir autour des tonneaux de Voknul, Mantor soupira et s'assit également, loin d'eux.

— Mais... D'où vient ce singe, pendant qu'on y est?! hurla Mantor, énervé.

— Son nom est Mojo, très bon singe, ça! murmura Desmothe.

— Vous voulez me rendre fou! C'est la seule et unique mission que je ferai avec vous, vous entendez?!

— La bière?! lança Keletor

— Bière!! répondit Voknul.

Nouvelle saoulade de la part du groupe. Pendant environ deux heures, alors que pourtant ils étaient en gueule de bois, ils burent encore et encore. Devenu saoul et en parlant par hasard d'un sujet sur ces Loups noirs qui allaient potentiellement devenir "de dangereux voleurs de bières avec le temps", Voknul, déterminé, se mit en route et invita Keletor et Skelèton à faire de même.

Pas de hyènes à signaler, cette fois-ci. De toute façon, maintenant que le groupe avait Keletor, le combat aurait été presque trop facile, voire ennuyeux.

Une chose qui devenait de plus en plus énervante pour le clerc était le fait que Mojo lui lançait des bières vides sur la tête, à partir du dos de Desmothe.

— Tu vas arrêter, oui?! Stupide singe! cria le clerc.

En se retournant pour continuer la marche, Klatou pouvait entendre un léger ricanement animal, venant très probablement du singe en question.

Une autre bière se fracassa sur sa tête, et cette fois, ça lui fit assez mal.

— J'en ai assez! Périiiiiiii! cria le clerc de rage avec un ton de voix le plus grave possible, devenant à moitié fou après la quinzaine de bières reçues.

Il se précipita vers Desmothe et son singe.

Voknul, Skelèton et Keletor continuaient le chemi, sans s'en occuper, ou ne s'en apercevant tout simplement pas. Mantor regardait Klatou, surpris, et Zirus ricana, mais était tout de même content que Mojo ne l'eût pas pris pour cible à sa place.

— Hey ho, on se calme! Paix! Paix! s'écria le demi-elfe en levant les bras.

Mais avant que Desmothe puisse vraiment réagir, Klatou visa bien et, en prenant son élan, toucha Mojo dans le ventre avec le bout pointu de son grand pique en bois.

Tandis que la folie et la colère monopolisaient la place dans l'esprit de Klatou et l'avaient poussé à fermer les yeux par un drôle de réflexe , le clerc pensait - ou même rêvait - que Mojo fut embroché dans son pique, mais ce dernier ne fut en fait que projeté en l'air loin derrière Desmothe.

— Attention à mon singe! s'écria Desmothe, sans vraiment être intimidant avec ses cinq pieds quelque chose.
— Quoi?! cria Klatou qui commençait un peu à redevenir normal. Comment ça, il est pas mort?!

Car le coup pointu de l'arme du clerc ne semblait pas avoir blessé Mojo du tout. Il semblait avoir eu mal, mais il n'avait aucune trace de blessures. C'était comme si on l'avait tout simplement poussé.

Le singe revint sur l'épaule de son maître et fit un mouvement avec sa main vers Klatou, en poussant un étrange gémissement. Le son ressembla à : "Bah!"

Le clerc leva le poing vers le singe en signe de plus recommencer, puis se remit en route pour rejoindre Skelèton et les autres. Mantor et Zirus firent demême, avec Desmothe.

— Tu as l'air de rien, mais tu prends bien les coups! commenta Desmothe en langage singe, ce qui attira les regards surpris de Zirus et Mantor.

— Je suis immortel, je pense... On va-tu bientôt à une auberge? J'ai soif! répondit Mojo.

D'après ce que leur avait expliqué Mantor, le groupe devait se rendre au Sud-est complètement de l'île; quelques bateaux les attendaient là. Car la base des Loups noirs était sur une minuscule petite île juste à côté d'Overa.

Les soldats du roi avaient pourtant déjà vérifié cette petite île, mais elle était, selon eux, complètement déserte. Mantor était cependant vraiment sûr de lui: l'erreur n'était pas une chose possible; son sort avait détecté l'emplacement de leur antre. Leur base devait probablement être très bien cachée sur cette île.

Mais le vieux sorcier commençait sérieusement à se demander si ces dits "alliés" n'allaient pas être un handicap plus qu'autre chose. D'après ce qu'il avait vu au tournoi, ils semblaient tous relativement forts, mais plus il passait du temps avec eux, plus il les trouvait complètement perturbés mentalement. En plus, le roi l'avait mis en équipe avec un chef qu'il n'arrivait pas à supporter.

Il pleuvait aujourd'hui, chose qu'on ne voyait pas très souvent sur l'île. Il y avait également un brouillard assez épais. Mantor se dit que si un groupe de hyènes les attaquaient, ce serait difficile de les voir arriver. Mais il n'était pas vraiment inquiet, ces ennemis-là n'étaient pas un danger vraiment grand.

Il se rendit compte qu'à force de mettre toute son énergie à penser à ses nouveaux équipiers ainsi qu'à leur stupidité, il négligeait de penser à ses ennemis qu'il allait sûrement affronter bientôt. Il savait que les rogues des Loups noirs étaient souvent invisibles grâce à leurs potions, mais ce n'est pas cela qui devrait être un problème majeur. Car avec le temps, Mantor, qui avait des pouvoirs grandissants, avait appris à voir les personnes invisibles.

Ce qui l'inquiétait un peu, c'était la possibilité d'affronter le Trio; ennemis qui pourraient être beaucoup plus forts que quelques rogues.

Car le Trio était ceux qui avaient pratiquement anéanti le village de Phillus à eux seul, il y a quelques années. Mantor ne les avait jamais vus en vrai, mais il connaissait leur réputation. Il savait aussi que ce fameux trio avait vaincu Terrus, l'ancien chef de Philus. Terrus était l'un des seuls guerriers que Mantor respectait; il l'enviait presque pour ses talents au combat. C'était le seul chef qui avait offert un bon combat à Keletor lors des combats des chefs. Mantor avait été aussi surpris qu'impressionné lorsqu'il avait constaté que Terrus se battait avec trois armes. Deux longues épées dans ses deux mains, et un couteau dans sa bouche. Ses drôles de mouvements d'attaques étaient difficiles à éviter, et même si Keletor avait gagné, le combat avait été assez spectaculaire comparé à celui de Mantor, qui avait duré que quelques secondes...

Terrus était d'ailleurs le père de Torranius, gagnant depuis deux ans au tournoi en un contre un. Le Trio avait vaincu Terrus ainsi que la vingtaine de soldats qui se tenait au village après avoir dévasté ce dernier et tué une quarantaine d'innocents. Le groupe des trois avait ensuite tout simplement quitté le village, sans jamais redonner de nouvelles, comme si c'était juste pour montrer leur force à Overa.

On n'en a plus jamais entendu parler, mais la possibilité qu'ils étaient à la base était bien réelle; il fallait se préparer.

Mantor avait aussi profité d'un des seuls moments où Keletor n'était pas encore trop saoul pour lui demander s'il n'aurait pas tué le Trio et s'il aurait "oublié d'en parler", mais le demi-orque lui avait répondu sincèrement qu'il ne pensait pas, en lui rappelant tout de même qu'il ne pouvait pas se rappeler de toutes les personnes qu'il avait tuées dans sa vie.

Aussi, ce nouvel arrivant au tournoi - cet espèce de grand maigre qui semblait posséder une sorte de gaz qui permet d'endormir en quelques secondes à peine... Mantor n'avait pas prévu quoi que ce soit pour l'affronter dans la base des Loups noirs, là où il devait probablement se tenir maintenant. Le gaz avait vaincu le vieux mage d'un coup. Cette fois il en était sûr: il devait arrêter de penser à ses équipiers excentriques. Tout au long de la route, il allait désormais penser qu'aux Loups noirs.

— Ohé! Il y a du monde! cria Skelèton en pointant une direction.

Tous les regards étaient maintenant dirigés dans la direction montrée par le Nexicain. Un chariot tiré par deux chevaux arrivait dans leur direction. C'était assez étrange de voir une caravane directement sur la plaine; la plupart du temps elles restaient sur la route.

Sans même regarder de qui il s'agissait, Voknul, qui était probablement la personne la moins timide au monde, se plaça juste devant la caravane et leva un bras, faisant signe de s'arrêter.

— On s'arrête, les minables! cria le demi-orque.

Le chariot fait en bois semblait assez sale, mais tellement propre en comparaison avec Voknul qui était plein de saleté, de sang et de vomi. Il y avait deux hommes. Le premier, qui était celui qui dirigeait les chevaux, était assez gros et semblait plus choqué que surpris face à l'attitude du barbare. Il avait les cheveux longs noirs et des vêtements rouges assez propres.

Le deuxième, chauve, était assez costaud. Il avait une grosse épée accrochée à son dos à l'aide d'une corde. Il avait des pantalons verts et le haut du corps nu, voulant peut-être impressionner les autres avec ses muscles, mais il n'était probablement pas tombé sur les bonnes personnes si c'était son objectif.

— Pardon?! Qui êtes-vous? demanda le gros homme irrité, mais tout de même un peu effrayé, en descendant de son chariot.

— Ton nouveau dieu, répondit sèchement le demi-orque.

On entendait des sortes de grognements dans le chariot. On ne pouvait pas vraiment voir à l'intérieur, mais on aurait dit des chiens.

— Allons, allons, pas de disputes, les amis, fit Zirus sur un ton beaucoup plus amical. Je me présente, Zirus, chef de Phillemus, et vous?

— Billreg, marchand depuis toujours, répondit le gros homme, de meilleure humeur. Nous venons de Marbridge, dans le but de vendre comme tout bon marchand!

— Avez-vous des haches magiques?! cria Voknul.

— Et vous vous promenez comme cela, sur la plaine, éloigné de la route complètement? commenta Mantor, qui semblait fâché depuis une éternité.

Le gros marchand avait décidé d'ignorer Voknul qui lui reposait sans cesse la même question sur les haches, et il se demandait s'il ne devait pas faire la même chose avec Mantor qui semblait quelqu'un de peu poli... Après réflexion, il voulait lui donner une chance; peut-être que ce vieil homme était riche...

— C'est déjà connu que sur Overa, il y a un groupe d'assassins et voleurs qui rôde, alors on aime mieux se tenir loin des routes. On voulait arriver à Philas, et ensuite continuer de vendre de village en village.

Mantor ne répondit pas; il n'avait que faire de ces marchands, de toute façon. Skelèton, qui semblait plus pâle que jamais depuis quelques heures, vomit pendant quelques secondes, puis il prit la parole.

— Qu'est-ce que c'est, que ces drôles de grognements?
— Ce sont des chiens de garde, très sauvages avec les imbéciles de voleurs, fit le gros homme, aillant l'air dégoûté par l'allure du Nexicain.

— Eh bien, je vous aurais bien acheté quelques petites choses, mais on m'a volé dernièrement... dit Zirus avec un ton déçu, mais toujours amical.
Il semblait être habitué de s'entendre avec les gens.

— Dommage, mais je ne donne rien gratuitement.
— Ce n'est pas grave. J'ai une petite chose à faire avec mes amis, ici présents. Mais je serai sûrement de retour à Phillemus lorsque vous y passerez. Vous m'avez l'air d'un bon marchand, et je serai un bon client, croyez-moi!
— Très bien, pas de problème, et...

Mais Voknul l'interrompit en lui agrippant le collet avec ses grosses mains.

— Alors, ces haches?! cria le géant. Donne-moi toutes tes haches, gros tas!

Pendant que le costaud, qui n'avait rien dit depuis le début, commença à prendre son épée, le gros homme nommé Billreg réussi sous le regard étonné de Klatou à se dégager du barbare.

— Je vous conseille de ne plus essayer ce genre de chose. Mon ami Rotrek ici présent est beaucoup plus fort que vous ne pouvez l'imaginer, et mes chiens, qui n'ont rien mangé depuis des jours, se feraient un plaisir de manger de l'orque.

— Amène-les, tes chiots! cria Voknul en sortant sa hache.

Klatou s'éloigna un peu, n'ayant pas envie de participer à cette situation ridicule. Zirus soupira et n'essaya même pas de calmer l'atmosphère, trouvant le cas Voknul désespéré. Keletor, qui commençait à être vraiment saoul, n'avait même pas l'air de remarquer ce qui se passait. Skelèton semblait être resté fasciné par les grognements, restant debout à ne rien faire, fixant la caravane. Desmothe semblait être en train de réfléchir, à Dieu sait quoi.

— Tes stupidités ont assez duré, fit Mantor, en s'interposant devant le demi-orque. Si tu continues à faire l'imbécile, je vais sévir.

— Ah ouais? répliqua Voknul en ricanant.

— Oui.

Le regard de Mantor devint d'une couleur jaune que le clerc reconnut immédiatement, ce qui eut pour réflexe de le faire reculer encore plus loin.

— Vous allez tous mourir ici!! cria Voknul, instable, en se donnant un élan vers Mantor.

Mais il se fit transformer en chèvre. Une chèvre minuscule, ayant la taille d'un très jeune animal.

— Il avait besoin d'une petite leçon. La transformation pour son cas va durer une heure, environ, fit le vieux mage.
— Woa! Pouvez-vous m'apprendre cela? s'exclama Desmothe, avant de remarqué que Mantor l'ignorait.

Le costaud, qui était toujours dans le chariot, remit son arme dans son dos. Le gros homme semblait vraiment en colère, cette fois-ci.

— Bon alors décidez-vous, vous achetez, ou on part pour Philas!

Hormis Keletor, qui dansait en chantant des chansons dont les seules paroles étaient le mot "bière", presque tout le monde dit au Marchand qu'ils n'avaient pas d'argent depuis la finale du tournoi et qu'ils ne pouvaient pas acheter quoi que ce soit. Alors que le marchand allait remonter dans sa caravane, Skelèton l'arrêta, lui faisant signe qu'il voulait bien acheter quelque chose, sous le regard interrogateur de son ami clerc, qui se demandait si le Nexicain n'aurait pas déjà oublié qu'il était pauvre depuis le tournoi - ou non en fait: depuis toujours.

Skelèton semblait avoir dessaoulé, mais sa fascination pour les grognements qu'il entendait encore mieux depuis quelques minutes était vraiment dur à ne pas remarquer.

— Quoi, le maigre? Tu veux acheter quelque chose?
— Votre chien, je veux!

Le gros homme sembla un peu surpris, mais surtout fatigué.
— Mes chiens de garde ne sont pas à vendre. De toute façon, ils ne sont habitués qu'à leur maître, sinon ils sont très violents et dangereux.

Skelèton sembla déçu. Mais le gros homme réfléchit un moment. Tout ce temps perdu à cause de ces idiots... Peut-être que ce maigrichon était riche... Parfois, les apparences étaient bien trompeuses.

— Bon, si tu as beaucoup de pièces d'or, peut-être. Mais un seul chien.
— Oui! Je le prends!

Devant la chèvre qui semblait avoir de la difficulté à marcher, le marchand dit sortit son jargon qu'il disait à tous ces clients, du genre: "Bon, un prix d'ami vu que c'est toi", ou "Franchement, ailleurs ça serait beaucoup plus cher!"

Le gros marchand demanda finalement à Skelèton la somme de six cents pièces d'or, somme que Klatou trouvait beaucoup trop haute pour un stupide chien qui ne servirait sûrement à rien de toute façon. Le clerc n'aimait pas trop les animaux, surtout depuis que cet idiot de singe était dans les parages.

— Je prends! cria Skelèton, de bonne humeur.

— D'accord, donne-moi les pièces d'or, alors.

— Les pièces d'or? s'interrogea le Nexicain, ne comprenant pas la situation.

— Il faut payer, le comique.

— Mais je veux votre chien!

— Pas de pièces d'or? Pas de chien. Rotrek, on y va!

Billreg monta dans son chariot en marmonnant quelque chose du genre: "Assez perdu de temps"

— D'accord, je prends votre chien!

— Quoi? Tu trouves que la somme est juste, tout d'un coup? Ce n'est pas si cher, pour un chien de garde vraiment fort, tu sais?

— Ça, c'est vrai! fit Skelèton, de bonne humeur.

— Bon, un moment je descends...

Descendre de son chariot semblait être pénible pour le gros homme. Il n'avait pas l'air d'une personne particulièrement en forme. Les autres membres du groupe restaient silencieux, étant bizarrement impatients de voir ce qui allait se passer. Desmothe mit Mojo sur la chèvre, tentant de donner une monture à son nouvel ami.

— Alors, bon. Cinq cent cinquante pièces d'or, cette fois! Parfait, non?

— Parfait ça, monsieur! cria Skelèton, fou de joie.

— Tu achètes le chien? Bon prix, hein!

— Oui, je prends le chien!

— Parfait, c'est quand tu veux pour les pièces d'or.

— Les pièces d'or? Non, c'est le chien que je veux, monsieur, je vous laisse les pièces d'or.

— De... Pardon? Non... Oui enfin, oui laisse-moi les pièces d'or, oui.

— Non monsieur, je veux le chien, fit Skelèton, sur un ton innocent comme d'habitude. J'ai quelques bonnes chups, si vous voulez, en échange.

Billreg cracha sur les pieds du Nexicain en le regardant ensuite fixement dans les yeux.

Il semblait vraiment en colère, ayant le visage rouge.

— Imbécile, d'idiot, de crétin!! cria-t-il avec une force presque incroyable. Je m'en vais!

— Mais... Mon chien, monsieur!

Desmothe, après s'être amusé à regarder Voknul faire le cheval pour Mojo (qui buvait encore et toujours de la bière), s'interposa à son tour dans la conversation.

— Attendez, on peut sûrement trouver une entente, lança le petit demi-elfe.

— Vous êtes qui, vous, encore? Mais... Ce sont des bras, que vous... Et, cette odeur...

Le sorcier mit sa main sur l'épaule de Billreg, en marmonnant des paroles sur un ton si bas que personne n'entendit.

Billreg sembla vraiment étourdi tout d'un coup, fixant le sol en tenant sa main sur son front, comme s'il avait un gros mal de tête. Nouveau réflexe de son compagnon, qui prit à nouveau son épée.

— Ola, j'ai eu un drôle d'étourdissement, mais ça va, maintenant... fit-il, se frottant toujours le front.

Il regarda autour de lui, comme s'il voulait s'assurer que tout était toujours pareil comme il y a deux minutes. Klatou en était sûr: Desmothe avait fait quelque chose à ce marchand. Le gros homme se mit d'ailleurs à regarder Desmothe intensément pendant quelques secondes, puis dit:

— Toi ici, mon cher ami?! Que fait-tu donc dans les parages!
— Moi, bah tu sais, bras par ci, bras par là, répondit Desmothe, en ricanant.

Klatou put constater que le sort de charme du sorcier avait bien fonctionné sur le marchand. Skelèton se demandait ce qui se passait, comme d'habitude. Mojo donnait des coups sur le derrière de la chèvre, lui faisant signe d'avancer, sans succès.

Keletor continuait de danser, Zirus observait la scène - avec amusement cette fois - et Mantor marmonnait quelque chose qui sonnait comme: "Quel marchand minable..."

Klatou se demandait ce que Mantor voulait dire. Prenant son courage à deux mains (car bien que le destructeur de poulet était temporairement hors d'état de nuire, il ne voulait pas se faire transformer encore une fois), il demanda poliment au vieux mage ce qu'il voulait dire par là. À son étonnement, Mantor lui répondit.

— C'est un sort de charme de débutant... En plus, normalement, les marchands ont une sorte de résistance à ce genre de magie. À force de marchander, de profiter de la faiblesse d'esprit des autres, de manipuler... Enfin, disons que d'habitude, ils ont une certaine résistance mentale meilleure que la moyenne, mais lui... C'est vraiment pitoyable.

— Alors, quoi de neuf, mon vieux?! demanda le gros homme en serrant un des "vrais bras" de Desmothe.
— La routine, la routine. Dis-moi, t'aurais pas de belles haches magiques, ou quelque chose pour sorcier?
— Ah non, j'ai rien, je fais semblant que c'est magique, mais j'ai juste des mauvais équipements! lança Billreg, en ricanant, sous le regard surpris du costaud, qui semblait essayer de comprendre ce qui se passait.
— Et ce chien, un de moins, ça ne changerait pas grand-chose, hein?
— Ah oui, ton ami maigre peut bien le prendre. De toute façon, si ça peut réduire le bruit de tous ces grognements... Une minute, je le sors du chariot!

Le Nexicain sembla vraiment de bonne humeur, tout d'un coup. Billreg alla effectivement derrière son chariot, en ouvrant une sorte de portière. Juste après, il cria: "Toi, reste! Toi, viens ici!".

Un chien sortit effectivement du chariot. Un sacré colosse, se dit Klatou. "Ça m'étonnerait que celui-là jette des bières" marmonna-t-il.

Le chien noir, qui jappait sans cesse, avait l'air vraiment costaud. Il était très sale, et il semblait y avoir du sang sur sa gueule. Un chien de garde idéal pour le groupe, se dit le clerc.

— Tiens, je te le donne! Il s'appelle "Meurtre". Mais nommez-le comme vous voulez! Tiens, le maigre, il est à toi! Maintenant, excuse-moi, mon vieux, je suis vraiment en retard! À la prochaine!

Le gros homme semblait effectivement vraiment pressé. Il monta à l'avant de son chariot, fit signe d'au revoir à Desmothe, et reprit la route, sans perdre une seconde.

Skelèton contempla son chien, un instant, avant d'essayer de lui flatter la tête, ce qui eu pour réponse une grosse morsure sur la main.

— Aille aille aille! cria Skelèton, en sanglot et content en même temps.
— Skelèton, ça va? fit Klatou.
— Est-ce qu'on pourrait aller faire notre mission un jour, bande d'imbéciles heureux? cria Mantor.
— Oui, bonne idée, marmonna Zirus, en fumant sa pipe comme d'habitude.
— Attendez, j'ai une idée pour qu'il devienne mon ami! fit le Nexicain.

Skelèton pris ensuite son sac de chups qu'il n'avait pas touché depuis un bon moment pour en mettre quelques-unes par terre, devant le chien enragé.

— Prend des chups, mon chien! Regarde, c'est bon! fit Skelèton en mangeant des chups devant son nouveau chien.

Mais une chose assez étrange arriva: en mettant ses chups dans sa bouche avant de les mâcher, les morceaux de pain commencèrent à fondre et à se transformer en une sorte de liquide blanc acide qui brûla la gorge du moine.

— Aillllle!! cria le moine, ayant de la fumée qui sortait de sa bouche.

Le chien ne semblait pas vraiment avoir une grande confiance envers son nouveau maître, pour l'instant. Et Mantor commençait à avoir l'air plus désespéré qu'en colère. Le clerc décida d'agir et de guérir Skelèton.

Les mains du clerc devinrent lumineuses, comme à chaque fois qu'il guérissait quelqu'un.

— C'est quoi, ces chups-là, Skelèton? demanda Klatou en ayant un air doublement surpris, car il entendit un drôle de son de cloche en haut.
— Klatou, il y a un... En haut de ta tête! cria Skelèton, dont les blessures commençaient à guérir.

Une sorte de gros marteau brun en bois apparu de nulle part, flottant en l'air au-dessus de la tête du clerc, avant de lui donner un bon coup sur le front. L'arme flottante étrange disparut ensuite presque instantanément.

— Ma tête! Ça fait mal! C'était quoi, ce maudit marteau?! cria Klatou.
— Aucune idée, mais c'est apparu juste au moment ou tu faisais ton sort de guérison, marmonna le chef de Phillemus, intrigué.

— Assez perdu de temps, en route! ordonna Mantor. Keletor, lâche un peu la bière, on avance!

— Chargé et prêt à être installé, chef! cria le chef de Tardor, qui semblait être dans un tout autre monde, après les trentaines de bières qu'il avait bues chacune d'un trait. Il s'était enfilé un tonneau de Voknul entièrement, mais voulait attendre le retour de son ami demi-orque pour boire le reste.

Le groupe reprit la marche en continuant vers le sud-est. Après une trentaine de minutes, Skelèton devenait un peu plus ami avec son chien, qu'il appela Balthazar. Desmothe donna quelques morceaux de viande à l'animal, puisqu'il avait l'air d'avoir vraiment faim.

Le clerc repensa à cette histoire de marteau étrange, qui lui avait frappé la tête. C'était loin d'être stupide d'avoir la théorie que Xémock était derrière tout ça... Et les chups de Skelèton, qui se transformait en un acide étrange... En chemin, le clerc lui avait pris une chups pour la manger, et l'effet fut de loin différent. Quand Klatou l'avait mangé, il n'y avait aucune transformation du petit morceau de pain en liquide ou en quelque chose qui brûle.

Mojo revint rapidement sur l'épaule du sorcier lorsque Voknul reprit enfin sa forme normale. Ce qu'il dit en revenant ressembla à: "Je sais pas ce qui s'est passé, mais je veux de la bière!!", ce qui déclencha comme réaction la même envie de la part de Skelèton et Keletor.

Ce que Mantor redoutait arriva: les trois alcooliques du groupe décidèrent d'aller boire encore une fois dans une auberge. Keletor, qui était encore capable d'utiliser sa mémoire malgré son état chaotique, dit qu'à Mallas, visage au Nord-est, il y avait vraiment de la très bonne bière, et aussi un autre breuvage qu'on nommait le vin.

Zirus, qui s'amusait vraiment beaucoup avec cet étrange groupe, était d'accord pour les suivre à Mallas, même si ce n'était pas du tout dans la bonne direction pour aller affronter le clan des Loups Noirs. Klatou était déjà un peu lasse des auberges, mais il trouvait cela amusant de voir Mantor devenir à moitié fou à cause des trois buveurs de bières. Desmothe était prêt pour avoir un nouveau bras ou deux, et le vieux mage ne semblait plus en colère, mais fatigué. Il voulait crier, mais Keletor ne comprenait rien dans son état actuel, ni Skelèton d'ailleurs. Et Voknul aurait sûrement voulu le menacer après son objection pour aller à Mallas, ce qui aurait eu pour effet une nouvelle transformation en chèvre, action amusante, mais complètement inutile. Il décida donc de les suivre, encore une fois...

Desmothe

Chapitre 9: Meurtres et ballade dans la nuit

Kergor et Viert étaient finalement arrivés sur place. Déguisés en villageois banal, les deux hommes étaient rapidement arrivés à Mallas, motivé par la peur que Razor inspirait. Ce dernier avait tué Pirog en quelques secondes, et ils ne voulaient pas qu'un sort semblable les attende.

Viert réussissait à conserver sa bonne humeur malgré les circonstances. Il était heureux de sortir de la base; cela faisait un bon moment qu'il n'avait pas vu l'extérieur.

Kergor, en arrivant, avait d'abord observé le village. Les maisons, pour la plupart avec des murs blancs, étaient vraiment belles. Il était assez tard le soir, mais il y avait encore beaucoup de gens à l'extérieur pour le moment. La plupart des villageois ne semblaient pas dangereux, ils jouaient de la musique avec des guitares, des basses, des tambours, des flûtes et autres. Mais le rogue en avait entendu des histoires sur des combattants qu'on appelait les bardes: d'étranges personnes qui utilisaient des pouvoirs magiques avec leurs instruments.

Pirog lui avait dit qu'à Mallas, il y en avait vraiment beaucoup, quoique pour la plupart, ils étaient de simples musiciens normaux. L'ancien chef, Desastros, ne voulait pas envoyer ses rogues contre des ennemis utilisant des pouvoirs inconnus; c'était un peu trop risqué.

Et Pirog lui avait précisé que le nouveau chef du village était justement une femme barde, et vraiment puissante.

Mais pour l'instant, Kergor et Viert n'avaient pas vu de regards soupçonneux pointés vers eux. Après s'être promenés un peu dans le village, ils avaient décidé d'aller dans l'auberge. Après avoir été là-dedans, ils ne perdraient pas une seconde avant de retourner dans leur base. Ils n'avaient pas encore vu la chef barde, une dénommée Nirelle, mais ils avaient constaté qu'il y avait un sacré nombre de soldats aux alentours, surtout si on compare la place à Tardor.

Cependant, la majorité des soldats ne semblaient pas être sur leur garde, la plupart écoutant la musique jouée par les musiciens. C'était sûrement dû au fait que les Loups noirs n'avaient jamais attaqué vraiment ce village.

En rentrant dans l'auberge, Kergor et Viert s'assirent au comptoir. La musique était vraiment douce, efficace pour calmer les gens; il ne semblait pas avoir de trouble-fête dans le coin. Il y avait environ cinq musiciens, et une quinzaine de personnes. Aucun de vraiment hors-norme à signaler. Il y avait deux aubergistes: un grand chauve assez costaud ainsi qu'un jeune homme aux cheveux bruns long qui devait être dans la vingtaine.

L'auberge était vraiment impeccable. Entouré de quatre murs blancs vraiment propres, il n'y avait aucune bière renversée sur le sol, aucun vomi ni rien. Il n'y avait qu'un seul fumeur: un gros homme aux cheveux roux, bien habillé, fumant la pipe, qui discutait avec un vieillard, relativement bien habillé également.

Probablement deux personnes assez riches.

— Alors, on a assez d'informations pour retourner à la base? demanda Viert, en commandant une bière au grand homme.

Kergor tourna la tête pour voir si personne n'écoutait leur conversation. Aucun ne semblait vraiment être intéressé par l'arrivée des deux rogues déguisés.

— J'ai compté trente soldats, environ... Il y en a beaucoup, tout de même...

— Oui, on aurait peut-être dû boire une potion d'invisibilité avant de venir, au cas où...

— Non, pas la peine d'en gaspiller pour cela... Et personne ne nous a vraiment remarqués. On ne devrait pas avoir de problème. Buvons une bière et repartons pour la base. Mieux vaut ne pas faire attendre Razor.

Viert sembla tout de même un brin nerveux, alors Kergor décida de continuer un peu ses phrases rassurantes pour tenter de le calmer.

— On est assez tard le soir, de toute façon: la plupart des soldats se sont couchés, on ne risque rien. Buvons une seule bière chacun et repartons, on repartira sans avoir attiré l'attention ici!

Viert était en train d'essayer de boire sa bière d'un trait, mais en entendant la phrase de son compagnon, il s'arrêta de boire. Une seule bière lui semblait bien peu, mais il était d'accord pour ne pas rendre le chef des Loups noirs impatient.

— Tu as tu vu la chef, Nirelle? demanda Kergor. Je ne l'ai pas trouvé, pour l'instant.

— Une femme blonde qui joue de la musique, il y en a beaucoup, ici! D'ailleurs, pendant qu'on est ici, j'aimerais bien m'en faire une ou deux...

— On n'a pas vraiment le temps. Si tu fais attendre trop longtemps Razor, tu ne pourras plus jamais t'amuser avec des blondes, crois-moi!

Viert soupira, mais il acquiesça d'un signe de tête. Tout en continuant lentement sa bière, il écoutait les douces musiques de l'auberge. Kergor, lui, se répétait sans cesse les phrases qu'il allait dire à Razor. Celui-ci lui avait donné une mission: vérifier les défenses du village. Il allait donc sûrement lui révéler le nombre de soldats, ainsi que le nombre de musiciens qu'il y avait, car on ne sait jamais s'ils sont des bardes ou non... C'était probablement trop risqué d'attaquer ce village, quoique beaucoup de gens ici ne semblaient pas manquer de pièces d'or, juste à voir leurs vêtements de fourrure et de cuir améliorés et exotiques.

Viert, lui, envisagea un moment s'il ne devrait pas quitter son clan. Il adorait son métier: tuer des innocents et devenir riche peu à peu. Mais Razor gardait pratiquement toujours tout ce qu'il volait; il commençait à en avoir un peu assez.

Peut-être devrait-il se sauver à Marbridge, ou même à Milana... Mais le chef des Loups noirs avait précisé qu'un sort bien pire que la mort attendrait ceux qui voulaient se sauver du clan...

— Bon, on repart bientôt, pas la peine de traîner ici. Si on trouve un imbécile ou deux qui se promène en chemin, on prendra sa bourse; Razor sera content si on ramène un petit bonus.

— J'espère bien faire partie du coup pour attaquer Phillemus, aussi! Il parait que le chef a une rapière magique; je vais lui prendre avant de lui planter mon couteau dans sa gorge!

— Il y a-tu de la bière icitte?! cria une voix inconnue, vraiment grave.

Viert et Kergor tournèrent la tête immédiatement vers l'entrée de l'auberge, se demandant qui était cette personne qui venait de tout gâcher la douce ambiance d'une simple phrase.

C'était un demi-orque, d'environ sept pieds. Viert n'en avait pas vu souvent, mais Kergor pouvait constater que celui-là était vraiment plus répugnant que la moyenne. Il avait encore plein de sang sec sur lui. Il portait aussi une grosse hache sur le dos, comme la plupart des demi-orques.

Les deux rogues commencèrent à devenir un peu plus nerveux. Le demi-orque semblait avoir beaucoup d'amis qui le suivaient.

Le deuxième personnage était un humain, avec tellement d'amures que ça en devenait presque ridicule, surtout avec le vieux chapeau qu'il avait sur la tête. Il était également armé, celui-là, constatait Kergor en observant le pique qu'il avait accroché sur son dos.

Le troisième qui entrait était manifestement saoul mort, et il ressemblait vraiment à un habitant de Tardor. Il parait qu'ils venaient causer le trouble dans les autres villages, quelques fois. Il était très maigre, et sans armures apparente.

Il n'avait que de simples pantalons sales.

Il portait une arme des plus étranges, qui était probablement un nunchaku, d'après l'apparence que Pirog leur avait décrit dans l'une de ses histoires.

Comme si ces trois-là n'étaient pas assez étranges, le dernier accentua grandement la nervosité des deux voleurs. Bien qu'il était assez petit et maigre, il avait, sur son manteau noir, des bras pourris accrochés! Il était, comme les trois autres, armé. Il avait un gros bâton avait une énorme lame accrochée au bout.

— Hey Kergor... C'est qui ces gars-là? Ils n'ont rien à voir avec des musiciens!

— Je... Je n'en ai aucune idée... répondit le rogue, perturbé par l'étrangeté des nouveaux arrivants.

L'homme au chapeau et celui qui avait de nombreux bras allèrent s'asseoir à une table, loin d'eux, heureusement. De nombreux regards se tournèrent vers eux.

Le maigrichon était en train de vomir devant la porte d'entrée, ce qui fit d'ailleurs reculer une femme rousse dégoutée.

Ce fut le demi-orque qui attira le plus leur attention. Car il était en train de cogner plusieurs fois sur le comptoir en regardant l'aubergiste, criant qu'il voulait de la bière au plus vite. Les musiciens semblaient un peu perturbés, mais ils continuaient malgré tout à jouer, un peu plus nerveux.

— Je t'ai dit que je voulais de la bière, imbécile, c'pas compliqué! cria le gros demi-orque en agrippant le collet de l'aubergiste.

Après quelques minutes, quelques personnes sortirent de l'auberge en voyant que l'atmosphère n'était plus vraiment la même depuis l'arrivée de ces quatre trouble-fête. Les musiciens firent de même, également.

En se dirigeant vers la sortie de l'auberge, le maigre, qui venait de terminer de vomir, les poussait en criant pour qu'ils quittent plus vite.

— Allez, sortez, je veux plus vous voir, ahhhh!!

Il ne restait que les deux rogues, le gros homme roux ainsi que le vieillard (qui discutait toujours en pointant les nouveaux arrivants), un jeune homme aux cheveux bruns court qui semblait boire un peu trop, ainsi qu'une jeune fille blonde qui nettoyait sa flûte depuis un bon moment déjà.

Il y avait aussi les deux aubergistes, qui étaient terrifiés. Pour l'instant, personne ne semblait vouloir appeler les soldats; ce qui n'était pas une si mauvaise chose, car ces derniers auraient sûrement posé des questions à tout le monde sur leur identité, et tout le reste...

Chaque fois que l'aubergiste servait une bière au demi-orque, ce dernier en réclamait une autre, et, arrivé à douze bocks, ce dernier marmonna "Bon, st'assez pour le moment, dans deux minutes donne m'en d'autres." Il ne semblait pas du tout vouloir payer. Quant au maigre, il était vraiment complètement saoul. Il se roulait par terre dans son vomi, à l'entrée. Kergor serait étonné si quelqu'un voulait encore entrer dans cette auberge...

— Kergor, on ferait mieux d'y aller. Le plus vite possible, même!

— D'accord avec toi, mais attend, regarde: celui qui est saoul à l'air de vouloir se relever, il va peut-être s'éloigner de la porte...

— L'autre avec des bras, là. C'est moi, ou il vient de sortir un singe de son manteau?

— Ils sont fous, ici, ou quoi? se demanda Kergor à lui-même.

L'homme plein de vomi se releva comme Kergor le pensait. En regardant partout autour de lui en tournant la tête rapidement, il alla voir le gros homme roux.

Ce n'était pas du tout difficile de comprendre où se dirigeait leur discussion, car l'homme saoul criait en levant les bras.

— Hein, le riche?! Hein le riche?! Hein, le riche?!! cria le maigre, en tapant le gros homme sur la tête après chacune de ses phrases répétées. La première claque lui avait fait perdre sa pipe.

— Mais, qu'est-ce que vous voulez?! cria le roux, manifestement devenu aussi nerveux que les aubergistes.

Viert avait tourné la tête dans la direction de l'homme au manteau.

— Kergor, regarde le singe, une bière, il...

Le petit singe, assis sur la table de l'homme au chapeau et celui aux bras, avait lancé une bière vide sur le vieillard. En se fracassant violemment sur sa tête, la victime, la tête en sang, s'écroula sur le sol en émettant un gloussement.

Cette fois, les deux rogues étaient sûr d'eux: il fallait sortir immédiatement. Quoiqu'un peu curieux sur l'identité de ces quatre personnages étranges, ils se préparaient déjà à sortir de l'auberge, qui était déjà beaucoup moins propre qu'il y a dix minutes. Mais quelqu'un leur bloqua le chemin. C'était le gros homme roux, qui semblait vouloir partir également, mais il était lent.

Courir lui semblait pénible, mais il était aussi décidé de quitter cet endroit de fous. Il fut cependant vite stoppé par le maigre, qui lui brisa la nuque avec ses mains en quelques secondes.

— Hey les ga... Les gars! Err... marmonna le maigre en regardant les deux rogues. Il semblait si saoul qu'il avait de la difficulté à dire une phrase. Ô reste, c'est la fêteuhhhhh!!

— Je... Bien sûr! marmonna Kergor, nerveux, ne sachant pas trop quoi répondre à l'homme le plus saoul qu'il n'ait jamais vu. Il traîna ensuite Viert au comptoir, à nouveau, ne voulant pas attirer la colère de ces hommes.

En retournant encore une fois à leur place là où ils étaient, les deux membres des Loups noirs pouvaient constater une nouvelle folie. Pendant qu'ils avaient le dos tourné tout à l'heure, voulant s'enfuir, le demi-orque avait fait une chose des plus affreuses.

Il tenait la tête coupée du jeune aubergiste dans ses mains. Puis, en grognant et en montrant les dents, il leva la tête coupée en la fixant et cria que l'aubergiste n'avait qu'à lui donner une bière plus forte. Il mit ensuite la tête du malheureux sur le comptoir, comme si de rien n'était.

La jeune fille blonde, toujours assise, semblait paralysée de terreur devant la scène, et ça en était de même pour l'autre aubergiste. Le jeune homme, qui buvait beaucoup (quoique beaucoup moins que le demi-orque), était endormi, tête sur la table. Étant donné les circonstances, il avait plutôt de la chance.

Désormais, ce n'était plus que ces quatre personnages qui s'amusaient dans cette auberge.

Kergor, cette fois, voulait vraiment que des soldats apparaissent. Que faisaient-ils?! Est-ce que ces fous les avaient tous tués?

Non... Il était vraiment tard, probablement que tout le monde était endormi... Il constata maintenant que le demi-orque se dirigeait vers la jeune fille, en se grattant son membre, tout en rigolant. Kergor et Viert auraient aimé vouloir aider la fille à la flûte, comme s'ils désiraient garder encore au moins quelques personnes normales pour affronter la folie des nouveaux arrivants, mais ils étaient complètement paralysés. Cependant, Viert commençait à mettre sa main sur sa rapière, toujours accrochée à sa ceinture, cachée par un long manteau gris.

Il cherchait une dose de courage pour affronter ceux qui avaient déjà tué trois personnes en si peu de temps.

— Ça te dirait, un peu de plaisir, jeune fille?! demanda le demi-orque sur un ton qu'il voulait sans doute séduisant, mais sans succès.

— Vous... Éloignez-vous de moi, vous êtes répugnants! cria la jeune fille en levant sa flûte et en prenant son courage à deux mains.

— Quoi?! Tu ne mérites plus la vie, je l'ai décidé!! grogna le monstre.

Avant que la fille puisse faire un mouvement, le géant prit sa hache et lui coupa le milieu du corps presque entièrement d'un seul coup. Pas de doute possible, la pauvre fille était morte, et son dernier regard, plein de sang, était celui d'une victime complètement terrifiée.

Toujours sous l'effet de la peur, ce n'est pas cette quatrième victime qui étonna cette fois les deux rogues, mais la réaction du demi-orque après son meurtre. Il pleurait. Beaucoup. Il regardait la fille coupée et il pleurait.

— Bouhouhou... Encore?! Mais voyons, Qu'ossé ça?! cria-t-il, les larmes aux yeux.

Pendant que Viert observa que les trois amis du monstre étaient aussi étonnés qu'eux en voyant sa réaction, Kergor tira le bras de son équipier pour courir et se sauver en dehors de l'auberge une bonne fois pour toutes. Mais le géant demi-orque, rapidement remis de ses pleurs, se retourna vers eux aussi rapidement que l'éclair et il bloqua leur route, sa grosse hache dans ses mains.

— Tuer pour être en santé! cria-t-il.

*

Deux heures après les meurtres commis par Voknul et Skelèton, Desmothe était le seul debout, devant le paquet de cadavres. Les deux derniers s'étaient battus, au moins, avec ces drôles d'armes qui ressemblaient à celle de Zirus. Voknul avait l'air d'avoir eu plus de plaisir à les tuer que les autres. Enfin, c'était assez dur à déterminer, car même si le sorcier savait bien que son ami barbare aimait tuer des personnes, cette fois-là, il pleurait lorsqu'il le faisait.

Voknul s'était couché dans une chambre après avoir bu une bonne trentaine de bières. Skelèton était endormi sur le sol, à côté du gros homme roux. Klatou s'était également endormi dans une chambre plus haut, après s'être rassuré qu'aucun témoin n'avait vu la scène. Il disait qu'il ne voulait pas être en prison pour le restant de ses jours.

Mais plus il restait avec ses nouveaux compagnons, plus il perdait sa prudence envers certains concepts, comme le fait de tuer tout le monde dans une auberge, par exemple. Cependant, il avait expliqué à Desmothe qu'avant de se coucher, il cherchait une histoire ou une excuse à raconter aux soldats s'ils venaient les questionner sur les cadavres.

Zirus et Mantor avaient préféré dormir ailleurs. Desmothe ne savait pas vraiment où, mais ils étaient censés les rejoindre à la sortie du village à l'aube. Mantor lui avait dit qu'il "n'avait pas envie d'être près d'un sorcier puant toute la nuit".

Mojo dormait paisiblement sur son épaule; il était accroché avec ses bras autour de son cou.

Quant à Keletor, il n'avait pas réussi à se rendre à l'auberge. Pour une raison inconnue, il avait décidé d'aller dormir sur le toit d'une des maisons, ce qui avait attiré l'attention du trois quarts des soldats qu'il y avait. Klatou avait été tout de même content que cet incident eût attiré l'attention des gens sur Keletor au lieu de Desmothe, qui ne passait pas du tout inaperçu habituellement.

Le sorcier était un peu fatigué, mais il n'avait pas envie de dormir tout de suite. Il voulait se promener dans le village. Les quelques bières gratuites qu'il avait bues accentuaient son envie de rencontrer des gens. Le seul problème était le fait que la majorité des villageois devaient dormir depuis plusieurs heures, déjà...

Après avoir coupé le bras de la jeune fille pour le coudre sur son manteau, il se promena dehors de l'auberge. Il n'y avait personne en vue. Tout était vraiment calme.

Il n'y avait qu'un seul soldat, au loin, que Desmothe remarqua après quelques secondes. Il ne semblait pas vraiment porter de l'attention aux alentours. Il jouait aux cartes sur le sol avec lui-même, en bâillant souvent.

Le demi-elfe se présenta devant toutes les maisons, en cognant à la porte. La plupart du temps, il n'y avait aucune réponse. Mais quelques fois, il entendait une voix qui lui criait des insultes sur le fait de déranger les gens à une heure pareille.

Surpris, Desmothe constata qu'une des maisons avait de la lumière. D'ailleurs, il entendait quelqu'un à l'intérieur pousser des rugissements, comme s'il s'entraînait, ou qui sait... En arrivant devant la maison, il vit qu'il y avait une inscription sur la porte, vraiment petite. La noirceur de cette nuit particulièrement sombre l'empêchait de bien voir ce qui était écrit, même malgré le fait que les demi-elfes, comme les elfes d'ailleurs, avaient une particularité à mieux voir dans le noir que la moyenne. Il réussissait à lire le nom "Henri" sur la porte, et, n'arrivant pas à lire le reste, il se décida à rentrer dans la maison, dans le but de se plaindre à celui qui habite là qu'il écrit des choses trop petites sur sa porte. La lumière de la maison ne se rendait pas vraiment à l'extérieur, et il était impossible de lire ce qui était écrit sur la porte.

— Dites donc, vous! Cette inscription trop petite, là... marmonna Desmothe qui venait d'entrer. Mais il avait été surpris par l'habitant.

Dans cette grande pièce, il y avait un grand tapis rouge, quelques torches, un bureau, et quelques drôles d'instruments métalliques des plus étranges.

Mais c'était l'homme en sueur qui attira toute l'attention du demi-elfe. Il était assez grand et mince, cheveux bruns et forte barbe brune. Il avait un bras vraiment maigre, mais l'autre aussi musclé que celui de Voknul.

— Un client?! À cette heure! Intéressant... fit immédiatement l'homme en apercevant Desmothe. Il ne semblait pas troublé le moins du monde par l'apparence du nouvel arrivant.

— Quoi? Votre bras! Vous... bégaya Desmothe, perturbé par quelqu'un pour la première fois.

— Vous êtes chanceux, mon ami... Vous cherchez une nouveauté? Séduire les demoiselles, vous voulez! Par chance! Non mais qu'elle chance!

L'homme parlait avec une voix forte, sur un ton presque blagueur. Mais il était sérieux, et il voulait vendre quelque chose à Desmothe. Le sorcier devenait de plus en plus nerveux.

— Trop gros! Ce bras est...
— Oui, mon cher! Quel bras, hein! Le succès, vous cherchez? Par chance, vous êtes tombé sur le magasin spécial gros bras d'Henri!

Devant l'homme qui gonflait son bras devant son visiteur, Desmothe tremblait presque. C'était trop facile pour lui, trop étrange. Il avait ce bras, juste devant lui... Qui était cet homme!

— Arrêtez! cria le sorcier.
— Regardez-moi ce bras! Trente pièces d'or par mois, et vous en aurez un aussi! Ça sera la mode, dans vraiment pas longtemps, mon ami! Allez, regardez, c'est gratuit grrr!
— J'en veux pas, de votre sale bras! s'exclama Desmothe, étonné par sa propre phrase.
— Allez! Chez Henri, les prix sont mini! continua le propriétaire de la maison, en s'approchant de Desmothe.

Le sorcier avait le cœur qui battait plus vite que jamais. Il décida de sortir vraiment rapidement de cette maison. Il réagissait comme s'il était devant son pire cauchemar, mais personne au monde ne pourrait savoir pour quelle raison exactement. À son soulagement, il remarqua que l'homme au gros bras ne le suivait pas. Drôle de vendeur, tout de même...

À son grand étonnement, il vit encore une autre maison avec de la lumière. À cette heure-ci! Cependant, il n'était pas sûr s'il avait vraiment envie de la visiter, celle-là. Il commençait vraiment à être fatigué, et il ne voulait pas tomber sur un autre homme bizarre comme celui-là. Desmothe pensait vraiment que ce village était normal, quand il était arrivé. Tout le monde semblait simple, voire ennuyant, et la plupart se limitaient en musiciens.

Il décida qu'il alla voir cette dernière maison, après quoi il allait prendre une bonne nuit de sommeil. Car il le savait bien, si un sorcier dormait mal une nuit, ses pouvoirs ne seraient pas aussi efficaces le lendemain. Il arriva devant la maison, et une inscription beaucoup plus visible que l'autre pouvait se faire voir.

"Chez Allouh, trouvez de tout!" était ce qui était inscrit.

Sans cogner, il entra dans la deuxième maison éclairée si tard le soir. C'était une belle demeure, tout était bien propre.

Il y avait plusieurs objets assez étranges un peu partout, comme un paquet de plumes colorées, des petits marteaux d'argent, des papiers verts... Et il y avait un petit homme, assez grassouillet, aux cheveux courts noirs et avec une mince barbe, qui venait de se rendre compte de la visite d'un client.

Desmothe commençait presque à être de mauvaise humeur. Le propriétaire de cette maison ne remarquait pas du tout le manteau original du demi-elfe. Rencontrait-il les seuls cinglés du village, ou quoi? Lorsque le propriétaire de la demeure prit la parole, Desmothe remarqua que ce dernier avait un étrange accent, différent de celui du Nexicain. Il prononçait les "h", les "o" et les "e" sur un ton beaucoup plus grave que le reste.

— Encore un client chez Allouh? À cette heure en plous? Je savais bien que c'était une bonne idée de m'installer ici!

— Quoi? Vous êtes qui, vous? demanda Desmothe, légèrement surpris par l'accent.

— Un vendeur et le meillor, mon cher! Observer autour de vous, et achotez ce qu'il y a de meillor dans le monde!

Desmothe regardait ce qu'il y avait dans ce supposé magasin. C'était probablement le seul du groupe qui avait des pièces d'or, car en cachette, à l'auberge où Voknul et Skelèton semait la pagaille, le sorcier avait volé la fortune de l'aubergiste, une somme qui tournait autour de 1000 pièces. Il pourrait sans doute acheter quelque chose d'intéressant ici.

Il y avait quelques armes, mais vraiment peu impressionnantes. La plupart étaient faites en bois, et le reste était à moitié détruit. Il y avait quelques bijoux, mais ça n'intéressait pas vraiment le sorcier, à moins qu'ils soient magiques. Il y avait également beaucoup de boites fermées; Desmothe ne pouvait pas savoir ce qu'il y avait à l'intérieur. Le sorcier avait une belle somme d'argent, et il était bon menteur, ce qui devait normalement l'avantager un peu lorsqu'il marchanderait.

Il avait d'ailleurs menti à Klatou et Skelèton, lorsque ces derniers s'étaient aperçus que le sorcier avait un bon paquet de pièces d'or. Il avait inventé une histoire à propos du fait que les Loups noirs le trouvaient bien sympathique et qu'ils lui avaient laissé leurs pièces d'or, qu'ils avaient obtenues en tuant un homme riche quelques semaines plus tôt.

Le sorcier aurait aussi rencontré un dragon noir, avant le tournoi, information qui n'avait aucun sens, aucune logique ni importance dans la conversation, mais que Desmothe avait précisée pour une raison inconnue. Bon parleur et surtout très bon menteur, les autres semblaient le croire, étrangement.

Le demi-elfe connaissait un peu les prix habituels. Pour une arme de qualité inférieure, le prix était d'à peine quelques pièces d'or. Pour une meilleure qualité, le prix montait autour de trois cents pièces d'or, et pour une arme magique, il fallait au moins mille pièces d'or. Desmothe s'était cependant bien attaché à son arme actuelle, mais il y avait sûrement quelque chose d'intéressant pour lui à acheter ici.

Desmothe songeait à ce qu'il devrait acheter, mais l'homme de la maison interrompit ses pensées en le mitraillant de questions.

— Une épée, môssieur? L'invocatrice de dragons! Seulement quarante-deux mille pièces d'or, prix d'ami!

— Cette épée-là? Mais elle est en bois et il manque le bout pointu! s'offusqua Desmothe, en regardant l'arme qui était vraiment ridicule, même pour un enfant de six ans. Je veux autre chose!

Le marchand semblait être plus excité, comme si marchander l'amusait d'une façon extrême. Il regardait partout autour de lui pour voir ce qu'aimerait son client, en bougeant dans tous les sens, dansant presque.

— Môssieur est chanceux! J'oubliais ce fantastique bijou, qui a le pouvoir magique de faire apparaître des pommes! proposa le marchand, qui avait pointé un bijou. On aurait dit qu'il l'avait désigné au hasard.

— Des pommes? Comment ça, des pommes? répondit Desmothe en soupirant.

— Seulement douze mille pièces d'or pour vous!

— Vous êtes un fou! Je veux autre chose!

Le marchand probablement nommé Allouh se promenait dans sa maison, cherchant quelque chose. Ensuite, il fit semblant d'être surpris et ouvrit une petite cage que Desmothe n'avait pas encore remarquée. Il en sortit un oiseau, assez grand. L'homme grassouillet reprit la parole.

— Ce magnifique perrôquet, lanceur de feu?!

— Quoi, cet oiseau? Mais...

Le perroquet semblait mort, depuis un bon moment déjà. Le marchand semblait vraiment prendre le sorcier pour un imbécile total. Mais Desmothe n'était pas encore complètement lasse de ce magasin.

— Ce perroquet est mort, crétin! cria Desmothe en levant les bras.

— Bien soûr que non, môssieur! Observez!

Le marchand tenait maintenant le perroquet d'une seule main, et avec l'autre, il cachait sa bouche. Il mima ensuite des bruits ressemblant trop peu à celui d'un volatile, tout en bougeant le cadavre de l'oiseau d'une façon ridicule. Il continuait cette scène plusieurs minutes, devant Desmothe qui soupirait de plus en plus, et de temps à autre, avant de reprendre ses imitations, il disait: "Vous voyez bien, môssieur!".

Le sorcier, cette fois, en avait assez. Ce perroquet était la goutte qui fait déborder la bière! La fatigue commençait à monter - beaucoup plus depuis qu'il avait pénétré cette maison, d'ailleurs. Il n'aimait pas le fait que ce marchand le considère comme une personne complètement stupide.

— Il faudrait vraiment être un imbécile pour acheter quelque chose d'aussi minable et qui ne sert à rien, surtout venant d'un marchant qui prend son client pour un idiot! cria Desmothe, en colère, ce qui n'arrivait que rarement.

— Allez, môssieur, il s'appelle Kodo, c'est un très bon perrôquet!

Desmothe se mit à réfléchir, en ignorant complètement le marchand qui avait repris ses imitations absurdes. Il cherchait s'il n'avait pas quelque chose d'utile à faire ici. Puis, une idée lui vint à l'esprit.

— Dites donc, vous... Vous achetez, aussi? J'ai plein de choses à vendre! s'écria Desmothe.

Le grassouillet arrêta immédiatement de bouger son perroquet mort, puis, en observant bien son client, il fit demi-tour pour remettre l'oiseau dans sa cage.

Il demanda ensuite, d'une façon un peu moins énergique que tout à l'heure, s'il avait quelque chose d'intéressant.

— Eh bien, si vous aimez les animaux, j'ai ce singe qui...Voyons, ou est-il... marmonna Desmothe en fouillant dans son manteau. Il finit par retrouver son compagnon.

Il leva Mojo dans les airs pour bien le montrer au marchand. Le singe, manifestement en gueule de bois, ne semblait pas du tout de bonne humeur.

— Singe magique, môôssieur! fit Desmothe, imitant exagérément l'accent du propriétaire de la maison pour se moquer.

— Magique? Mais, il sent l'alcool!

— En effet, je vous explique...

Puis, le sorcier commença à raconter une longue histoire sur son singe, et la grande partie de ce qu'il disait était probablement fausse.

Il parla de l'animal pendant une bonne trentaine de minutes, sur le fait que ce dernier était un dieu et qu'il avait des pouvoirs étranges qui donnaient la chance autour de lui. Même si Mojo lui-même ne le savait pas, selon Desmothe, il était un grand guerrier possédant des pouvoirs de glace, de feu et de tonnerre, et qu'il avait la faculté de faire apparaitre des châteaux, des géants, des armées, de la bière, des chaises et des centaines d'autres choses. Un jour, un dieu ennemi lui aurait lancé une malédiction, qui constituait à puer l'alcool. Le marchand, qui écoutait l'histoire depuis le début en silence, avait interrompu le sorcier pour l'interroger si le demi-elfe avait également été atteint d'une malédiction de puanteur. Le demi-elfe, inconscient de l'odeur qu'il dégageait, avait été un peu surpris de cette question, mais répondit par l'affirmative.

Desmothe semblait si convaincant que le marchand était fasciné. Le sorcier avait aussi effectué son sort de souffle de glace, en cachant ses mains, de telle sorte qu'on aurait dit que c'était le singe qui l'avait fait.

— Dix mille pièces d'or! cria Desmothe, pour terminer son long discours.

— Môssieur est fou, j'achète pour deux cents!

— Trois cents, et c'est marché conclu!

— Deux cent cinquante, ma dernière offre, môssieur!

— Môssieur, môssieur... Tu as juste ça à la bouche, gros tas!

— C'est à prendre ou à laisser, môssieur.

Desmothe avait perdu toute son énergie et sa bonne humeur qu'il avait eues en parlant de son singe en utilisant toute son imagination. Il aurait vraiment bien voulu au moins dix mille pièces d'or, pour ensuite acheter de puissants objets de nécromancie, ou autre chose du même genre. En ayant assez, il tenta de jeter son sort de charme avec ce qui lui restait de pouvoir pour la journée. Mais le marchand ne semblait pas du tout avoir été affecté, fixant plutôt Desmothe de façon bizarre, car ce dernier avait bougé ses mains d'une drôle de façon et il avait dit des phrases incompréhensibles, en ayant un regard concentré.

Desmothe regarda ensuite son arme, se demandant s'il ne devait pas tout simplement éliminer cet homme pour avoir ce qu'il y avait ici, puisque toutes les autres méthodes n'avaient pas fonctionné. Mais il était fatigué et il n'avait pas du tout envie de se battre. Déçu, il se résigna donc.

— D'accord, d'accord... deux cent cinquante pièces d'or, prenez ce singe!

Le marché était conclu. Le demi-elfe avait carrément vendu son nouveau compagnon à un inconnu. Sans avoir le moindre remords, il se préparait à quitter la pièce, mais un objet, étalé près de la porte d'entrée, attira un peu son regard. Il y avait un long bâton, qui n'était ni brisé, ni en bois. Il était en argent, et il semblait beaucoup plus impressionnant que le reste. Plusieurs inscriptions illisibles étaient sur l'objet. Utilisant un sort qu'il avait obtenu que très récemment, il sût que l'objet en question était vraiment magique.

Était-il puissant, il ne le savait pas, mais c'était probablement mieux qu'un oiseau mort ou une épée en bois en morceau.

— C'est quoi, ça? demanda Desmothe, curieux.
— Môssieur est chanceux! Ce bâton à des propriétés spéciales! Il peut guérir les blessures sévères! Il sôuffit de l'approcher de quelqu'un!

Le sorcier regardait bien le marchand. Il avait un regard différent, tout d'un coup, comme s'il était honnête. Après avoir réfléchi un moment, il décida d'acheter ce bâton, pour une somme importante de 1000 pièces d'or. Au moins, il était sûr que c'était magique, et dans le pire des cas, il n'aurait qu'à voler une autre auberge pour avoir plus de pièces d'or. En compagnie de Voknul, la fréquentation d'auberges était une habitude. Il quitta donc le magasin sans dire au revoir au marchand, en direction de l'auberge. Il était vraiment temps pour lui d'aller dormir.

— Les nouveaux me causent toujours des problèmes... Essayez donc de moins attirer l'attention, la prochaine fois! Heureusement que je passais par là!

Après avoir entendu cette phrase transmise par une voix grave étrange, le sorcier interrompit sa marche, arrivé juste devant l'auberge.

— Pardon? Vous êtes qui, vous? demanda le demi-elfe en fixant le vide. Car il n'y avait personne du tout.

Sans se poser des questions, car il était fatigué et qu'il n'était pas le genre à être effrayé par une petite voix invisible, le sorcier alla se coucher, rêvant à ce qui allait l'attendre demain.

*

C'est Klatou qui se réveilla le premier. Il avait passé une assez mauvaise nuit, car Voknul n'arrêtait pas de parler de bières dans son sommeil de façon très bruyante. Il avait entendu aussi deux ou trois personnes qui criaient un peu plus loin, marchandant sur des choses quelconques.

Sans perdre du temps, il sortit Voknul, Skelèton et Desmothe de leur sommeil. Voknul cria "Quoi, tu veux que je t'arrache la tête?!" en se réveillant. Skelèton était dans une gueule de bois épouvantable; il avait du mal à bouger.

Desmothe fut relativement difficile à réveiller, il se rendormit plusieurs fois au fur et à mesure.

Sortant de l'auberge, le clerc essayait d'inciter les autres à se dépêcher; ils avaient tout de même tué plein de personnes ici, et c'était un miracle que les soldats ne les eussent pas interrogés encore.

— Ben quoi! On a pu le droit de tuer des choses vivantes, ici?! s'indigna Voknul, frustré.

— Il y a quand même des lois ici, et vous avez juste entassé les cadavres dans une chambre! se plaignit Klatou. Quelle prudence! Allez, on s'en va vite d'ici!

Accélérant le pas, Klatou fit signe à Desmothe et Skelèton de faire de même. Skelèton marchait rapidement, mais péniblement, ce qui attirait plusieurs regards. Plusieurs personnes regardaient le sorcier aussi, et à chaque fois, ce dernier criait: "Préjugés!"

À la surprise du clerc, Voknul bougeait rapidement également, apparemment déterminé.

D'un côté, c'était normal, car le grand barbare, avec Skelèton, avaient bu toutes les bières de l'auberge, de toute façon. Il n'avait plus rien à faire ici, pour l'instant.

Arrivée à la sortie du village, Keletor et Zirus étaient là, jouant aux cartes sur le sol. Mantor y était également, semblant être las d'attendre.

— Ah vous voilà enfin! s'écria Mantor. On pourrait faire la mission, maintenant? Avant que les Loups noirs meurent de vieillesse?

— C'est bon, c'est bon, on y va... marmonna le clerc, déjà las du vieux mage, même s'il venait tout juste de le voir.

— Préférez-vous visiter tous les villages? Toutes ces auberges! Messieurs voudraient peut-être aller sur l'île Marbridge, tant qu'à y être! Il y a plein d'auberges là-bas aussi! Aussi, pourrais-je invoquer le dieu de l'alcool, qui...

— Ça va, ça va! cria Klatou à nouveau pour interrompre Mantor. On va le tuer, ton maudit Rezur.

— Razor, son nom. Bon, en route!

Tout le groupe se mit en route vers au sud est. Un petit bateau devrait normalement les attendre là, au bord de l'eau. Ensuite, il fallait aller sur une petite île supposée déserte, mais où il y aurait en fait la base des Loups noirs.

Mantor était vraiment en colère. L'armée du roi avait déjà visité plusieurs fois cette île, sans rien trouver. Si les autres imbéciles n'avaient pas perdu autant de temps à boire ici et là, ils auraient pu eux-mêmes chercher plus efficacement l'antre des assassins, qui était sûrement bien caché.

Le chef de Klamtra était sûr et certain que les Loups noirs se trouvaient sur cette île: restait plus qu'à trouver où exactement.

Voknul reprit une discussion avec Keletor, sur ces "destructeurs de bières" qu'on appelle les Loups noirs. Les deux barbares semblaient soudainement les plus motivés à y aller. Parfois, ils couraient à une très grande vitesse en criant, dépassant de loin leur groupe, parfois, ils ralentissaient un peu.

Skelèton était toujours malade, mais il allait de mieux en mieux. Son brave chien, qu'il avait perdu un moment, était revenu et ça lui rendit sa bonne humeur, bien qu'il était un peu déçu en même temps à cause du fait qu'il ne pouvait plus manger de chups.

Desmothe était un peu fatigué, mais enthousiasme à l'idée de trouver plusieurs bras intéressants. De mémoire, il n'avait jamais vu de Loups noirs, mais il était très motivé à les rencontrer. De temps à autre, il courait avec les deux barbares, mais il se fatiguait beaucoup plus vite, alors il restait en arrière.

Klatou en avait un peu marre des auberges qui devenaient une routine, surtout que la plupart du temps, il y avait des nains fous et des gnomes sorciers. Il avait envie de voir du neuf, et ce groupe d'assassins semblait une bonne chose en ce sens. Il avait envie d'en savoir plus, mais Keletor semblait trop occupé pour répondre à ses questions. La plupart du temps, quand il l'interrogeait, le chef de Tardor ne l'entendait pas; il criait plutôt des phrases avec Voknul du genre: "Les tueurs de bières?!", "À mort les voleurs de bières!!".

Lorsque le clerc voulut interroger Zirus - car ce dernier était un chef également et qu'il devait en savoir un peu sur les Loups Noirs - le chef de Phillemus répondait qu'il connaissait que peu de détails sur eux, et que Klatou serait mieux de demander à Mantor, vieux magicien qui avait vu beaucoup plus d'hivers qu'eux. Mais Klatou voulait éviter à tout prix une discussion avec ce vieillard qu'il détestait. De toute façon, il allait bien voir à quoi ressemblaient ses nouveaux ennemis tôt ou tard.

Chapitre 10: De gros hommes sur la route

Toujours en marche, le groupe des sept continuait à avancer, toujours sur un sol terreux éclairé par un lourd soleil, avec très peu d'arbres aux alentours. Il y avait seulement quelques gros rochers ici et là. Mantor espérait ne faire aucune rencontre qui allait les ralentir, cette fois.

Rien de hors du commun n'était arrivé jusqu'ici, excepté peut-être le fait que le sorcier reçut une bière vide en plein sur la tête, avant de s'apercevoir que son singe s'était échappé du marchand pour revenir sur son épaule.

Mojo tirait un peu les cheveux de son compagnon pour lui montrer qu'il n'avait pas aimé cette plaisanterie, et ensuite, il devint plus calme, savourant ses bières en observant l'horizon.

Un avantage certain de ce groupe qui allait affronter un clan entier d'assassin était qu'ils n'avaient aucune peur. En effet, Voknul, qui se prenait pour un dieu, n'allait sûrement pas montrer une seule trace de peur dans son regard (même s'il pleurait lorsqu'il tuait des victimes). Keletor, lui, était peut-être moins vantard que Voknul, mais il en était non moins aussi confiant. Desmothe n'avait peur de rien tant qu'il était accompagné de ce monstre du combat qu'était son ami barbare, et Skelèton ne se rappelait tout simplement pas où il allait, demandant à Klatou sans cesse, mais le clerc était lasse de lui répondre après huit fois.

Mantor était un vieux mage sûr de lui et confiant grâce à ses pouvoirs, et Zirus était tout simplement trop de bonne humeur de quitter les ennuis de son village pour avoir de la frayeur.

Le seul qui n'était pas aussi confiant, bien qu'il n'avait pas vraiment plus peur que les autres, était Klatou, qui s'interrogeait vraiment sur les capacités de ses futurs ennemis.

Préparant toute sa patience, le clerc se risqua une conversation avec Mantor.

— Alors, Mantor, à quoi il ressemble, ce Razor, au fait?

Le vieux mage fut un peu surpris que le clerc lui adresse la parole. Tout de même content que quelqu'un s'intéresse un peu à la mission, il répondit.

— Je ne sais pas trop, certains disent qu'il n'existe même pas. Mais les rumeurs prétendent que c'est un rogue très talentueux et très cruel.

— Un rogue? C'est quoi ça, un rogue?

— Hmm... Un rogue, c'est un combattant utilisant surtout la dextérité et l'agilité plutôt que la force et la brutalité, comme ton ami Voknul, là. Dans le clan des Loups noirs, il y a surtout des rogues, qui utilisent des rapières comme armes, un peu comme Zirus.

— Je vois... Donc on prend la tête de Razor, on tue un peu tout le monde, et c'est mission réussie? Ça me semble facile.

Mantor s'arrêta brusquement et fixa Klatou d'un regard sévère, étant un peu vexé par sa phrase.

— Ils ne sont pas à sous-estimer. L'ancien chef, Desastros, a tué plusieurs de mes apprentis. Et son fils, Razor, d'après ce qu'on dit, serait encore plus fort que son père et pourrait devenir invisible à volonté, le temps qu'il veut.

— Invisible? Il suffit de demander à Voknul de frapper un peu partout!

— Les autres rogues aussi peuvent devenir invisibles, grâce à des potions. Le père en aurait bu tellement que son fils en aurait eu le pouvoir. On risque d'être souvent attaqué par surprise, vaut mieux rester sur nos gardes.

Klatou réfléchissait un peu en mordillant son brin de blé, puis se mit à penser à autre chose. Ce fameux gnome qui les avait amenés temporairement dans une autre dimension.

— Le nom de Xémock, ça vous dit quelque chose?

— Un peu, oui. À ce que j'ai entendu, c'est un sorcier qui cause beaucoup de trouble sur Marbridge. Je comptais m'en occuper, après les Loups noirs.

— Il nous aurait jeté des malédictions. Moi, j'ai reçu un marteau sur la tête, Skelèton semble avoir des problèmes pour manger des chups, Voknul pleure lorsqu'il tue. Quant à Desmothe, il parait qu'il doit puer. Enfin, je ne sais pas, on est tous un peu sale, et donc je ne sais pas s'il pue plus que nous et...

— Non, il pue vraiment trop. D'ailleurs, je me tiens toujours loin de lui. Ces malédictions ne sont pas très dangereuses et elles sont sûrement temporaires.

Sans prévenir, Mantor s'éloigna ensuite de Klatou. C'était sans doute une façon de lui montrer qu'il n'avait plus envie de lui parler. Le clerc, un peu vexé, avait eu sur le coup l'envie de lui tirer la barbe, mais il préféra s'abstenir.

Toujours rien à signaler. Le groupe avait déjà marché plusieurs heures sur la plaine, toujours en direction sud-est. Alors que l'ennui commençait à augmenter, Desmothe avait mis un peu d'ambiance en présentant son nouveau bâton magique "extrêmement puissant". Ayant remarqué que Skelèton avait une petite blessure sur l'épaule, le sorcier se proposa pour guérir cela, sous le regard curieux du clerc. Cependant, le bâton n'avait réussi à guérir qu'une petite égratignure minime sur l'épaule du moine Nexicain. Tentant de reproduire l'effet, plus puissant cette fois, Desmothe remarqua enfin une inscription très petite sur le bâton qui le figea sur place: "Ne fonctionne qu'une fois par semaine".

— C'est complètement minable!! s'écria le demi-elfe, en fixant le ciel.

*

Le groupe marcha encore plusieurs heures, et ils étaient à moitié chemin avant d'enfin arriver au bord de l'eau. Voknul critiqua plusieurs fois l'absence d'auberges sur leur route, mais il se contentait de boire un peu dans son tonneau. Quant à Skelèton, il décidait de jouer un peu de guitare pour tenter de maintenir le moral de ses amis, ce qui marchait au début, mais pas après une demi-heure, car c'était toujours la même chansonl la seule que le Nexicain connaissait.

Tout d'un coup, le groupe put voir des individus sur le chemin, excepté Skelèton, qui était trop concentré à se rappeler les quelques notes qu'il fallait jouer pour sa musique.

C'était les trois gros hommes qui intimidaient Skelèton au village Philas. Klatou se demandait bien ce que ces trois imbéciles faisaient là, sur la plaine, très éloignés de la route, et aussi de Philas, d'ailleurs...

Puisque les deux groupes marchèrent dans une direction qui les menait l'un vers l'autre, ils se rejoignirent rapidement.

— Skelèton! s'exclama le gros bonhomme à l'œil de pirate. Je suis content de te voir! Je voulais m'excuser pour tout ce que je t'ai fait...

— Gros! Toi, ici? Je crois que je vais accepter tes excuses! fit Skelèton, naïf.

— Tu plaisantes, minable?! Tu n'es qu'une merde! répliqua le gros homme.

Puis, suivi de ses deux amis, le gros individu s'esclaffa de rire, tout en pointant Skelèton et en lui crachant sur les pieds.

Mantor ne voulait même pas se mêler de cette histoire qu'il jugeait stupide. Zirus était surtout curieux de voir ce qui allait se passer. Quant à Keletor, il continuait à boire dans le tonneau de Voknul, ce dernier lui ayant permis de boire un bon coup pour la chance.

— Heille les paquets de graisse! C'est moi le chef icitte! Skelèton, la fillette là, est mon apprenti d'alcool!! cria Voknul en regardant férocement ses trois nouveaux ennemis.

L'intimidation du barbare semblait efficace, deux des gros hommes ne riaient plus, cette fois. Mais il y avait le troisième, dont la grosseur se constituait surtout en énormes muscles, qui n'était plus dans le champ de vision du barbare. Mais où était-il passé? Voknul avait déjà oublié son existence.

— Vous serez mes esclaves, compris?! continua Voknul, en rigolant. Bon sang que vous êtes gros! Je vais vous tuer! Vous tuer, parce que vous êtes gros! Vous manger, vous tuer! Vous...

Mais le demi-orque fut interrompu par le troisième homme, avant que Klatou puisse le prévenir. Le géant qui devait bien faire sept pieds cinq et qui savait combien il faisait en poids avec ses muscles incroyablement gros, prit Voknul par derrière pour le soulever en l'air, d'une manière que le clerc reconnu immédiatement, l'ayant lui-même vécu plusieurs jours avant.

Le gros chauve recommença ses drôles de bruits bizarres ressemblant à des sons de crachats, suivant une espèce de rythme, en se cachant la bouche avec ses deux mains, ce qui étrangement, augmentait d'une certaine façon la force de l'ambiance du combat.

Le géant homme tournait maintenant rapidement avec Voknul au bout de ses bras, en étourdissant son adversaire ainsi que lui-même.

— Ahhh!! Qu'est-ce que... cria le barbare, surpris que quelqu'un puisse le soulever.

— Tes nouveaux amis, ça, Skelèton? Tu n'es qu'une merde!

— Tu es méchant avec mes amis! cria le Nexicain avec colère, en fonçant sur l'homme à l'œil de pirate, prêt à frapper.

Klatou prit son pique pour attaquer l'homme qui faisait des bruits étranges, accompagné de Desmothe, qui tenait sa Faux (qu'il trouvait déjà lourde après quelques secondes).

Leur ennemi, à l'étonnement de ses deux assaillants, ne fit qu'ôter l'une de ses mains de sa bouche pour combattre, continuant ses sons bizarres de crachat avec l'autre, tout en ayant un air étrangement concentré. "Drôle de gars", se dit le clerc, dans sa tête.

Pendant que le Nexicain prit le dessus sur le gros homme en le mitraillant de coup de poing, on pouvait entendre le demi-orque crier: "Mais lâche-moi! Tu vas me lâcher, oui?!". Après lui avoir donné plusieurs bons coups, c'était devenu facile de constater que Skelèton avait tué son ennemi juré, ce dernier ne respirant plus. En ce moment, le Nexicain ne comprenait plus vraiment le concept de "tuer, c'est mal"; il pensait surtout qu'en battant cet homme, il ne se ferait plus insulter.

Le géant tas de muscles finit par tomber, complètement étourdi, même chose pour le barbare. En essayant de se relever et ayant la tête qui tourne, Voknul regardait dans toute les directions pour tenter de bien viser son ennemi avec sa hache, bien que celui-ci était juste à côté de lui.

— Attend un peu, que je te trouve... marmonna le demi-orque.

Assez facilement, Klatou et Desmothe vinrent à bout de leur ennemi en lui coupant la tête. Voyant le nouveau cadavre, le sorcier marmonna quelque chose qui ressemblait à: "Dommage, il semblait sympathique..."

Zirus applaudissait en riant, observant la scène. Lui qui était lasse de la routine, ce combat des plus étranges était tout simplement parfait. Mantor n'était plus là; il était en train de continuer le chemin. Quant à Keletor, toujours en train de boire, il commençait à marmonner qu'il avait la mission de consommer toute la bière du monde.

Voknul prit son élan et frappa - dans le vide, malheureusement pour lui. Son ennemi, habitué à toujours tourner, avait rapidement repris ce qu'il avait d'esprit, et ré attrapa le barbare pour le soulever à nouveau. Mais cette fois, il l'avait levé d'une manière un peu différente, ce qui avait permis le demi-orque d'avoir un bras relativement libre; celui qui tenait la hache. Voknul ne rata pas son deuxième coup, et rapidement, il y eut une deuxième tête sur le sol, suivi de quelques pleurs du barbare, ce qui déclencha une drôle de réaction de Keletor, qui se demandait ce qui se passait.

Les trois individus étaient vaincus. Ils avaient eu à faire à un groupe de quatre cette fois, et non deux. Aucun de leurs meurtriers n'eut de remords, ce qui n'était pas une si grande surprise.

— Bien fait! cria Voknul, fier de lui-même.

Le groupe reprit la marche, sans se soucier des cadavres. Il n'y avait pas grand-chose à faire avec eux, à part peut-être prendre l'un de leur bras, ce que Desmothe fit. Il ne put en prendre plus qu'un, car rapidement, le chien, au grand étonnement de tous, dévora les cadavres.

Mantor n'avait même pas envie de s'interroger sur l'identité de ces trois imbéciles. De toute façon, c'est eux qui avaient cherché la bagarre. Le mage avait juste envie de terminer la mission. Cette maudite mission qui semblait durer éternellement... C'était pourtant un grand événement. Il avait enfin trouvé les Loups noirs. Mais avec ce groupe... Il en avait vraiment assez. S'ils réussissaient à vaincre le clan d'assassin, eux aussi allaient avoir le titre de héros? Ils ne le méritaient pas!

Souvent il avait pensé de peut-être les laisser derrière et partir seul, mais il ne pouvait pas ignorer la force de ces derniers. Ils étaient forts et malheureusement, contre le clan des Loups noirs, ils étaient indispensables. Cependant, il ne fallait plus perdre de temps; pas question de retourner dans une stupide auberge!

*

Rien à signaler pendant les heures qui suivirent. Le groupe n'allait probablement pas arriver aujourd'hui; la nuit commençait déjà à tomber, peu à peu. Skelèton s'amusait parfois avec son chien, question de faire grandir leur lien d'amitié, ce qui finit par marcher, après quelques morsures. Klatou fit un test en guérissant une blessure de Voknul minime qu'il avait eu en tombant dans son récent combat contre le géant. Un marteau apparu une nouvelle fois de nulle part pour lui donner un bon coup sur la tête. Cette malédiction ridicule commençait vraiment à l'énerver.

Le groupe décida d'établir un petit campement pour dormir. Il fallait bien reprendre des forces avant demain. Hormis Skelèton et Voknul, tout le monde avait des tentes dans leur équipement. Mantor se désigna pour faire le premier tour de garde, au cas où un danger approcherait.

Skelèton dormit sur le sol, en compagnie de son chien. Klatou étudia un peu son livre, mais il s'endormit rapidement.

Pendant que tout le monde rêvait, Mantor observait un peu les environs. Tout semblait normal, hormis ses équipiers, mais il était habitué. Il fixa un peu Desmothe. Pendant un moment, bien que pourtant cet individu était très original, il se demandait s'il ne l'avait pas déjà vu quelque part sur Marbridge. Il y avait déjà plusieurs années, le vieux mage était allé à Marbridge pour y aider les habitants contre les orques de Mortar, ennemis que Marbridge avait depuis toujours, et qui avaient tenté une attaque en masse, malgré la puissance des paladins qui gardaient les frontières.

Il avait croisé quelques secondes des drôles d'individus sur le chemin. L'un d'eux ressemblait un peu au demi-elfe, mais il n'était plus trop sûr, cela faisait déjà longtemps. Peu importe de toute façon; ce vague souvenir ne changeait pas grand-chose à la situation actuelle.

Il lisait un peu son vieux livre de magie, voulant être sûr de maîtriser quelques sorts qui seraient probablement utiles contre les Loups noirs. Assez récemment, Mantor avait gagné le pouvoir de voir les êtres invisibles par lui-même, habileté que ses équipiers, eux, n'avaient probablement pas. Il prévoyait donc de jeter de temps à autre un sort qui révèle les êtres invisibles dans les environs, qui était limité en nombre de fois, mais qui se révèlerait sûrement utile dans l'antre des assassins.

Mantor soupira un peu en imaginant ce qui allait se passer. Car lui et son groupe allaient affronter des maîtres de la surprise, alors qu'eux-mêmes allaient probablement être très bruyants. Le clerc faisait une tonne de bruit avec son armure géante, et le barbare allait probablement crier il ne sait quoi, dès qu'il arrivera. Il fallait tout prévoir, mais il avait bon espoir de faire taire la menace des Loups noirs.

*

Environ deux heures plus tard, Skelèton se fit réveiller par Mantor. Ne comprenant pas la situation, le Nexicain regarda le vieux mage d'une drôle de façon, cherchant pourquoi il s'était fait réveiller.

— Je ne sais pas trop pourquoi je t'ai choisi pour faire le deuxième tour de garde, mais bon... Mon mauvais choix prouve que je suis bien fatigué; j'ai besoin de sommeil. Tâche simplement de nous réveiller si quelque chose arrive, compris?

— Compris, monsieur! Comptez sur moi!

— Si tu es fatigué et que tu as peur de t'endormir, n'ai crainte! Le gros demi-orque ne cesse de parler en dormant, c'est un véritable défi de dormir avec tout ce boucan! J'espère y arriver moi-même.

En effet, Voknul, en plus de ses ronflements très bruyants, parlait et criait dans son sommeil. Après avoir entendu quelques phrases, on pouvait constater que Voknul faisait un cauchemar; il pensait que le monde entier voulait voler ses bières.

Le vieux mage alla se coucher, après avoir articulé des phrases incompréhensibles. Tout comme Voknul, il se laisser tomber sur le sol sans tente et ferma les yeux, puis tomba rapidement endormi.

Le chien du Nexicain dormait toujours paisiblement. Skelèton, un peu nerveux qu'on lui donne la responsabilité de surveiller tout le monde, était tout de même fier et de bonne humeur. Il avait bu un peu, la veille, n'avait pas eu de mal de tête, cette fois. Il était justement encore un peu énervé, car il avait fait un drôle de rêve. Il était bref, mais c'était une vision d'un drôle d'individu vraiment gros, avec quatre têtes. Celles des trois gros qui le harcelaient sans arrêt jusqu'à hier, et celle du gnome, qui ricanait en observant Skelèton.

Il avait eu peur un peu, mais maintenant il était réveillé et se rappelait que les trois gros ne pouvaient plus lui nuire.

Quant à ce gnome, il ne l'aimait pas du tout, car son ami Klatou lui avait expliqué que c'était de sa faute s'il ne pouvait plus manger de chups...

Essayant de se rappeler où lui et ses amis allaient demain, il décida de jouer un peu de guitare, jusqu'à ce que Desmothe lui lance un bras mort sur l'épaule en lui disant d'arrêter.

Skelèton commença rapidement à s'ennuyer; il n'y avait rien du tout sur cette plaine excepté lui et son groupe. Il décida de s'approcher de Voknul, pour lui prendre une petite bouteille, en s'excusant à son ami barbare. Un peu surpris d'abord, car dès qu'il prit la bière du demi-orque, ce dernier cria : ''Tu veux voler mon alcool, sale mouton? Je te tuerai, toi et tes enfants!!'', le Nexicain fut de bonne humeur en constatant que Voknul était toujours endormi, et il but quelques gorgées.

Puis, il s'étendit près de son chien, trouvant amusant tout d'un coup le fait d'observer les alentours. Il commençait un peu à maîtriser la consommation d'alcool: bien qu'il était un peu étourdi, il n'était pas encore tombé dans les pommes.

Après environ une heure, Skelèton, lasse de ne rien faire, décida d'allez réveiller Voknul pour qu'il le remplace.

''Qu'est-ce que tu veux, toé?!'' fut la première réaction du barbare lorsqu'il fut réveillé. Reprenant le peu d'esprit qu'il avait, le demi-orque accepta de faire le tour de garde, voulant boire un bon coup pour faire changement.

Le moine alla donc se coucher, à côté de son chien, pour dormir dans un sommeil paisible, cette fois.

*

Voknul regarda tout le monde dormir autour de lui. Oui, ils dormaient tous, et ce serait si facile de leur couper la tête… Mais Voknul préférait l'idée de boire plusieurs bières. Et puis, ces nouveaux compagnons étaient tout de même amusants. Heureusement qu'il était là pour eux, tout de même, se disait-il, car sans lui ils seraient sûrement tous morts tellement ils étaient faibles. Peut-être devrait-il commencer à les faire payer sa protection en bière?

Quoi que ce Keletor, que Voknul jugeait comme bon gars, semblait sacrément fort; il avait d'ailleurs hâte de le voir au combat, demain. D'ailleurs, où allaient-ils demain, déjà? Il avait oublié. De toute façon, ce n'étaient que des informations que les idiots qui croient que ''penser est important'' savaient!

La force et le pouvoir, voilà ce qu'il fallait pour réussir, dans la vie.

Bon, un meurtre, et ensuite une bonne beuverie. Ce vieillard était le plus détestable de tous, il fallait l'éliminer. Ce ne serait qu'un de moins dans le groupe; il y en avait tellement, de toute façon!

Le barbare brandit sa hache en s'approchant du vieux mage, sans vraiment faire attention de ne pas faire de bruit. Après avoir poussé un hurlement de rage, il frappa, en direction de la jambe droite de Mantor.

Mais quelque chose de surprenant arriva. La grosse hache de Voknul fut arrêtée d'un coup sec dans le vide, juste devant le vieux mage. C'était une sorte de mur invisible. Le barbare pouvait reculer sa hache, mais impossible de frapper le vieillard. Après une trentaine de tentatives, accompagné de plus en plus de cris, Voknul se lassa. Seul Klatou s'était réveillé un moment en entendant les hurlements, mais il se rendormit, habitué au barbare et fatigué. Il n'avait pas vu que le barbare était en train d'essayer de tuer Mantor, mais il était déjà habitué à entendre le demi-orque crier après tout ce qui bouge et tout ce qui ne bouge pas.

— Bah! Va te faire voir, vieille peau! cria Voknul en reculant vers ses tonneaux de bière.

Puis il commença à boire directement dans son tonneau, à une vitesse assez incroyable.

Il pointa ensuite Keletor, qui dormait, en criant le mot bière d'un ton interrogatif. Le chef de Tardor, toujours endormi, leva un bras en lui répondant la même chose par l'affirmative.

Voknul but le tonneau entier venant du bar de Keletor. Vraiment saoul, et perdant la préoccupation déjà faible de protéger son groupe et surveiller les environs, il s'endormit. N'importe qui pouvait maintenant approcher, les observer, les voler ou même les tuer dans leur sommeil.

*

Par chance, le groupe se réveilla entier. Le premier éveillé, Klatou, fut d'abord un peu surpris qu'il n'y ait personne d'autre de réveillé avec lui. Il fallait bien que quelqu'un soit réveillé: qui faisait donc le dernier tour de garde? Il eut rapidement l'explication qu'il voulait lorsqu'il vit Voknul endormi, couché près de son tonneau et trempant dans une flaque d'alcool.

Tout le reste de la bande se réveilla complètement lorsque le clerc cria après le barbare qui puait encore une fois l'alcool.

— Voknul! C'est toi le dernier qui a fait le tour de garde?? s'exclama le clerc, furieux.
— Bah ouais! Et ta mère? répondit le barbare, moqueur et encore endormi.

Après un long soupir, Klatou se gratta un peu la tête en fixant le demi-orque, réalisant que sa colère lui faisait oublier la grandeur de Voknul.

— On aurait pu tous mourir ici! C'est pas difficile de nous tuer quand on dort, idiot!

— Ah arrête donc de pleurer, j'ai ben le droit de boire quelques bières de temps en temps, hein!

Klatou décida d'arrêter de crier. Autant parler à un mur. Encore, ça serait sûrement une meilleure conversation. Voknul avait beau écouter ses plaintes, en aucune façon le demi-orque ne pouvait avoir tord. En plus, si son opposant s'obstinait trop, le barbare utilisait la violence comme ''argument'', chose que Klatou ne désirait pas. Il fallait voir les bons côtés: tout le monde était encore en vie. Mais bon, encore heureux qu'il n'y ait pas eu d'assassins ou autre qui passaient dans les parages.

Après le réveil un peu agité, le groupe se mit rapidement en route. Encore environ deux heures de route... et selon Mantor, ils devraient arriver au bord de l'eau.

Rien d'anormal à signaler pendant la première demi-heure, hormis le fait que Voknul, Keletor et Skelèton ne buvaient pas encore. Mais ça ne saurait tarder.

Mojo lançait quelques bières vides ici et là. On se demandait où il les trouvait; probablement qu'il les volait à Voknul, qui était assez facile à berner.

Desmothe avait bien essayé d'en savoir plus sur lui, mais il n'avait pas eu beaucoup de renseignements, à part le fait que Mojo était bien mal poli. Chose qui pour beaucoup serait irritante était surtout amusante pour Desmothe. Ce singe, qui lui servait désormais de compagnon, semblait complètement invincible.

Le sorcier avait tenté de l'éventrer avec son arme, mais ça ne faisait que pousser le singe, comme si Desmothe ne lui donnait qu'un simple coup de bâton. L'animal semblait avoir mal, mais il n'y avait aucune blessure. Les autres tests donnaient la même chose. Mojo, après avoir reçu les coups de son ami, répondait en général par une insulte, un tirage de cheveux ou une bière lancée sur la tête.

Sinon, le demi-elfe ne savait rien du tout de Mojo. Était-ce un dieu des singes? Était-ce un immortel qui a fondé la terre? Était-ce l'animal du dieu de l'alcool? Pouvait-on le noyer si on le plongeait dans l'eau? Desmothe se posait un tas de questions - certaines bizarres et d'autres encore plus - mais il finit par se faire à l'idée qu'il allait bien le savoir un jour ou l'autre et que ça ne servait à rien de s'interroger sans arrêt.

Klatou observa un peu les alentours. Il était rapidement tombé de meilleure humeur après la brève dispute avec Voknul, plus tôt. Il se demandait s'il ne devrait pas se tenir un peu plus avec ce sorcier et ce barbare. Car il ne s'ennuyait pas du tout avec eux. C'était beaucoup plus amusant que sur Philas. Après avoir réglé le cas des Loups noirs, il devrait peut-être voyager un peu partout avec eux, pour visiter les endroits et s'amuser de plus en plus.

Skelèton était également d'une humeur grandiose. Il fut cependant un peu déçu lorsque Voknul refusa de lui donner de la bière, en lui répondant :

— Non, non! Tu ne vois pas qu'on fait un jeu, avec Keletor, pour savoir qui va boire la première bière?! Il faut dire le mot bière le plus de fois possible! Bière bière bière bière bière bière!

Mantor était le premier en avant. Il en avait déjà plus qu'assez de ses équipiers et il voulait en finir le plus vite possible.

Zirus, toujours en train de fumer sa pipe, fut le premier à remarquer des êtres en face d'eux, assez loin, mais qui s'approchaient rapidement.

— Hey les gars! Ce ne serait pas les… marmonna le chef de Phillemus.

Tout le monde sans exception fixa en avant. Des personnes qui ne devraient pas être là étaient pourtant en face d'eux. En train de ricaner et de radoter des insultes, les trois gros hommes étaient à nouveau sur leur route.

— Eh bien, vous n'êtes même pas capable de tuer trois tas de graisses et vous comptez détruire le clan des Loups noirs? s'écria Mantor en pointant Klatou du doigt.
— Skelèton! Toujours aussi maigre, minable?
— Gros! Je sens que quelque chose ne marche pas, dans cette histoire… fit le Nexicain, en réfléchissant.
— Ben là, on a vu leurs cadavres là-bas, bafouilla Klatou. Ça n'a pas de sens et…

Mais le clerc n'eut pas le temps de finir sa phrase. Le plus grand des trois, celui qui s'amusait à attraper et lever ses ennemis, fonça sur lui en grognant. Heureusement, Mantor eut un réflexe rapide et, en levant ses deux mains vers le grand opposant, projeta étrange éclair bleu qui foudroya ce dernier.

Le géant avait le ventre complètement coupé et brulé. Il s'écroula en perdant la vie, une seconde fois.

Le gros homme chauve n'eut pas le temps de faire ses drôles de bruits longtemps; après à peine une seconde, il se fit couper non seulement la tête, mais aussi tout le haut du corps par la hache de Voknul. Le barbare se mit ensuite à pleurer d'une façon pitoyable.

Quant au dernier, il était trop occupé à rire de Skelèton avec toutes les insultes possibles pour se préoccuper de ses deux équipiers. Klatou profita de l'occasion pour se jeter un sort sur lui-même - le même que celui qu'il avait utilisé sur Voknul lors de la finale du tournoi.

Désormais géant pour une certaine durée, le clerc se laissa tout simplement tomber sur le gros homme à l'œil de pirate pour l'étouffer avec toutes ses armures.

Les trois gros hommes qui les avaient une seconde fois bloqués sur la route étaient défaits. La majorité du groupe se demandait bien ce qui se passait. Hormis Mantor, les autres étaient sûrs que leurs ennemis avaient été tués hier même.

— J'avoue ne pas avoir bien regardé, mais d'après moi, vous les aviez juste blessés hier et voilà, fit Mantor. Qu'est-ce que ça serait d'autres? Des fantômes, vraiment? Des morts-vivants? Ils étaient loin d'être en forme, mais ce n'étaient pas des cadavres!

— Ce ne sont quand même pas des fantômes, ça fait longtemps qu'on les connaît; ils dérangeaient Skelèton sans cesse à Philas! précisa Klatou. Enfin, j'espère ne plus les revoir cette fois.

— Bien sûr qu'ils ne reviendront pas, cette fois j'en suis assuré, ils sont morts! Il n'y a rien d'inhabituel dans ces imbéciles, vous comprenez?! s'emporta Mantor.

Mais le vieux mage se fit rapidement contredire. Rien n'était normal dans ces cadavres. Ces derniers, après qu'un son étrange qui ressemblait à un bref coup de vent fort se fit entendre, disparus, les traits devenant de plus en plus transparents jusqu'à ce qu'ils ne deviennent que du vide. C'était comme si rien n'était arrivé.

— Et ça? C'est normal? Vielle m…

Mais le clerc décida de ne pas rajouter des insultes à sa phrase, histoire de ne pas se faire transformer en grenouille. Il n'aimait pas du tout ce vieillard, mais comme il était beaucoup plus fort que lui côté magie, il devait malheureusement respecter son opinion. La loi des plus forts fonctionnait aussi avec la magie.

— Bon… Ce ne sont sûrement pas les Loups noirs. La magie et eux, ça ne marche pas bien ensemble… marmonna Mantor. Je ne sais vraiment pas; peut-être un sorcier ou autre qui nous joue des tours.

— Heille je veux massacrer d'autres gros, r'envoyez-en!! cria Voknul en fixant le ciel.

— Quoi qu'il en soit, ils sont très faciles à vaincre, alors s'ils reviennent, il suffit de les tuer à nouveau, poursuivit Mantor.

— De gros monsieurs qui disparaissent comme ça, franchement, c'est bien la première fois que je vois ça… marmonna Zirus. Enfin, espérons qu'ils ne nous dérangeront plus. Pas la peine de s'en faire avec cette histoire, aussi mystérieuse soit-elle. Vaut mieux se concentrer sur les Loups noirs.

— Je suis d'accord, continuons à marcher. Au diable ces gros pleins de soupe! lança Mantor.

Oubliant rapidement ce drôle de phénomène, le groupe continua la route. Selon le vieux mage, il ne devait pas rester longtemps avant d'arriver enfin au bord de l'eau. Il espérait seulement qu'un bateau les attendait là, comme prévu.

Klatou réfléchissait encore un peu à ces gros hommes qui sont morts deux fois, mais finit par se lasser et fit comme Mantor, c'est-à-dire se concentrer sur l'objectif actuel. Voknul, Skelèton et Keletor buvaient à nouveau, mais en marchant, ce qui était une bonne chose pour ne pas ralentir le voyage.

*

Enfin arrivés au bord de l'eau, on pouvait apercevoir un bateau - ce que Mantor avait prévu - mais qui n'était pas vraiment grand. Cependant, il devait y avoir assez de place pour tout le monde.

— Il est assez laid, ce bateau… On en a-tu pour longtemps sur l'eau? demanda Klatou en fixant Mantor.

— Non, à peine une demi-heure. Nous allons accoster sur une petite île, à côté. Nous l'avions déjà vérifié avant, mais nous avions dû manquer la cachette des Loups noirs. C'est certain qu'elle est là, il suffira de chercher.

Tout le monde commençait à monter dans le petit bateau brun. Voknul se porta volontaire pour ramer, en expliquant qu'il valait mieux avoir quelqu'un de fort pour ce rôle s'ils voulaient arriver à destination cette année.

Zirus semblait dans la meilleure des humeurs, jusqu'à ce qu'un petit oiseau bleu, venu de nulle part, atterrisse sur son épaule. En regardant bien, on pouvait voir qu'il avait un petit papier accroché à sa patte droite.

— Ça ne me dit rien qui vaille… marmonna le chef de Phillemus, en ouvrant le message.

Après l'avoir lu une fois, il semblait le relire encore et encore, comme s'il n'arrivait pas à croire ce qui était écrit. Il marmonnait des phrases incompréhensibles, mais on aurait dit des insultes.

— Quelque chose ne va pas? demanda Klatou.
— Bah! Mon village me réclame… Il y aurait un problème; des ennemis, je crois. Mes soldats ne font donc rien?! Enfin, il faut que j'y aille, c'est urgent… Cela arrive au pire moment. J'aurais aimé venir avec vous, mais mon village ne semble pas pouvoir se passer de moi. Bonne chance, moi j'y vais…

Et le chef de Phillemus se retourna pour retourner dans le chemin inverse.

Son sourire avait complètement disparu. Keletor lui souhaita bonne chance et lui dit qu'il allait ramener de la bière pour qu'ils boivent un coup après.

Sans perdre plus de temps, Voknul et Keletor commencèrent à ramer, à une très bonne vitesse. Arriver sur l'autre île allait probablement prendre moins de temps que Mantor le pensait.

— Qu'est-ce qui attaque son village? Les Loups noirs? demanda Klatou au vieux mage.

— Je ne sais pas, c'est probable. Je ne suis pas vraiment inquiet, Zirus sait se débrouiller au combat, répondit Mantor. Dommage: on perd un allié pour notre mission, mais il faut faire avec.

— En ramant, ramant ben fort, l'eau d'la mer s'transformera en bière! chanta Voknul, sur un rythme entraînant.

— L'eau d'la mer s'transformera en bière, ensuite ce sera l'tour de toute la terre! fit Keletor, en poursuivant la chanson de son compagnon barbare.

Pendant le voyage naval assez court, Klatou et Mantor lisaient leur livre, Skelèton essayait encore de manger des chups, sans succès. Il en donna un peu à son chien, qui semblait avoir assez faim. Voknul et Keletor ramaient toujours en chantant. Desmothe lança Mojo dans l'eau, voulant tester sa théorie de "noyer des singes immortels". L'animal tenta tant bien que mal de retourner au bateau malgré les grosses vagues, et il réussit à revenir sur l'épaule de son maître en lui tirant les cheveux.

Le groupe arriva sur l'île voisine, et elle semblait en effet beaucoup plus petite qu'Overa.

Il y avait beaucoup plus de végétation. Le groupe débarqua de leur bateau pour s'aventurer dans la forêt.

— Pendant longtemps, on pensait que c'était une île déserte, dit Mantor. Mais ce n'est pas le cas. Soyez sur vos gardes, à partir de maintenant, des Loups noirs peuvent apparaître à tout moment.

— On pourrait aussi faire une pause bière! proposa Keletor.

— Bière! répondit aussitôt Voknul.

— Non! Pas de bière! La mission d'abord! cria Mantor.

Le groupe des six continua à observer les environs. L'île semblait vraiment déserte; il n'y avait que quelques petits animaux ici et là. Rien qui ressemblait à une base d'assassins et de voleur.

C'est Skelèton qui trouva la seule chose inhabituelle sur l'île: une sorte de grand rocher, sur lequel était inscrit un message illisible. Le message était vraiment petit, comme si on ne voulait pas qu'il se fasse remarquer, et il n'était pas écrit dans un langage commun.

— C'est une inscription magique! s'exclama Desmothe, en interrompant Mantor qui allait dire quelque chose. Je peux la lire, une seconde…

Le petit sorcier commença à marmonner des phrases (dont les mots étaient durs à cerner) tout en fixant la pierre sans cligner des yeux une seule fois. On arrivait tout de même à entendre un mot qui ressemblait à ''Badeu'' assez souvent.

— Les poulets reculent, les abeilles marchent! cria Desmothe, fier, en regardant tous ses équipiers.

Tout le monde le regarda ensuite avec un regard surpris.

— C'est complètement ridicule! s'emporta Klatou. Allez, ça doit être une espèce de mot de passe, dis-nous ce qui est vraiment écrit et...

Mais un bruit assez dérangeant provenant de la grosse pierre qui ressemblait à un petit tremblement de terre interrompit le clerc. De bas en haut, un passage s'ouvrit, faisant place à une entrée remplie de noirceur.

— C'était le mot de passe, on dirait... marmonna Mantor.

Voknul, sans avoir peur le moins du monde, cria qu'il voulait y aller en premier. Keletor y alla ensuite, en criant ''Les femmes d'abord!'', en pensant au fait que Voknul pleurait chaque fois qu'il tuait quelqu'un.

Peu à peu, tout le groupe entra dans la base des Loups noirs.

TROISIÈME PARTIE

— Avant d'entrer, peut-être serait-ce une bonne idée d'avoir un plan?

C'est ce que Klatou entendit de la part de Mantor, qui était juste derrière lui, avant d'entrer dans l'antre des assassins. Ou plutôt de glisser, puisqu'on pouvait apercevoir dans le noir que le plancher était penché diagonalement vers le bas. Le clerc n'aimait pas trop l'idée de glisser dans le vide, mais comme il entendait Voknul crier : "Eh bien, où est la bière icitte?!" en bas, il n'hésita pas longtemps.

La glissade ne fut pas bien longue; à peine quelques secondes. Arrivé en bas, Klatou retrouva ses compagnons dans une petite pièce illuminée par deux torches accrochées sur de vieux murs gris qui l'entourait. Pour l'instant, l'endroit ressemblait surtout à une espèce de vieux sous-sol banal.

Il n'y avait rien d'intéressant dans cette pièce, à première vue. Il y avait une porte en face, alors Voknul décida de repartir en marche, pendant que le clerc essayait d'expliquer à Desmothe que tout brûler l'endroit avec les torches n'était peut-être pas la meilleure idée.

Mais juste au moment où le barbare approcha de la porte, un individu qui apparut de nulle part l'attaqua avec une épée mince et pointue.

Voknul évita de justesse l'arme qui visait sa tête, en ayant cependant le visage un peu touché sur le côté, ce qui eut comme résultat une petite coupure de sang.

Klatou, à la fois surpris par l'attaque d'un homme qui n'était pas là il y a quelques secondes, était aussi tout impressionné par les réflexes du barbare.

L'individu était un humain d'environ cinq pied six aux cheveux bruns assez longs. Il avait un foulard brun foncé qui cachait la majeure partie de son visage. Ses pantalons, son armure de cuir et sa cape étaient tous noirs, ce qui était assez normal pour un voleur qui travaille normalement surtout la nuit. Sur son armure, il y avait une sorte de dessin d'un loup. Il avait deux gants noirs troués pour chaque doigt. Son arme, qui devait être une rapière, était très ressemblante à celle de Zirus.

— Comment t'as fait pour éviter? Je vais te crever les yeux, sale orque! cria l'individu, qui avait une voix étrange, comme s'il avait mal à la gorge.

À ce moment, après avoir entendu les menaces du rogue, Voknul, au lieu d'attaquer son adversaire, éclata de rire; un rire fou; voulant intimider son adversaire et se moquer complètement de lui. Mais il arrêta ses moqueries assez rapidement, en voyant derrière un deuxième individu très semblable apparaître derrière, à l'exception qu'il avait les cheveux plus courts. Le deuxième rogue décida de ne pas attaquer le géant; il préféra attaquer celui qui avait l'air d'être le plus faible de la bande.

Desmothe eut le corps transpercé par la rapière du Loup noir, et s'écroula ensuite au sol en crachant du sang.

— De un! cria le deuxième arrivant, qui semblait excité, puis un peu surpris par l'étrange allure du sorcier.

Sans perdre une seconde, Klatou s'élança pour tenter de guérir son ami sorcier, mais le rogue qui venait de le mettre à terre se mit devant en souriant pour l'empêcher de l'aider. Skelèton, lui, tentait toujours d'inciter son chien à descendre; lui qui était toujours en haut. Heureusement, Keletor régla la situation en faisant éclater la tête du rogue avec ses deux mains. L'effet de terreur sur son équipier en voyant la scène était si puissant qu'il était difficile à décrire.

— Tient toé! cria Keletor. Touche pas à mon ami, heu… chose là.
— Co… Comment t'as fait ça? s'écria le rogue restant en tremblant des mains.

Il n'eut pas le temps d'être terrifié bien longtemps, puisque Voknul, après avoir crié de rage, planta sa hache profondément dans le corps du voleur qui s'écroula, mort.

Les deux ennemis du groupe étaient maintenant vaincus. Les barbares avaient bien montré leur domination au niveau du combat. Klatou, par réflexe, donna des élans avec son pique un peu partout pour vérifier s'il n'y aurait pas d'autres rogues dans cette pièce qui était pourtant bien petite.

Mantor finit par arriver en heurtant quelque peu Klatou puisqu'il n'y avait pas beaucoup de place.

— Enfin arrivé? s'exclama Klatou à l'égard de Mantor, en guérissant Desmothe qui sembla rapidement revenir en forme.
— J'avais quelque chose à préparer. La préparation, vous connaissez? Cela aide, parfois! répondit furieusement le vieux mage.

Le chef de Klamtra regarda ensuite les alentours, plus précisément les deux cadavres.

— Bien, vous avez tué les deux gardiens. Encore heureux que j'ai pu jeter mon sort. Cela prend du temps, mais il semble efficace; les autres rogues ne sont pas venus.

— De quoi vous parlez, encore? répondit sèchement Klatou, encore furieux que le vieux mage était tranquille en haut pendant que les autres se battaient ici.

— J'ai jeté un sort sur vous pour que les énormes cris et bruits que vous faites ne sortent pas de la pièce où vous êtes. Mais cela prend un certain temps, et je dois le faire pour chaque pièce, en restant sur place un moment pour chaque fois. Donc, attendez-moi donc la prochaine fois, puisqu'en plus je vois les êtres invisibles.

Voknul observa un peu les deux cadavres, puis ensuite il regarda un peu partout dans cette petite pièce pour être sûr qu'il n'y avait aucun autre ennemi dans les environs. Ensuite, encore une fois, il se dirigea vers la porte.

— Bon! Personne va interrompre mon activité favorite, maintenant! grogna-t-il.

Ensuite, alors que la porte ne semblait pas barrée du tout - puisqu'on pouvait apercevoir qu'elle était un peu entrouverte - le barbare décida de foncer dessus pour la défoncer. La porte fut complètement arrachée, faisant place à un corridor sombre qui semblait cependant être un peu éclairci par quelques torches également. Tout le monde se demandait bien pourquoi le barbare avait défoncé une porte déjà ouverte.

Soudain, Klatou eut une espèce de flash. Lorsqu'il avait fait une brève visite à Tardor - village où se trouvait Voknul - il se rappelait que toutes les portes des maisons ou presque étaient complètement arrachées.

— Ah que c'est bon, s'exclama Voknul, satisfait. Il m'en faut d'autres!!

Le corridor tournait sur la droite et, au grand soulagement du barbare, qui était toujours le premier en avant, il y avait encore une fois une porte en bois ordinaire. De toute façon, même si la porte avait été en métal, le demi-orque aurait sûrement pu la briser également, se dit le clerc.

— Hey! Une seconde! Attendez une seconde, crétins! s'écria Mantor à l'égard de Voknul qui ne l'écoutait pas du tout.

Une autre porte brisée plus tard, Voknul entra dans une pièce beaucoup plus grande que celle du début. L'endroit ressemblait à une sorte de bar, à voir le comptoir sur lequel il y avait beaucoup de bocks de bières. Il y en avait pas mal sur les quelques tables qu'il y avait dans la pièce, également.

Mais aussi, cinq rogues se tenaient sur place, tous surpris par les nouveaux arrivants. Ils étaient tous très semblables à ceux que le groupe avait vus peu longtemps avant.

— Vous êtes qui, vous? Comment êtes-vous arrivés ici? demanda l'un d'eux, qui semblait un peu plus vieux que les autres.

— Je suis venu couper des têtes!! grogna le barbare, en augmentant grandement le ton pour le mot ''tête'', tout en prenant sa hache.

Un nouveau combat commença, toujours avec l'absence de Mantor, qui devait sûrement se dépêcher à finir son sort.

— Il y a de la bière icitte! cria Keletor, joyeux, avant de recevoir un coup de poing sur la tête de la part d'un des assassins. Ce dernier ricana, fier de son coup, bien que Keletor ne semblait pas avoir mal plus qu'il le faut. Le chef de Tardor, très rapide, l'attrapa par le cou d'une main en lui expliquant que ce n'est pas poli d'interrompre quelqu'un.

— Touche pas à mon frère! cria l'un des rogues devant Keletor, avant de se faire aussi attraper le cou par son autre main.

Pendant que Keletor en tenait deux, Desmothe lança son sort de glace sur l'un des rogues pendant que Klatou essayait de lui rentrer son arme dans le ventre. Voknul se battait également contre l'un des voleurs, qui évitait relativement bien chacun de ses coups, ayant des réflexes très rapides.

Le seul qui ne se battait pas était Skelèton. Il dévisageait un des rogues, qui était toujours assise à l'une des tables, savourant sa bière.

— Eh bien, mon jeune. Ne sais-tu pas que je suis ton ami? dit le rogue.
— Ami? répondit Skelèton, de sa voix naïve.
— En effet, un de tes très bons amis. Comment vas-tu?
— Très bien, monsieur. Et vous? répondit le Nexicain, un peu perdu en voyant que tous ses équipiers se battaient.

Un autre rogue qui semblait assez grand et costaud entra en ouvrant l'autre porte de la pièce. Il fixa Keletor en sortant sa rapière; celle-ci avait l'air beaucoup plus grande que celle des autres.

— Allez, laisse les deux gars, mon grand, sinon… menaça le rogue d'une grosse voix en tentant d'intimider le chef de Tardor.

— Bon, ben j'ai pas de bras libres… réfléchissait le demi-orque.

Puis, d'un élan rapide, il donna un gros coup de tête qui fracassa celle du rogue. Ce dernier s'écroula sur le sol, mort. Keletor serra ensuite ses deux mains, ce qui brisa les deux cous des autres assassins qui tombèrent à leur tour.

— Regarde, de la bière, derrière toi, petit, dit le rogue qui discutait toujours avec le moine.

— Ah oui, monsieur? Où ça! s'exclama Skelèton, soudain énervé, en tournant la tête.

— Quel idiot! s'écria le rogue en donnant un coup sur la tête au Nexicain avec le manche de son arme.

Skelèton tomba ensuite inconscient, le coup reçut étant assez fort. Le rogue s'approcha de lui, brandissant sa rapière dans l'intention de lui régler son compte.

Mais le chien du moine sauta sur le rogue en lui mordant le cou.

— Argh! D'où vient ce sale chien! Lâche-moi! cria le rogue, tentant de se débattre.

Le chien que Skelèton avait nommé Balthazar arracha ensuite une partie du cou du rogue pour ensuite mordre sauvagement plusieurs endroits de son corps.

Bientôt, le rogue ne bougeait plus.

Klatou et Desmothe avaient réussi à vaincre leurs adversaires, et Voknul tenait la tête coupée du sien dans ses mains.

— Là, tu vas arrêter de bouger partout, imbécile! Tiens! s'écria le barbare, en lançant la tête en l'air puis en donnant un coup de pied dessus.

— Hey les gars! Je sais pas si vous avez remarqué, mais il semble y avoir d'la bière dans le coin! cria Keletor.

— Bières?! répondit Voknul.

— Des bières!! s'écria Keletor.

— Ah non! Pas encore! Pas maintenant! hurla Mantor, furieux, qui venait d'arriver.

Mais les deux barbares se servaient déjà au comptoir.

Klatou était en train de se guérir, en remarquant que la malédiction ne semblait plus fonctionner.

Quant à Desmothe, avec un couteau trouvé sur l'un des corps, il essayait de couper minutieusement le visage d'un des rogues tué par Keletor.

Ensuite, bien que le clerc soit devenu habitué au sorcier, Klatou était bien surpris en constatant que Desmothe était en train de coudre le visage en question sur le sien.

— Regardez ça! Je suis plus le même, maintenant! lança le sorcier, de bonne humeur.

Il sortit ensuite son serpent pour lui montrer son nouveau ''masque''.

Mantor décida de les laisser boire, puisqu'au moins, il aurait le temps cette fois de jeter son sort pour la pièce suivante.

Et de toute façon, il commençait à se rendre compte que ses équipiers se battaient aussi bien saoul.

Mais avant que Keletor le soit trop, Mantor décida de lui parler en privé quelques instants. Le chef de Tardor accepta, se demandant si le vieux mage voulait participer à son concours de bières professionnels.

— Keletor! Ces quatre hommes sont peut-être fous et sans cervelle, mais ils semblent bien se débrouiller au combat. Il suffirait d'un peu de discipline et ils feraient peut-être de bons soldats plus tard. Laissons-les se battre seuls lorsqu'il y aura d'autres ennemis pour voir s'ils se débrouillent, et si le danger est trop grand, nous nous en mêlerons. Tu es d'accord?

— Bah ouais, si tu veux, ça me dérange pas... Les ennemis sont tellement faibles ici, j'ai l'impression de tuer des enfants. Suffit presque de leur souffler dessus pour qu'ils meurent. Donc, c'est pas la fin du monde si je ne fais pas partie de ces ''super combats'', hein! répondit Keletor, en retournant ensuite rejoindre son ami Voknul pour continuer à boire des bières.

Les barbares avaient déjà bu une douzaine de bières chacun, en compagnie de Mojo, qui était enfin sorti du manteau de Desmothe. Klatou n'avait pas vraiment envie de boire, il préférait lire son livre, en mordillant son brin de blé.

Pendant que Voknul était maintenant en train de faire boire de l'alcool fort à Skelèton qui était toujours inconscient, Mantor alla s'asseoir à la table de Klatou, qui ne fit rien, à part pousser un petit soupir. Desmothe, lui, se regardait dans un petit miroir trouvé sur l'un des rogues. Il avait aussi pris toutes les bourses qu'il avait trouvées sur eux.

— Eh bien, bien content de savoir que quelqu'un d'autre que moi ici veut bien garder toute sa raison en ne buvant pas, fit le vieux mage devant Klatou.

— Ah? répondit Klatou, qui n'écoutait pas vraiment, préférant lire son livre.

— Il va tout de même falloir faire attention, bientôt. Les chances sont grandes pour que l'on affronte des lieutenants des Loups noirs, comme le trio et Mephus…

— Mephus? répondit le clerc, curieux, car il trouvait le nom étrange.

— L'ancien chef de Mallas était un de mes vieux amis. Il a été tué par ce gnome nommé Mephus: un archer aussi doué qu'étrange. Et ce n'est pas le seul puissant ennemi qu'il y aura ici.

— Ah bon, répondit sèchement le clerc, en s'éloignant ensuite de Mantor, pour lui montrer que la conversation ne l'intéressait plus, et pour se venger de la dernière fois où le vieux mage lui avait fait le coup.

''Encore un gnome'' se dit le Clerc en s'assoyant à une autre table. Klatou espérait bien que ce Mephus soit moins énervant que le gnome de l'autre jour qu'il avait rencontré à Tardor. Il avait encore plusieurs bosses sur la tête encore dérangeantes.

— Et glou et glou et glou glou glou, allez bois, sale bête! criait Voknul, qui versait maintenant la deuxième bouteille d'alcool fort dans l'estomac du Nexicain, toujours inconscient.

Pendant la demi-heure que les demi-orques avaient choisi pour faire une pause, deux rogues avaient pénétré la pièce, mais les deux individus avaient immédiatement été les victimes d'un sort de Mantor qui fait dormir. Après avoir vu la scène où les rogues étaient tombées d'un simplement claquement de doigts, Desmothe dérangea Mantor pendant une bonne quinzaine de minutes pour savoir comment lancer ce sort. Après avoir abandonné, Desmothe dit : "Dans ce cas, leurs bras sont à moi! Pas de partage, ha!" en fixant les rogues.

Voknul accrocha deux nouveaux tonneaux remplis de bière sur son dos, puis déclara, toujours en imaginant que c'était lui le chef, que le groupe pouvait poursuivre leur chemin.

Le barbare, toujours premier dans la ligne, ferma la première porte trouvée pour ensuite la défoncer. Il entra ensuite dans un nouveau corridor très semblable au premier, quoiqu'un peu plus long. Il y avait en face encore une autre porte, que Voknul espérait bien défoncer. Sur le plancher, il y avait un vieux tapis sur lequel étaient illustrés plusieurs dessins de loups. Lorsque Voknul fut arrivé au bout du tapis, une sorte de petite trappe en bas s'ouvra et une flèche se planta directement dans le cou du barbare.

— Argh! cria Voknul, semblant plus frustré que blessé. C'est quoi cette merde?!

— Un piège… Les Loups noirs sont doués là-dedans, dit Mantor en observant le tapis. Il faut sauter par-dessus.

Klatou observa la blessure de Voknul. La flèche n'était en fait pas rentrée très profondément dans sa peau dure, donc il se dit qu'il était préférable de ne pas guérir cela tout de suite, voulant économiser ses sorts de soins limités dans la journée.

— Des pièges dans leur propre base! C'est idiot, non? ricana Keletor.

— S'ils savent tous exactement où mettre les pieds; ce n'est pas une si mauvaise idée en cas d'intrusion, commenta le mage. Tâchons de bien regarder le sol lorsque l'on marche.

Le clerc revint sur ses pas et essaya de réveiller Skelèton, derrière. Le Nexicain finit par se réveiller en criant que sa gorge brûlait. Saoul mort, le moine rejoignit Voknul après s'être cogné la tête quelques fois sur des murs ici et là.

Desmothe prit le tapis et l'entoura autour de lui-même et de ses bras, tentant de se faire un nouveau manteau avec un style spécial, et aussi parce que Klatou lui avait mentionné hier qu'il serait bien peu probable qu'on le laisse encore entrer dans des villages autres que Tardor avec des bras morts accrochés.

— On devrait être bons pour la prochaine pièce… Mais pour l'autre d'après, attendez-moi, d'accord? Jeter le sort du silence prend plusieurs minutes, explique Mantor.

Toujours dans le long corridor, le groupe marcha, attentif et curieux de voir ce qui allait se trouver sur leur chemin. Il y avait une porte, sur le côté, alors que le corridor continuait toujours. Étrangement, Voknul n'avait pas remarqué la porte sur le côté. Son attention était attirée sur l'autre porte au bout du couloir, qui ne coupait pas complètement des sons ressemblants à des discussions. On entendait mal, mais Voknul avait distingué quelque chose comme : "Donc, on les attaque maintenant? Ils sont beaucoup plus coriaces que les idiots de soldats sous les ordres de Morrenus."

Klatou attendit un peu devant la première porte. Mantor mit sa main sur cette dernière et après quelques secondes, il la retira en disant que c'était une toute petite pièce sans personne à l'intérieur.

Il suivit ensuite Voknul qui était en train de prendre son élan en souriant pour détruire ce qui était entre lui et ses prochaines victimes. Tout en vomissant un peu partout, le moine, qui n'avait plus du tout d'équilibre, suivait son compagnon barbare.

Comme promis au vieux mage, Keletor resta un peu en arrière, trouvant les combats ennuyeux ici de toute façon. Mantor fit de même, et Klatou, bien curieux de savoir ce qu'il y avait dans cette petite pièce, décida de prendre le temps de la visiter.

En ouvrant détruisant la porte, le barbare constatait qu'il y avait encore une fois plusieurs rogues et ces derniers semblaient aussi surpris que ceux du bar.

Il y avait dans cette grande pièce ronde quatre torches, quelques chaises, deux nouvelles portes qui allaient probablement être détruites d'ici peu, une grande table sur laquelle étaient posés plusieurs papiers ressemblant à des plans et cartes. Trois des rogues étaient très semblables à ceux vus auparavant, mais deux d'entre eux avaient tous leurs vêtements - y compris leur foulard - de couleur blanche.

Était-ce des Loups noirs élites? Des lieutenants, des chefs? Étaient-ils beaucoup plus fort que les autres?

Aucune de ces questions n'effleurait Voknul et Skelèton, qui étaient les premiers arrivés.

La réaction du premier rogue qui ouvrant la bouche fut très semblable à celle qui avait demandé qui étaient les nouveaux arrivants peu avant. Et la réponse du barbare fut également ressemblante à la première, avec un peu plus de menaces, cette fois-ci.

— Périssez de la main des Loups noirs! s'écria un des rogues habillé en noir, qui était le plus grand de son groupe.
— Mets-toi-les dans le cul, tes Loups noirs! cria Skelèton, saoul mort. L'alcool sembla encore une fois lui avoir fait perdre son accent.

Le Nexicain donna ensuite un solide coup de poing au rogue en criant comme un fou. Le Loup noir tomba sur le sol, abasourdi.

— À l'attaque! cria un autre rogue habillé en noir, en fonçant sur Voknul.

Le pauvre rogue n'a jamais pu voir l'élan rapide de Voknul qui lui coupa la tête. Le barbare semblait avoir de la facilité à tuer des ennemis d'un seul coup. Quant à Skelèton, il s'amusait à cracher sur sa victime au sol. L'individu en question semblait avoir le cou brisé. Encore conscient, il maudissa le Nexicain qui continuait à cracher.

Pendant ce temps, Klatou visitait la fameuse pièce. Il y avait à l'intérieur que deux petits coffres. Dans l'un d'eux, il y avait environ deux mille pièces d'or. Klatou n'avait pas hésité à les prendre, et encore moins pour les quelques diamants qu'il y avait dans le deuxième coffre.

C'est après avoir tout pris qu'il se demanda s'il y avait peut-être un piège, mais il fut rapidement rassuré: rien de semblait se produire. Il sortit ensuite de la pièce pour se diriger vers l'endroit où étaient les autres.

— Alors, il y avait quoi, là-dedans? demanda Desmothe qui surprit Klatou. Le sorcier l'attendait à la sortie de la petite pièce.

— Pas grand-chose d'intéressant, répondit Klatou.

— Dommage!

Le sorcier semblait être un bon menteur, mais apparemment, ça n'en faisait pas expert pour savoir qui ment ou non. Le clerc désirait garder l'argent pour lui seul et Skelèton. De toute façon, il se disait que ça ne coûtait aucune pièce à Desmothe pour qu'il prenne ses bras et qu'il en est de même pour Voknul à l'égard de ses bières.

Klatou, n'étant tout de même pas un fanatique de l'argent, était celui qui avait le plus envie d'en avoir dans le groupe. Bien que c'était un peu une semi-trahison envers ses équipiers, le clerc n'avait pas vraiment de remords envers eux.

Klatou et Desmothe étaient enfin arrivés dans la pièce où se battaient leurs deux compagnons. En chemin, le clerc avait trouvé bizarre le fait que Mantor et Keletor restaient en arrière, dans le corridor.

Voknul se fit toucher par un rogue noir dans le dos pendant qu'il en insultait un autre. Klatou alla le guérir, et Desmothe tenta d'attaquer un des rogues habillés en blanc, voulant vérifier si ils saigneraient comme les autres. Son attaque ne fut pas très réussie : en se donnant un élan, il échappa son arme sur le sol. Il reçut ensuite un couteau lancé dans l'épaule venant du rogue en question. Le coup l'avait surpris, mais la blessure ne semblait pas bien grave. Le clerc alla immédiatement le guérir.

Tout en évitant un coup de rapière d'un rogue, le clerc se redirigea vers Voknul, en se disant qu'il allait jeter son sort qui augmente la taille, puisqu'il y avait pas mal d'ennemis ici.

Il restait encore trois rogues noirs dont un blessé au cou et un autre qui venait d'apparaître de nulle part en voulant attaquer Skelèton par surprise de face. Heureusement, le rogue fut interrompu en recevant un crachat au visage de la part du Nexicain, qui semblait encore avoir des réflexes malgré son taux d'alcool extrêmement fort dans le sang. Il restait aussi toujours les deux rogues blancs, qui se battaient avec des petits couteaux.

Klatou comprit enfin que ceux-ci étaient des guérisseurs, puisqu'il en vit un guérir celui qui avait été blessé au cou, avec une magie qui semblait très semblable à la sienne.

Le clerc était maintenant près du barbare, et commençait à jeter son sort qui prend quelques secondes.

Mais il fut interrompu par une flèche qu'il reçut sur le bas du ventre ainsi qu'une autre dans son chapeau. Il poussa un petit cri de douleur et tomba sur un genou. Les flèches étaient venues d'en haut, donc il fixa dans cette direction. La flèche dans le chapeau n'avait heureusement pas touché son crâne.

Il y avait en haut de la pièce, qui était beaucoup plus grande en hauteur que Klatou le pensait, une sorte de balcon sur lequel était posé un petit individu assez étrange sur le bord. D'après sa petite taille, c'était probablement un gnome. On ne distinguait pas bien ses vêtements, mais il avait l'air d'avoir un petit manteau brun, et il avait une sorte de cagoule grise qui cachait tout son visage, excepté ses deux petits yeux à cause de deux trous. À la seconde près où Klatou l'avait regardé, le gnome - qui était possiblement Mephus - lui fit un signe des plus bizarre avec sa main, en fronçant un peu les sourcils et en penchant sa tête. La situation était presque comique, mais le clerc avait quand même reçu deux flèches de sa part.

Le gnome leva ensuite son arc minuscule en visant encore une fois Klatou. Le barbare était en train d'étrangler un des rogues noirs et ne voyait pas du tout que son guérisseur se faisait attaquer. Klatou évita une flèche de justesse en reculant en arrière et continua à courir vers le corridor arrière, voyant que le gnome continuait à lui tirer des flèches à une vitesse impressionnante.

Suivi par une lignée de flèches qui s'enfonçait sur le sol derrière le clerc toujours de justesse, Klatou réussit à se rendre au corridor là où il était désormais à l'abri, hors de portée de vision du balcon. Il reçut malheureusement une flèche sur le genou juste avant de quitter la pièce.

Pas besoin d'être un génie pour comprendre que le petit archer en haut voulait empêcher Klatou de guérir ses équipiers, et aussi par la même occasion de leur jeter des sorts qui augmentent leurs capacités. En sortant un peu la tête du corridor pour voir, il constatait que le gnome le fixait toujours, en faisant un signe incompréhensible avec sa main. Son pouce et son index étaient en l'air, alors que ses autres doigts étaient fermés dans sa main.

— Mais qu'est-ce que vous faites?! cria Klatou à l'égard de Keletor et Mantor, tout en guérissant ses blessures avec tout ce qui lui restait de sorts de guérisons pour la journée.

— Allez, ça ne va pas si mal pour l'instant… marmonna Mantor.

— Ben ouais, un peu de nerfs, les gars! Ça devient gênant… fit le chef de Tardor en se grattant la tête.

Le clerc ne voulait pas argumenter avec des individus qui ne voulaient manifestement pas se battre. Il essaya encore de sortir du corridor un peu, mais le gnome lui répondait toujours avec une flèche qui passait à proximité de lui.

Mantor avait tout de même fait une petite chose. En levant un bras, il avait retiré l'invisibilité d'un des rogues qui avaient tenté d'attaquer Voknul par-derrière. L'avantage du rogue sur le barbare avait disparu, et Voknul lui coupa la tête avec son arme géante.

Mais Klatou voyait bien que ça n'allait pas du tout pour son groupe. Il y avait de plus en plus de rogues qui apparaissait parfois de nulle part, et d'autre fois d'une des autres entrées de la pièce.

Voknul intimidait beaucoup les Loups noirs grâce à ses cris, mais il recevait de plus en plus de coups de rapière. Skelèton, bien qu'étant saoul, se battait mieux que jamais, mais il avait de plus en plus de difficulté.

En plus, les deux rogues guérisseurs ne cessaient de guérir les chanceux qui n'avaient pas été tués d'un seul coup par le barbare. Au moins, ils ne semblaient pas avoir le pouvoir de ressusciter, chose que Klatou ne possédait pas non plus d'ailleurs, car cela demandait des années et des années d'études intensives.

C'est Desmothe qui surprit tout le monde, encore une fois. Il se dirigea vers le barbare et commença à dire des paroles étranges que seul Klatou reconnut immédiatement.

C'était le sort qui doublait la taille des individus.

*

— Pas mal, hein, les gars? fit Desmothe, dans la meilleure des humeurs. J'ai appris ça, hier!

Les deux chefs finirent par entrer dans la pièce, où gisaient maintenant beaucoup de cadavres. Mantor constatait que le corps de Mephus était complètement écrasé. C'est Voknul qui avait sauté dessus après l'avoir tiré d'en haut pour le jeter sur le sol. Les seuls ennemis qu'il y avait ici étaient morts, tués par un barbare géant et un Nexicain enragé.

Skelèton était en train d'arracher les cheveux d'un des cadavres qui avait encore la tête sur les épaules. Il criait : ''Tiens, salaud! Tiens!''

— Je ne savais pas que tu avais ce pouvoir-là aussi, dit Klatou en observant Desmothe. Tant mieux, le gnome énervant m'empêchait de vous guérir et de faire grossir la taille de Voknul.

— Oui, j'ai appris ça hier, c'est un sort pratique! répondit le sorcier.

— Hier! Ça m'a pris des semaines l'apprendre… lâcha Klatou, un peu frustré, mais content que tout le monde s'en soit sorti.

Klatou et Desmothe fouillèrent les cadavres pour voir s'il y avait quelque chose d'intéressant. Il y avait quelques bourses contenant peu d'argent, et quelques armes et amures qui n'étaient pas si impressionnantes. Desmothe eut de la chance, trouvant une potion dont le liquide était rouge. Il savait de mémoire qu'une telle couleur était soit du sang, soit un liquide magique qui guérissait les blessures instantanément, ce qui était probablement le cas.

Il savait bien reconnaître le sang, lui qui en avait eu longtemps dans les yeux en portant son ''casque'' de hyène.

Voknul buvait un peu de son tonneau avec Keletor, sans être frustré le moins du monde du fait que son ami barbare n'avait pas participé au combat. Mais le clerc, lui, l'était.

— Pourquoi vous ne vous êtes pas battus? C'était assez serré, comme combat! cria Klatou en fixant Mantor.

— On voulait vous tester. Si le danger est trop grand, on s'en mêlera, répondit le vieux mage.

— Apprenez-moi des sorts!! s'exclama Desmothe sous son masque.

— Ah toi, laisse-moi tranquille!

Le groupe avait bien récupéré, mais il restait maintenant un problème en ce qui concernait Klatou; d'ailleurs, ce dernier en informa ses co-équipiers.

Ses pouvoirs étaient presque complètement épuisés pour la journée. D'ailleurs, ça en était de même pour Desmothe. Comme Mantor et Keletor semblaient refuser de se battre, seul Voknul et Skelèton étaient encore potables pour le combat, ce qui n'était pas suffisant. Car si le barbare frappait aussi fort que dix hommes, il pouvait tomber comme tout le monde s'il ne recevait pas des sorts de guérisons.

Mantor dit donc qu'il valait mieux continuer et tenter de trouver une pièce pour se reposer un peu; une pièce plus sûre.

Car dans celle où ils étaient, il y avait trois entrées : celle d'où ils venaient, celle qui montait vers le balcon en haut et une autre où ils n'étaient pas encore allés.

Pendant que Skelèton urinait sur l'un des cadavres, Klatou continuait de se plaindre envers Mantor.

— C'est complètement stupide de ne pas se mêler au combat. Vous disiez vous-même que les ennemis ici seraient forts et qu'il fallait se concentrer!

— Tais-toi ou je te transforme en tortue! répondit Mantor, fou de rage.

Mais le barbare interrompit rapidement la dispute en apercevant quelque chose, et en le criant à tous ses équipiers :

— Hey! Y'en reste un en vie!

Chapitre 12: Le trio

Les membres du groupe chargés de ramener la tête du chef des Loups noirs pouvaient constater qu'il y avait encore un rogue vivant dans la pièce. Celui-ci avait une blessure assez sévère à l'abdomen, faite par la faux de Desmothe, mais sa vie ne semblait pas être en danger. Enfin, elle ne le serait pas si le groupe n'était pas dans les parages.

— Bon, on lui coupe la tête, à ce minable? ricana Voknul. Regardez-moi cette merde! Faut abréger ses souffrances, il est trop pitoyable pour rester en vie!

— Attend, il pourrait servir! fit Desmothe en regardant les bras du rogue.

C'était un des deux rogues qui étaient habillé en blanc; un guérisseur. Était-il vraiment chanceux d'être le seul survivant du massacre parmi tous les rogues? Probablement pas, si Skelèton, Desmothe et Voknul étaient près.

— St'un bon p'tit gars, ça, hein? Bon p'tit gars? Tiens! cria Skelèton en donnant ensuite une claque au visage du rogue.

— Ne me faites pas de mal! s'exclama le rogue après avoir poussé un cri de douleur, car Skelèton n'y avait pas été de main morte.

— C'est quoi ton nom? demanda le clerc.

— Uriak! Monsieur!

— Eh bien, Uriak, ce n'est pas ta journée! ricana Klatou.

— Hey, les gars, attention, il va se fâcher!! cria Skelèton en se moquant de sa victime, puis en le frappant à nouveau.

Pendant que le Nexicain continuait à terroriser, frapper, et uriner sur sa victime, Mantor ne cessait de dire que l'homme pouvait leur révéler des informations importantes. Skelèton le lassa après quelques minutes. Voknul semblait être en train de réfléchir.

D'ailleurs, Desmothe le contemplait, ayant rarement la chance de voir son ami barbare dans un tel état. Keletor, déjà lasse de l'endroit, commença à boire dans un des tonneaux de Voknul.

Le rogue blanc tentait tant bien que mal d'argumenter pour sauver sa vie.

— Pitié, monsieur! Je dirai ce que vous voulez, et…

— On s'en fou de ta vie! s'exclama Skelèton en tapant à nouveau.

— Tu sais que tu es une très jolie demoiselle? dit Desmothe, toujours avec son masque, devant le rogue en faisant de très gros yeux pour lui faire peur.

Le rogue vivait un véritable enfer. En effet, malgré la douleur qui était très forte, le pire était la vue. Car tout ce qu'il voyait, c'est un poing qui s'enfonçait toujours dans son visage encore et encore, et, comme arrière-fond, il y avait cet individu étrange qui portait le visage de son meilleur ami.

— Ahhh, qu'est-ce que… Vous êtes des monstres!

— Non, on est tes dieux!! cria Voknul.

Pendant que Voknul, Desmothe et le Nexicain continuaient de terroriser leur nouveau prisonnier, Klatou jeta un œil sur la table au milieu de la grande pièce. Il y avait beaucoup de papiers. Certains semblaient être des stratégies de combat, d'autres des sortes de règlements.

Klatou décida de lire la première feuille sur le dessus. Les Loups noirs étaient possiblement en train de la lire et d'en parler.

Rapport sur l'attaque du druide

Le groupe composé de trente-cinq rogues qui devait piller Phillemus a échoué. Un peu au sud du village ciblé, les Loups noirs étaient en train de boire les potions d'invisibilité quand un individu est arrivé, seul. Selon les quelques rogues survivants, l'homme n'avait pas dit un seul mot et avait l'air complètement calme malgré le fait qu'un groupe nombreux de personnes armées était devant lui. Assez grand, cheveux longs bruns et ayant une armure en cuir noir, il avait une étrange lueur rouge dans les yeux et l'inscription ''E5'' pouvait être visible sur son épaulette droite.

L'homme se serait ensuite transformé en loup géant ainsi qu'en énorme aigle par la suite et il aurait tué environ trente de nos hommes. Après être retourné sur les lieux du massacre un peu plus tard avec des renforts, l'individu était parti et il n'avait pas touché à l'équipement ou les pièces d'or des corps.

Selon nos informateurs, le ''E'' de l'inscription voudrait dire ''élite'', soit combattant d'élite numéro cinq. Nous ne savons rien sur leur nombre ainsi que sur leurs objectifs, mais il semblerait qu'il n'y ait aucun lien avec le roi Morrenus et ses troupes. Ces derniers auraient d'ailleurs mis à mort l'un des élites, un individu qui aurait l'apparence d'un nain.

Après cet incident, Razor a ordonné de suspendre l'attaque sur Phillemus, jusqu'à ce qu'on ait plus d'informations sur nos nouveaux ennemis.

Klatou montra ce qu'il avait trouvé aux autres, mais seul Mantor semblait s'y intéresser. Voknul, lui, avait crié de le laisser s'amuser tranquille avec son ''nouveau jouet''.

— Donc, les Loups noirs ont eu des problèmes avec un individu de ce genre aussi… marmonna le vieux mage. Je me demande bien d'où vient cet étrange groupe.

— Je ne sais pas, mais je n'ai pas apprécié ce nain du tout, répondit le Clerc.

— La bonne nouvelle, c'est qu'il y a une bonne partie des Loups noirs qui soit hors-jeu. Notre tâche sera plus facile.

Pendant que Mantor et Klatou discutaient, Voknul avait attrapé le rogue et le bougeait un peu partout d'une façon très rapide dans les airs en lui criant plusieurs phrases qui n'avaient pas beaucoup de sens.

— Qu'essé t'a dit? Tu aimes la vie, pas la mort? T'es un raciste, hein?! J'tolère pas ça, des gars demême! criait le demi-orque, toujours avec le voleur au bout des bras.

— On le pend! On le pend! criait toujours et encore Skelèton.

Si le rogue avait l'habitude de terroriser ses victimes, cette fois-ci, il n'avait plus du tout le même rôle. Le pauvre rogue guérisseur pleurait en entendant le barbare lui crier qu'il allait l'étrangler jusqu'à ce que sa cervelle explose.

— En plus, il pleure! Ça se fait pas ça! Non vraiment, je t'hais, mon gars! cria le barbare.

Mantor observa un peu la scène, et, tout en étant content d'avoir pu jeter le sort de silence pour cette pièce - car Voknul et Skelèton étaient plus que bruyants - il se disait que ce rogue était un meurtrier et un voleur, et qu'il n'avait aucune pitié pour lui. Mais d'un côté, le laisser aux mains de tels fous, qui devaient être la pire des tortures, était peut-être un peu trop brutal.

Quoi qu'il en soit, le vieux mage commençait à insister sur le fait qu'il faudrait peut-être commencer à y aller, pour chercher un coin sûr dans le but de se reposer.

— Hey j'ai une idée! lança le sorcier. On pourrait s'en servir comme ouvre-porte!

— L'idée est tentante! Je cherchais justement quelque chose à faire avec lui! répondit Voknul, toujours de sa grosse voix, en laissant tomber le rogue brutalement au sol.

— T'as compris, petite merde? rugit Skelèton, toujours saoul, au rogue. Tu vas enfin servir à quelque chose!

Klatou rit un peu du sort du rogue, puis se remit à regarder les plans qu'il y avait sur cette table. Il n'avait pas la moindre pitié pour le voleur. Il était un ennemi, de toute façon. Et puis, cette situation de torturer mentalement ce pauvre assassin était assez drôle, d'une certaine manière. Quelqu'un qui n'a eu aucune pitié durant toute sa vie en réclamait maintenant de façon répétée; l'ironie était comique.

Sur l'une des feuilles, il y avait un plan de l'île qui montrait tous les emplacements des villages, des forêts et du château - très semblable à ce que Klatou avait en sa possession. Il y avait cependant deux détails différents.

Premièrement, selon ce plan, il y aurait une autre base des Loups noirs en construction, au sud-ouest complètement, sur le coin de l'île. Aussi, un peu au nord de Philus, village juste à l'est de Tardor, il y aurait l'emplacement possible de la base des élites. Probablement que les Loups noirs prévoyaient attaquer là bientôt.

— Bon, on vient de cette entrée-là… Et cette porte-ci mène à l'espèce de balcon sur lequel Mephus tirait ses flèches. Donc, il ne reste plus que celle-ci, fit le vieux mage en pointant la porte en question.

— Pas de problème, je vais ouvrir ça! cria Voknul, avec le rogue blanc dans les bras, qui criait également, de manière moins virile.

Le demi-orque fit trois élans de préparation avec Uriak en criant : "À la une, à la deux… À la trois!!". Voknul lança ensuite l'assassin sur la porte qui s'ouvrit un peu dû au choc.

Le rogue semblait avoir bien mal à la tête, et il était blessé à l'abdomen, mais il réussit à se remettre debout. Il n'avait plus aucune arme sur lui, et de toute façon, il se disait qu'à un contre six, il n'avait aucune chance.

— Ça marche! cria le barbare. L'ouvre-porte fonctionne!
— Oui, mais l'ouvre-porte se sauve… murmura Desmothe.

En effet, le rogue guérisseur avait uni tout ce qui lui restait de force et de courage et avait commencé à prendre la fuite dans la direction d'où Voknul et son groupe venaient.

— Ah ben, j'en reviens pas, ouvre-porte! Après tout ça, tu me trahis?! cria Voknul en le poursuivant.

Personne ne fut surpris que le barbare attrape rapidement le rogue blessé qui avait de la difficulté à tenir debout. Desmothe ainsi que ses nouveaux amis avaient rapidement remarqué que Voknul courait beaucoup plus vite que la moyenne. Donc, rattraper son jouet était loin d'être une tâche difficile.

— T'es mieux de ne plus te sauver, toé! grogna Voknul en tenant à nouveau le rogue dans ses bras.

— Laisse-moi, démon! À l'aide! Quelqu'un! cria Uriak en sanglot.

— Tais toé! Je vais t'aider moé… fit Voknul en ricanant. À trouver un but dans la vie: ouvrir les portes! Tu vois pas que je fais tout ça pour t'aider? Pis après ça, ça trouve le moyen de se plaindre!

— On pourrait peut-être vérifier le reste de la base cette année? s'exclama Mantor, énervé.

Keletor ne parlait pas beaucoup depuis un moment; il buvait sans cesse. Il continuait à suivre le groupe, mais il semblait ne plus être intéressé à cette mission, et il commençait à être aussi saoul que le Nexicain.

— Laissez-moi partir bande de fous furieux!! cria le pauvre rogue blanc.

Pendant que Skelèton et Voknul continuaient à rire, Desmothe s'approcha d'Uriak et se pencha vers lui.

— Il y aurait peut-être une solution… murmura le sorcier.

— Laquelle?! répondit le Loup noir avec de l'espoir visible dans les yeux.

— Je réfléchis, mais je vais te trouver ça… Une seconde…

— Pitié! Je veux une solution! Laissez-moi!

Malgré le fait que le demi-elfe était maintenant complètement dégoûtant et puant dû au fait qu'il avait des bras morts et un bout de visage sur lui, Uriak ne cessait de le regarder. Même si l'individu était affreux, il le fixait, attendant une réponse pour enfin sortir de cet enfer.

— J'ai trouvé! s'écria Desmothe, de bonne humeur.
— Qu'est-ce que c'est?! répondit l'assassin.
— Te couper les jambes!

Tout l'espoir qui n'avait pas duré longtemps était disparu. Cette fois, une espèce de vide pouvait être vu dans les yeux du rogue. Et aussi un brin de démence, crée par le désespoir.

— Mais oui! On lui coupe les jambes et il ne s'en ira plus! Hein, ouvre-porte? poursuivit le sorcier, qui avait maintenant révélé le vrai problème auquel il cherchait une solution.

— Voyons, il ne parle pas beaucoup! Heille le gêné, parle! cria Voknul, qui s'était arrêter de rire. Il avait toujours l'assassin dans les bras, et il recommençait à le bouger très rapidement ici et là.

Mais Uriak parlait. Seulement, il n'arrivait plus à former des mots compréhensibles.

Et si le rogue avait eu le moindre doute si cette journée n'était pas qu'un simple cauchemar, il ne l'aurait plus été peu après, car avec sa faux, Desmothe commença à lui découper lentement les jambes.

Et tout en hurlant - car la douleur était incroyablement grande - le rogue riait de démence en pleurant tellement il n'en pouvait plus. Car c'était drôle, tout de même. Qui aurait su que ceux qui venaient pour stopper les Loups noirs allaient être comme cela? Qui aurait dit que les héros qui seraient venus arrêter les assassins et les voleurs seraient des purs fous?

D'où venaient ces stupides préjugés qui affirment que ceux qui arrêtent les vilains étaient toujours des hommes bons, avec des principes du bien? Le rogue se le demandait bien, en ce moment.

Voilà, le rogue n'avait plus de jambes, ni de genoux, ni de pieds. Uriak pleurait seulement, maintenant. Il ne riait plus. La folie temporaire due au désespoir qui le faisait rire s'était envolée; il ne pouvait pas la contenir plus longtemps. Ceux qui le torturaient... ils étaient sûrement fous tout le temps et depuis toujours...

Tout devenait flou, maintenant. Les rires du moine et du barbare étaient de moins en moins bruyants. Le sang coulait; son sang.

Eh bien tant mieux, se dit-il. Car son seul allié était bien la mort; la seule chose qui pouvait lui faire quitter son enfer.

Le sang coulait de plus en plus et tombait sur le sol. Uriak commençait à halluciner tellement il n'avait plus toute sa tête. Son sang, voila qu'il devenait un beau et grand tapis rouge. Un grand tapis pour souhaiter la bienvenue à la mort, enfin. La mort, la fin, qui s'en venait. Uriak était presque complètement évanoui, endormi.

— Oui... La fin, ma seule amie, qui s'en vient! marmonna le rogue perturbé et mourant, en ricanant.

Mais un choc à la tête le réveilla complètement. C'était le barbare, qui l'avait une nouvelle fois lancé sur la même porte.

— Hey! C'a marche ben mieux comme ça! ricana le barbare, fier.
— Tu n'es qu'un sale monstre... bafouilla le rogue en fixant le barbare.
— Quoi?! Je vais te tuer! T'étrangler! Te manger! T'étriper! Ensuite je m'occuperai de tes enfants! Ensuite de ta mère! Je vais vous tuer! Vous massacrer, tous! Vous couper, vous...

Mais le rogue ne comprenait rien à ce que le barbare disait. Tout redevenait flou, à nouveau. Il n'entendait que des phrases incompréhensibles et des grognements brutaux, en voyant une image devant lui du demi-orque enragé qui le tenait d'une seule main. De l'autre, il le pointait du doigt, comme pour l'accuser de quelque chose.

Puis, tout devint noir. Le rogue était mort. Voknul, qui pourtant riait il y a peu de temps, était maintenant de mauvaise humeur.

— Un monstre, moi! Heille, je suis conscient que je suis un peu sale! Donc, pour ouvrir les portes, j'utilise un outil! Monstre, moi? Un bon gars, oui! Voilà ce que je suis! s'exclama le barbare.

Puis, il regarda Klatou d'un air menaçant. Le clerc riait devant la scène. C'était affreux, mais drôle en même temps.

— N'est-ce pas?! cria le barbare, en montrant les dents.

— Mais oui, bon gars… marmonna Klatou.

— Bon! fit Voknul en reprenant le cadavre dans ses bras. Continuons!

Le barbare entra dans le corridor entouré de murs de pierre blancs, éclairé par des torches accrochées sur chacun des côtés. Le deuxième à le suivre était Desmothe, qui désormais était celui qui avait l'apparence la plus morbide et étrange de tous. En effet, caché en dessous d'un grand tapis qu'il s'enroulait autour de lui-même, il avait un vieux manteau sur lequel étaient accrochés plusieurs bras humains. En plus, il avait toujours son fameux ''masque'' collé sur son visage. Mais tout le monde était habité à ces manies, excepté Mantor, qui n'avait pas peur de lui, mais plutôt de sa répugnance.

Pour l'instant, il n'y avait rien d'inhabituel dans ce long couloir. En arrivant à une nouvelle porte - que Voknul ouvra avec plaisir grâce à son cadavre - on pouvait constater qu'il y avait sur le côté gauche une sorte d'étagère qui contenait de nombreux livres, ainsi qu'une petite boîte.

Le demi-elfe s'empressa de vérifier et de prendre ce qu'il y avait à l'intérieur. Il y avait un sac contenant une centaine de pièces d'or.

Klatou regarda un peu les livres rapidement, mais il ne semblait rien n'avoir d'intéressant; la plupart semblaient se résumer en ''Comment être un bon voleur'' et autres choses du même genre.

La nouvelle porte ouverte avait fait place à un nouveau corridor très semblable au précédent.

Il y avait cependant deux options: continuer le couloir ou ouvrir la porte qu'il y avait sur le côté. Voknul décida pour tout le monde en lançant une nouvelle fois le rogue mort sur la porte, qui s'ouvra. Le barbare laissa ensuite son ouvre-porte sur le sol, sans doute lasse de ce jeu. La grande pièce éclairée également par quelques torches contenait de nombreux lits ainsi qu'une table entourée de cinq chaises. C'était très probablement une sorte de salle de repos.

Il y avait un rogue noir à l'intérieur, et il dormait. Voknul s'empressa de se diriger vers lui, et, devant l'assassin, utilisant une voix la plus grave possible, il cria :

— Salut, c'est maman!!
— Que… Quoi? fit le rogue, surpris et encore à moitié dans ses rêves, ne comprenant pas la situation.

Un coup de hache plus tard, le pauvre assassin fut transpercé.

— Il va falloir nettoyer ça, ce lit-là! Bon sang qu'il y en a qui sont pas propres! dit ensuite le barbare en pointant le nouveau cadavre plein de sang.
— Ça pourrait faire un endroit pour se reposer un peu, il n'y a que cette entrée-là, pour entrer… marmonna Mantor. Suffit de la surveiller.

Le groupe s'installa donc pour se reposer. Klatou et Desmothe en étaient d'ailleurs contents, car leurs pouvoirs étaient très affaiblis. Voknul, Keletor et Skelèton, quant à eux, étaient bien content d'avoir une autre pause bière.

Mantor marmonna quelques phrases étranges en levant une main, et de celle-ci sortit une étrange petite boule d'énergie verte qui flotta en l'air.

— Je vais m'allonger un peu sur l'un de ces lits. Si vous voulez me réveiller, il suffit de la toucher. Pas la peine d'essayer de me secouer, mon bouclier magique va vous bloquer. Réveillez-moi dans deux heures, nous repartirons.

Comme dit, le vieux mage alla s'allonger sur un lit, le plus éloigné du groupe. Il s'endormit rapidement.

— Deux heures… Mes pouvoirs seront loin d'être revenus au maximum dans deux petites heures… marmonna Klatou.

— Ah, il est déjà endormi? Je voulais lui demander pour qu'il m'apprenne quelques sorts! fit Desmothe.

Voknul mit l'un de ses grands tonneaux sur le sol, et après avoir pris quelques bocks qui étaient accrochés au tonneau, il servit plusieurs bières.

— De la bière! Oui! Bière! cria Skelèton, qui était toujours aussi saoul. Après une gorgée, il tomba dans les pommes. C'était sans doute la gorgée de trop.

Keletor, quant à lui, avait déjà beaucoup dessaoulé de ses dernières bières, alors il accepta volontiers d'en boire d'autres. Voknul, qui buvait bien vite, commençait à devenir plus bavard que d'habitude.

— Alors Keletor! D'où tu viens, mon vieux! demanda-t-il. Tu as dû te battre toute ta vie pour être aussi fort, hein?

— Ah non, répondit le chef de Tardor. Depuis pas longtemps! Mais boire, depuis que j'ai deux ans!

— Depuis pas longtemps? Mais tu es aussi fort que moi! bafouilla Voknul, qui ne voulait pas avouer sur le coup que son compagnon barbare le surpassait probablement de loin, par fierté.

— Bah! J'ai eu un bon entraîneur.

— En tout cas, icitte c'est endormant! Sont toutes encore plus faibles que nos équipiers!

— Ouais! Leur chef était affreux au combat, on aurait dit une femme!

Les deux demi-orques continuaient à se parler dans leur coin, riant souvent et se criant le mot "bière" de temps à autre.

— Ouais, en général, ouais… murmura Desmothe en regardant Klatou.

— Quoi? répondit le clerc, qui ne comprenait pas de quoi le sorcier parlait.

— Quoi? Vous êtes qui, vous? demanda Desmothe, confus.

— Ne joue pas à ce jeu avec moi, ou je mange ton singe! cria Klatou, souriant, qui avait bien envie de faire un peu le fou lui aussi.

— Ahhh non, pas mon singe! cria Desmothe. Quoiqu'il est immortel; il est bien curieux, ce Mojo.

— Oui… Et on ne sait pas du tout d'où il vient.

— Lui-même n'a pas l'air de s'en rappeler!

Alors que Klatou annonça au sorcier qu'il allait s'étendre une heure ou deux, ce dernier lui murmura quelque chose dans l'oreille.

— Hey! Avant que t'ailles dormir, on pourrait tuer ce mage. Il a sûrement quelque chose d'intéressant comme objet!

— Non… dit le clerc. Il a mentionné avoir une sorte de bouclier magique, et je le crois. C'est un idiot, mais il semble avoir plusieurs pouvoirs…

— Ah… lâcha Desmothe, déçu.

Le sorcier, un peu à l'écart, commença à parler à ses bras, leur disant à chacun que ceux-ci auraient bientôt une arme pour se défendre.

Les deux demi-orques continuèrent à boire, mais ils finirent par s'endormir après plusieurs heures. Tout le monde dormait sauf le demi-elfe, qui continuait à parler à ses bras.

*

Le lendemain, le vieux mage réveilla tout le monde, furieux.

— Combien de temps ai-je dormi?! J'avais dit deux heures! savez-vous compter?!

— C'est pas grave! dit Desmothe. J'ai surveillé! Enfin, pendant un petit moment, ensuite je me suis endormi.

— Vous êtes fous ou stupides?! On ne dort pas huit ou neuf heures dans une base ennemie, même si on sait qu'il manque trente rogues et…

Mantor interrompit sa phrase, fixant un peu chaque coin de la pièce. Avec un air surpris, il demanda au sorcier :

— Aucun rogue n'est venu?!

— Juste un! répondit fièrement le sorcier, en pointant une direction. C'est le cadavre sans oreilles, là.

— Un seul? Ce n'est pas normal du tout.

— Arrêtez donc de vous plaindre, tant mieux: on a pu dormir et nos pouvoirs sont au maximum, s'exclama le clerc.

Mais Mantor n'écoutait même pas le clerc au chapeau. Il réfléchissait, tentant de comprendre la situation, qui n'avait pas de sens. Se reposer ici était déjà très risqué et dangereux, mais passer environ huit heures sans qu'il y ait eu de problème majeur… Où sont tous les rogues? Est-ce que Razor est ici?

La meilleure probabilité était que les Loups noirs avaient envoyé beaucoup de rogues pour attaquer l'un des villages d'Overa, et si on comptait les trente de moins, tués par ce mystérieux druide, cela faisait en sorte que la base était pratiquement vide. Le groupe avait bien choisi sa journée pour attaquer le clan des assassins, mais Mantor espérait bien que le chef des Loups noirs était présent.

— Voulez-vous m'apprendre des sorts?! cria Desmothe, près de l'oreille du chef de Klamtra.

— Ah là! Ça suffit! cria Mantor avec fureur, en s'éloignant du sorcier.

Presque instantanément, le vieux mage surprit tout le monde en crachant une grosse boule de feu en direction de Desmothe. Le sorcier fut bien étonné, mais il évita de justesse le feu qui s'éparpilla sur le mur de pierre, derrière lui.

— Beau sort! Comment on fait ça?! cria Desmothe, les yeux grands ouverts.

— Ne me pose plus cette question! Cette boule de feu, je te l'ai envoyé à la vitesse minimum! La prochaine fois…

Mais le vieux mage ne termina pas sa phrase, préférant prendre un air menaçant dirigé vers le sorcier, qu'il haïssait complètement, désormais.

— Allez les gars! lança Keletor, en se dirigeant vers la sortie de la pièce. On finit cette mission-là!

— Pas si fort, ohé... Mal, tête... marmonna Skelèton, qui semblait sur le moment être la personne la plus malade au monde.

Sans perdre de temps, le groupe sortit de la salle de repos pour continuer dans le corridor.

En pleine forme, Desmothe, Klatou et Mantor étaient désormais prêts à affronter tout ennemi qui allait apparaître. Sans demander, Voknul décida de marcher le premier, en disant que ceux qui étaient les plus intelligents étaient toujours en premier. Il tomba ensuite dans un trou, qui était camouflé par un petit tapis noir.

— Encore un sale piège? Je vais tous les tuer! grogna Voknul, en remontant sans mal.

— Ce trou est vraiment petit... J'avoue que ce piège n'est pas incroyable, nota le vieux mage.

— C'est juste pour jouer avec mes nerfs, hein! Je vais les massacrer, moé! cria le barbare en accélérant le pas.

Voilà qu'il y avait encore une porte, droit devant, et Voknul avait bien l'intention de lui régler son compte.

On entendait des rires, qui ressemblait bien à des rires d'homme saouls se comptant des histoires. Klatou le savait bien; il avait souvent entendu des bruits similaires dans les auberges visitées ces derniers jours.

Voknul fonça sur la porte pour la détruire, ce qui fit place à des ennemis que Mantor redoutait bien.

— Le trio... marmonna-t-il.

Devant le groupe se trouvaient trois personnes assises à une table, en train de boire quelques verres de vin. Le premier était sans doute dans la mi-trentaine. Il avait le torse nu, affichant ses gros muscles, qui n'impressionnèrent que Skelèton. Il avait une tête de Loup noir sur sa tête, beaucoup mieux conservée que la tête de hyène de Desmothe. Deux grandes épées qui semblaient bien coupantes étaient accrochées sur son dos. Ses pantalons étaient en cuir brun, et sur son genou, il y avait un étrange dessin qui représentait un poing. L'individu semblait fâché de voir des arrivants.

Le deuxième était bien maigre et petit; sa grandeur était similaire à celle du sorcier. Lui non plus n'avait pas beaucoup d'armures, ses vêtements étant faits d'un tissu brun et noir. Il avait un petit chapeau brun, ce qui attira toute l'attention du clerc.

Il avait un air plus que baveux, et sa seule arme visible était une rapière, arme que Skelèton et ses amis avaient déjà vu souvent depuis leur arrivée à la base. Sur son corps, il y avait un dessin d'un pied.

Le troisième et dernier était plutôt large et grand, environ six pieds sept. Il avait encore plus d'armures que le clerc. Il y avait un gros pique en métal sur son casque, et ce dernier cachait la majeure partie de son visage. Gants, bottes, jambière, tout était en métal gris sur lui, et l'abattre d'un seul coup allait probablement être chose difficile même pour Voknul. Sur son épaule gauche, celui-là avait un dessin d'un corps sans tête, ni bras ni jambes. Son arme était une grosse massue en métal, avec au bout plusieurs piques.

Étranges logos, se dit le clerc. Que voulaient dire ces drôles de dessins? Le dessin de bras sur le genou, celui de pied sur le corps et celui de corps sur l'épaule, s'il y avait un sens là-dedans... il n'était pour l'instant pas vraiment clair.

— Tiens, qu'est-ce qu'on a là? fit le tas d'armures.

— Je sais pas, mais ils sont tombés dans la gueule du loup! ricana le petit.

— Tais-toi avec tes mauvaises blagues, Niff, dit le costaud. Enfin un peu d'action, pour changer. On les tue, ensuite on continue le vin.

— Je m'occupe du gars avec le chapeau, annonça le maigre.

— Moi du petit comique avec ses bras, poursuivit le costaud. Les deux autres restent en arrière, ils ne veulent pas se battre?

Klatou regarda derrière lui. En effet, Keletor, qui était encore en train de boire, et Mantor, était bien éloignés derrière.

— Vous êtes mieux de vous battre, cette fois! lança Klatou. Mais Mantor ne répondit même pas.

Le vieux mage resta sur place derrière, en observant ses équipiers. Ces fardeaux qui n'avaient pas arrêté du début à la fin. Il en avait bien assez. Assez du sorcier qui jouait avec ses nerfs et qui tentait de voler ses équipements magiques pendant qu'il dormait. Assez du barbare qui essayait de le tuer pendant son sommeil.

Devant lui se trouvait le trio, un ennemi qui, d'après ce qu'on disait, était bien redoutable. Et après, sans doute que le prochain ennemi serait Razor en personne. Trente rogues de moins contre l'élite, et une grosse partie qui est sans doute allée attaquer l'un des villages. Lui et Keletor seraient sans doute de taille pour finir la mission seuls. Quand aux autres, qu'ils meurent ici, que ces fous dangereux périssent contre un ennemi beaucoup trop fort pour eux. Car en liberté, ils sont autant dangereux pour la population d'Overa que les Loups noirs.

Le combat commença quand Voknul cria : "Vous allez tous mourir!!" en fonçant sur le celui qui avait plein d'armures. Mais le costaud, qui disait viser Desmothe, lui donna un solide coup de poing avant de foncer sur le sorcier.

Une chose assez surprenante arriva : avec un seul coup de poing, le barbare fut projeté un peu en arrière et tomba au sol. C'était la première fois qu'il tombait au sol depuis que Klatou le connaissait.

— Quoi?! grogna le demi-orque.

Avant que Desmothe ait pu jeter un sort, l'individu à tête de loup lui transperça une bonne partie de l'épaule.

La blessure sembla grave; d'ailleurs, le demi-elfe tomba au sol, à moitié mort. Il était en pleine forme après son sommeil, mais l'attaque l'avait complètement détruit.

— Pas encore mort? Je savais que j'allais être rouillé... grommela le costaud, calme. Enfin, tu vas crever dans ton sang, petit.

Pendant que le barbare se relevait, Klatou voulait directement aller guérir la blessure grave du sorcier, mais le maigre au chapeau se mit juste devant,

— Ho! Tu vas où, vieille branche? demanda son ennemi.

Le clerc prit donc son arme pour le tasser du chemin, mais son opposant évita très habilement son coup en riant. Et même après plusieurs autres coups de piques, le petit homme, qui semblait avoir des réflexes plus que rapides, évita de nouveau les attaques facilement.

Skelèton lui, s'acharnait sur le tas d'amures avec son nunchaku, mais les résultats étaient très minimes. Son ennemi bâillait même en regardant le Nexicain.

Le clerc finit par comprendre la logique de leur logos qui n'était finalement pas si compliquée. L'endroit où ils étaient sur leur corps n'avait pas vraiment d'importance. Le gros qui avait un dessin de corps était la défense, celui avec un pied était probablement la vitesse, et le troisième qui avait un poing c'était la force. Étranges personnages... se dit-il. Il reçut ensuite deux coups de rapières sur chacune de ses épaules, ayant à peine eu le temps d'apercevoir les attaques.

Les blessures n'étaient heureusement pas trop graves.

Le problème était que le petit, qui était beaucoup trop rapide, bloquait Klatou pour empêcher qu'il aide Desmothe, et c'était probablement une question de minutes avant qu'il meure dans son sang.

Au moins, ça semblait bien allez pour Skelèton, son ennemi ne l'attaquait même pas, il préférait se moquer de son adversaire en disant de frapper plus fort.

La défense qui peut résister à beaucoup trop de coups, et la vitesse qui évite tout... Pas de doute, il fallait viser le fort, qui était le plus dangereux des trois.

— Voknul! Attaque celui qui a la tête de loup! cria le clerc.
— Ben ouais! répondit le barbare. C'est la merde que je vise, là! Donne-moi pas d'ordre, ou t'es le suivant! C'est moi le chef icitte et...

Mais le barbare, trop occuper à menacer Klatou, ne fut pas sur ses gardes et reçut deux coups d'épées qui s'enfoncèrent profondément dans son corps. Il retomba sur le sol, sous le rire méprisant de l'homme fort. Ce dernier laissa une de ses deux épées dans le corps du barbare.

— Allez, reste à terre mon vieux, dit le costaud, en observant le barbare qui essayait déjà de se relever.
— Oups, à gauche! À droite! fit le petit en attaquant à proximité du visage de Klatou, de chaque côté, pour se moquer.

Skelèton, lui, avait maintenant laissé son nunchaku pour frapper avec ses poings sur l'armure, toujours sans effets. À chaque coup, il était plus enragé.

— Bon, assez plaisanté... murmura l'homme fort en attrapant le clerc par la gorge et en le soulevant un peu en l'air.

Klatou fut bien surpris; il pesait un sacré poids lorsqu'il portait toutes ses armures.

— On en vue d'autres, vous savez... ricana l'homme à la tête de loup.

Desmothe, à moitié conscient, jugea que c'était le moment ou jamais pour boire sa potion de vitalité, ce qu'il fit. À peine quelques secondes après, une bonne partie de sa blessure se cicatrisa. Il n'était pas en pleine forme, mais il réussit à se relever, pour ensuite s'éloigner péniblement du costaud qui l'a presque tué d'un coup, en marmonnant : ''C'est ça... On attaque toujours les plus petits d'abord...''

La tête de l'homme fort se fit ensuite transpercer en deux par la hache de Voknul. Klatou retomba sur le sol, content, car son opposant commençait à l'empêcher de respirer en serrant sa gorge si fort.

— Tient toé! cria le barbare, rempli de sang. Moi ça m'prend juste un coup, te tuer!

Le clerc, bien surpris que Desmothe soit encore debout, lui dit immédiatement de jeter son sort de glace sur l'individu rapide. Ses mouvements ralentis, ça ne serait plus un problème pour Voknul de l'atteindre. Desmothe commença donc à énoncer ses paroles pour faire son sort, et comme d'habitude, une sorte de fumée bleue glaciale sortit de ses deux mains.

Mais la cible ne fut pas atteinte du tout, le rapide évitait aussi bien les sorts magiques que les coups physiques.

— Comment avez-vous pu le tuer?! Vous allez mourir ici! cria le petit homme, beaucoup moins de bonne humeur qu'il y a un instant.
— Skelèton! s'écria Klatou. Laisse le gros tas, faut s'occuper du petit d'abord!

Le Nexicain obéit immédiatement à son ami clerc - étant habitué, puisque même s'il n'était pas bien intelligent, il était tout de même conscient que son ami l'était beaucoup plus que lui et qu'il valait mieux faire comme il disait. Reprenant son nunchaku au sol juste devant son opposant qui ne bougeait plus (paralysé de stupeur en fixant son ami mort).
Mais le résultat des attaques de Skelèton sur le petit était les mêmes que d'habitude : l'individu appelé Niff évitait tout sans problème, bougeant de chaque côté extrêmement rapidement.

— Toi tu va crever… annonça le l'homme rempli d'armures qui se dirigea vers le barbare.

Le demi-orque, n'ayant pas la moindre crainte, avança son visage en avant pour montrer qu'il n'avait pas peur des coups, malgré le fait qu'il avait plusieurs blessures qui semblaient sérieuses.

Le plus grand membre du trio lui donna donc un solide coup directement sur le front, mais le demi-orque resta immobile en rigolant.

— Déjà que ton ami était faible, minable, toi t'es encore pire!! cria le demi-orque.

Le barbare donna un solide coup de hache sur la jambe de son opposant, qui était comme tous ses autres membres: protégé par une armure. L'effet fut minime; on ne pouvait apercevoir qu'une simple et petite égratignure.

— Tu frappes pas si fort non plus, on dirait, ricana le membre du trio
— Quoi?! s'écria le demi-orque en montrant ses grosses dents jaunes et noires.
— Mojo! Attaque! cria Desmothe en sortant son singe de son manteau. Mais l'animal se contenta de faire un signe de non avec sa main, et il retourna se cacher dans le gros manteau du sorcier.

Alors que le géant et Voknul continuaient de se donner des coups sans effets, Klatou commençait à avoir de la difficulté en recevant de plus en plus de coups de rapières ici et là de la part du dénommé Niff, qui attaquait rapidement tout en évitant les attaques de Skelèton et la faux de Desmothe.

Klatou essayait tant bien que mal d'éviter, mais il recevait la rapière dans les bras et dans le corps le trois quarts des attaques.

— Un coup dans le cerveau et tu vas arrêter de gigoter... fit le petit membre du trio.

Et juste au moment où il se donnait un élan, Skelèton réussi à lui donner un bon coup de poing en plein visage. Niff laissa tomber sa rapière, étant extrêmement étourdi et ayant de la difficulté à tenir debout. Klatou avait vu cela plusieurs fois auparavant de la part de son ami Nexicain. Ce dernier avait une sorte de technique spéciale pour assommer à moitié son opposant si son coup de poing touchait la cible. Le clerc ne savait pas trop comment, mais Skelèton réussissait parfois à se donner un certain élan ou à frapper d'une certaine façon pour étourdir son adversaire, le rendant vulnérable pour une certaine période.

C'était un coup de chance: le petit individu ne pourra plus éviter s'il ne voit pas les coups arriver. Klatou en profita donc pour l'attaquer avec son grand pique, ce qui fonctionna. Son arme le perça et transperça tout son corps pour apparaître de l'autre côté. Desmothe en profita donc pour l'attaquer à son tour avec sa faux, en visant ses yeux. Plus de doute maintenant, Niff n'était plus en vie.

Bien que Klatou avait entendu Mantor marmonner pendant tout le combat, il ne discerna qu'un mot à ce moment précis : "Impossible".

Le dernier combat pour abattre le troisième membre du trio ne fut pas si compliqué, quoiqu'un peu long. Car il n'y avait aucun moyen d'enlever ses armures. À chaque fois qu'ils essayaient, le grand homme les repoussait.

Le bon point pour Klatou et les autres était le fait que l'individu aux armures ne frappait pas si fort; du moins, beaucoup moins que celui qui avait une tête de loup.

La dernière bataille dura près d'une heure. À force de frapper avec toute son énergie, Voknul avait réussi à briser une partie de l'armure de son opposant en haut à droite de son corps. Le groupe s'empressa de viser cet endroit par la suite, et l'ennemi finit par tomber.

Trouvant les armures assez classe, Klatou tenta de les mettre aussi tôt le combat terminé, mais la taille était beaucoup trop grande pour lui, à sa grande déception.

Au grand étonnement du vieux mage, qui encore une fois n'avait rien fait dans le combat, les quatre vainqueurs du tournoi avaient battu relativement facilement le trio.

Il restait seulement un souci: il ne semblait pas du tout avoir de porte ou de couloir menant à une nouvelle pièce, ce qui voulait probablement dire que le groupe avait visité toute la base des Loups noirs. Mais aucune trace de Razor depuis le début.

— Donc finalement, st'ai des merdes, ces gars-là! cria Voknul en riant.

— On dirait bien, ricana Klatou à son tour en voyant l'air méprisant de Mantor.

— Pas la peine de rire… fit Mantor. On n'a pas trouvé Razor, et on est au bout de leur base.

— Squi ça Razor? demanda le demi-orque, les sourcils froncés.

— Bon sang… soupira le vieux mage.

Klatou observa un peu la pièce. Le vieux mage avait raison, il n'y avait pas de porte ni rien. Et ils n'avaient probablement pas vu Razor en chemin, qui était sans doute bien différent des autres puisqu'il était le chef. Pourquoi fallait-il le trouver, déjà? Il était un peu perdu dans ses pensées, sans doute un peu trop influencé par son groupe. Mais il aimait bien traîner avec ses nouveaux compagnons: l'ennui était une chose qui n'existait plus avec eux.

Il regarda un peu aux alentours. Desmothe était en train de parler avec son singe, Keletor et Skelèton buvaient déjà le vin qu'il y avait sur la grande table, Mantor réfléchissait et Voknul était en train de se diriger il ne savait où.

— Hey Voknul, tu vas où comme ça? demanda le clerc.

— Le tapis de merde là! Me ferai pas avoir deux fois, je vais l'étrangler!

— Non pas le tapis! implora le sorcier. Bah, j'en ai déjà un, laisse faire…

— Étrangler le ta… Mais voyons, Voknul… marmonna Klatou en soupirant.

Mais c'est ce que le barbare fit avec toute sa rage: il étrangla vraiment le tapis.

Mais Klatou remarqua une chose qui alla rapidement donner de l'espoir à Mantor, qui était probablement le dernier ici qui se préoccupait encore de la mission. Il y avait, en dessous de ce tapis, une trappe.

— Eh bien, le voilà, le chemin, pour voir le reste de la base! annonça Klatou.

La trappe une fois ouverte fit place à un escalier qui descendait vers un long couloir assez sombre.

— Ce serait bien qu'on retrouve le comique qui nous a volé notre or… fit Klatou. C'était bien un membre de ces stupides Loups noirs, non?

— Oui… répondit Mantor. Enfin, si c'était bien la personne que je pense, oui.

— Ah ben ça alors! cria Voknul, qui, en premier comme d'habitude, avait aperçu quelque chose.

— Quoi encore? marmonna le vieux mage.

— Encore de l'amusement! fit Voknul, de bonne humeur.

Le reste du groupe s'avança un peu pour voir ce que le barbare avait aperçu. Il y avait une petite prison. Dur de savoir pourquoi il y avait ça dans une base d'assassin.

À l'intérieur, il y avait le cadavre d'une vieille dame ainsi qu'un elfe, dans les cinq pieds cinq, assez maigrichon.

Il regarda les nouveaux visiteurs avec de grands yeux ouverts, surpris.

— C'est Mouriaki! Qu'est-ce que tu fais la, crétin! s'écria Skelèton en rigolant.

— Encore cet imbécile! cria Voknul.

Les barreaux semblaient bien solides, et la clé pour ouvrir la porte ne semblait pas être à proximité. De toute façon, personne dans le groupe n'avait vraiment envie de libérer ce prisonnier.

— Pitié, messieurs! Aidez-moi! fit la petite voix de l'elfe.

Il n'avait pas l'air trop traumatisé par l'apparence du barbare ou du sorcier; probable qu'il avait juste envie de sortir d'ici, et ça même si son sauveur était un vampire mutant.

Bien entendu, Skelèton et Voknul ne se posaient pas de questions sur le fait qu'ils reconnaissaient bien un individu qu'ils n'avaient jamais vu auparavant. Mais déjà, Mantor et Klatou s'interrogeaient.

— Drôle de sensation. Je le connais, mais je n'ai pas de souvenir de lui… Qu'est-ce que ça veut dire? demanda Klatou.

— Je ne sais pas… dit le vieux mage. Je ne comprends pas ce qu'il fait là. Il y a de la magie, là-dedans, c'est sûr… Probablement que les Loups noirs l'ont capturé pour l'étudier, mais eux qui haïssent la magie… Ça m'étonne qu'il soit encore vivant. Enfin, il n'y a rien à faire ici.

— Une seconde, je veux y jaser un peu à ce gars-là, moi, fit Voknul. Heille la merde! Tu veux sortir?

— Monsieurs, je… Oui, les Loups noirs m'ont capturé et…

— Ben tu sortiras jamais hahaha! l'interrompit le barbare en ricanant.

À nouveau on pouvait apercevoir un visage surpris de la part de l'elfe. Mais cette fois, il y avait de la peur également. Mantor se gratta le front en marmonna quelque chose comme ''Ça mènera à rien...'' Mais Voknul n'écoutait pas, tout comme Skelèton qui prit la parole.

— D'accord, Mouria-crétin! On te donne une chance! Pour sortir, il faudra faire quelque chose.

— Bien! Quoi? Qu'est-ce que je dois faire? répondit l'elfe sans attendre, assez enthousiasme.

— La femme là, le cadavre…

— Je… Oui? fit l'elfe en fixant le corps avec dégoût.

— Viole-la.

Pas de doute, Skelèton, qui était de nouveau saoul, aimait maintenant bien torturer mentalement les gens. Peut-être était-ce une forme de vengeance à cause des trois gros hommes qui le dérangeait sans cesse autrefois.

— Mais… Quoi?! s'exclama Mouriaki, tremblant.

— Viole le maudit cadavre, imbécile! continua Skelèton en montant grandement le ton de sa voix.

— Bonne idée, ça! dit Voknul. Vas-y, dépêche!

— C'est vraiment n'importe quoi… soupira Mantor.

— Je ne peux pas faire ça… bafouilla Mouriaki. Pitié, sortez-moi de là. En plus, on ne peut pas violer une personne morte…

— Bon, allez, on y laisse une chance, à ce pauvre elfe… dit Desmothe. Je vais te donner une vraie chance pour sortir, écoute bien…

Voknul, un peu frustré au début que l'elfe ne faisait pas ce qu'il voulait, décida d'attendre et de voir ce que son ami sorcier voulait faire, curieux. Skelèton fit de même, commençant à comprendre que Desmothe avait souvent des idées qui lui plaisait.

— Le cadavre, je… Je ne peux pas, monsieur! fit l'elfe en pleurant. Pitié, laissez-moi sortir, je ne vous dérangerai plus. Ou de la nourriture, au moins, pitié, j'ai si faim!

— De la nourriture, hein? marmonna Desmothe. Ça tombe bien.

Mais aussitôt que l'elfe parla de nourriture, Skelèton sortit ses chups pour en manger devant la prison.

Voknul fit de même avec de la viande qu'il avait trouvée dans la pièce où était le trio.

— Non, j'en veux! s'écria Mouriaki. J'en veux!

— T'es qu'une merde, Mouriaki! cria Voknul la bouche pleine. Jt'ai toujours hais!

— Fais ce que je te dis, et tu sortiras, murmura Desmothe.

— D'accord! répondit le prisonnier, avec un dernier petit espoir, car le sorcier était convaincant.

Desmothe le regarda directement dans les yeux, avec un drôle de regard, pendant une trentaine de secondes. Puis, il dit enfin ce qu'il voulait.

— Le cadavre… dit Desmothe.

— Le cadavre? répondit l'elfe. Quoi encore, le cadavre?

— Mange lui les yeux!

Cette fois-ci, l'elfe ne répondit pas un mot, mais encore une fois il avait le regard apeuré et surpris à la fois. D'ailleurs, ce regard en faisait rire beaucoup en ce moment.

— Ben quoi! s'exclama le sorcier. J'essaye d'être gentil, moi.

— Je… Vous êtes monstrueux! Laissez-moi sortir, par tous les dieux! cria Mouriaki.

— On t'a demandé de manger des yeux alors tu vas le faire!! cria Voknul, qui aurait pu réveiller une ville entière.

Heureusement que Mantor avait sûrement eu le temps de jeter son sort de silence. Enfin, c'était ce que Klatou espérait.

Le prisonnier, désespéré, commença donc à se diriger vers le cadavre. L'elfe était vraiment maigre; sans doute qu'il n'avait pas mangé depuis un bon moment. Mais Voknul mangeait toujours ses morceaux de viande, tout en lui criant de se dépêcher.

— Je… J'ai besoin de… murmura l'elfe qui semblait avoir de la difficulté à parler tellement il tremblait. Quelque chose, pour les yeux…

— Ben voyon! Heille le faible! cria Voknul de nouveau.

— Tiens! fit le Nexicain, en lui lançant une arme à travers les barreaux. Prends ce couteau pour lui prendre ses petits yeux!

Mouriaki, effrayé et perturbé, commença donc à se mettre à l'action. Plus motivé que jamais pour enfin sortir d'ici, il découpa chacun des yeux avec énorme dégoût. Il avait tellement mal au cœur qu'il avait envie de vomir, mais il faisait tout pour ne pas à en arriver là, ne voulant pas perdre encore plus d'énergie.

Sous le regard surpris de Skelèton, et dégoûté de Mantor, l'elfe mangea les deux yeux d'un seul trait, voulant sans doute ne pas faire durer cette horreur trop longtemps.

Mais l'odeur et le goût étaient si affreux que malgré lui, Mouriaki vomit les globes oculaires presque immédiatement.

— Pouah… Je vais mourir… fit l'elfe, écroulé au sol.

— On t'a dit de manger, ingrat! Pas de le vomir! grogna Voknul, frustré.

— C'est vrai. Le marché ne tient plus! ricana le sorcier.

— Remange-les!! cria Skelèton.

— On pourrait peut-être y aller? dit Mantor, en soupirant.

— Oui… marmonna Klatou. Ça commence à être ennuyeux, ici.

Tout le groupe se mit d'accord pour continuer ce nouveau couloir. Après avoir insulté un peu plus Mouriaki, Skelèton et Voknul trouvèrent également qu'il était temps d'y aller. Tout le groupe laissa le pauvre prisonnier croupir dans sa prison. À l'étonnement du clerc, Mantor n'avait rien fait du tout. Peut-être pensait-il que c'était une sorte de piège des Loups noirs? Quoique ce piège-là, qui consisterait à mettre un faux prisonnier, serait bien étrange…

Peut-être que le mage s'en moquait, tout simplement, et qu'il trouvait qu'il était temps de finir cette mission une fois pour toutes.

Voilà un bon moment déjà que le groupe se promenait dans cette fameuse base. La fin était probablement proche.

Keletor semblait vraiment en avoir assez de l'endroit; on aurait dit qu'il s'ennuyait vraiment. Sans doute qu'il n'y avait pas assez de défi pour lui, ici.

Toujours en longeant le corridor, le groupe ne vit qu'une porte sur le côté droit, qui menait à une petite pièce avec trois lits. Probablement la chambre du trio. Sinon, il y avait un peu plus de cent pièces d'or que Voknul s'empressa de prendre.

Puis, tout en marchant, le groupe entendit peu à peu une drôle de musique qui venait d'en avant. Il y avait au moins un tambour, une guitare et une basse. La musique semblait vraiment désordonnée; c'était bien dur de retrouver un rythme stable là-dedans.

— Vraiment affreux comme musique… commenta Klatou.

Après que Voknul ait défoncé la porte, tout le monde put apercevoir une grande pièce ronde dans laquelle se tenaient plusieurs personnes. La pièce ne contenait aucun meuble ni objet, il n'y avait que quatre musiciens : deux guitaristes, un bassiste et un homme jouant du tam-tam. Tous semblaient des personnes normales; on aurait presque dit des villageois. Mais il y avait aussi cet étrange individu, qui réussissait à danser sur cette musique. Pas de doute possible, c'était bel et bien celui qui avait endormi tout le monde à la finale du tournoi. Il avait toujours son drôle de masque rond en bois blanc qui cachait pratiquement tout son visage, et il était toujours aussi maigre et grand. Il n'avait pas d'armures, juste des vêtements longs de tissus gris. Ses musiciens ne semblaient pas avoir d'armure ni d'armes également; d'ailleurs, même avec la venue des nouveaux arrivants, ils n'avaient pas arrêté de jouer.

Ils n'avaient été qu'un peu surpris au début.

Klatou se rappelait bien que cet homme avait mis tout le monde au sol en quelques secondes au tournoi, et il espérait bien que Mantor et Keletor se mêleraient au combat cette fois.

— Plix… Il existe donc, marmonna Mantor.

— Plix?! répéta Klatou sur un ton un peu énervé, car il trouvait la scène assez bizarre, malgré le fait qu'il commençait à être habitué avec Desmothe.

— Déjà en le voyant à la finale, il me disait quelque chose… Mais là, ces danses et tout, ça me revient. D'après ce qu'on dit, c'est un ancien rogue des Loups noirs, mais Desastros le chef du clan testait beaucoup de nouvelles potions sur lui. Étant alchimiste, il voulait voir les effets sur un humain, mais on disait qu'il en testait une centaine par jour sur lui. Les résultats sont donc cela…

Mantor observait les musiciens et le danseur. Le mage semblait perturbé, également. La scène était bien étrange, même s'il était en compagnie du sorcier au masque humain depuis plusieurs jours.

— Il parait qu'il aurait eu une sorte de tolérance à certains gaz à force de boire des potions de toute sorte, continua le vieux mage. Son organisme aurait changé. C'est pourquoi il est capable de traîner dans ses vêtements des drôles de tuyaux contenant des gaz dangereux. Je ne sais pas comment cela fonctionne. Ce fameux Plix est encore plus étrange que je l'imaginais.

— Plix? Pourquoi Plix? C'est un surnom, non? demanda Klatou.

— Aucune idée, mais je n'ai jamais vu de nom de la sorte. Quoiqu'il en soit, soyons prudents. C'est lui qui nous a bien eus pendant la finale.

— Prudent? Il ne nous remarque même pas... En fait, on pourrait passer directement à côté pour aller à la prochaine porte et...

Mais Klatou arrêta rapidement sa phrase en voyant que Voknul fonçait déjà sur l'individu en question. Klatou pensait à une vieille expression qui ressemblait à '' Attaquer, et ensuite penser''. Voknul semblait appliquer la première partie.

Mais Plix évita de peu le coup de hache du gros barbare, et tout en se reculant, il se mit à lui parler, sans cesser de danser.

— Très vide, mais quand même bien bruyant! Quelle lumière es-tu?
— De quoi?! cria Voknul en montrant les dents.

Les musiciens jouaient toujours. Mais allaient-ils continuer longtemps? Car Skelèton se dirigeait déjà vers eux, l'air fâché.

Klatou n'avait pas bien regardé, mais il avait cru voir que Skelèton voulait essayer de suivre le rythme de la musique avec sa guitare, sans succès. C'était normal, puisque Skelèton ne faisait que jouer la seule musique qu'il connaissait.

Soudain, Klatou eut une espèce de flash.

Une idée folle. Pourquoi ne pas charger, pour une fois? Voknul le faisait tout le temps, ça pourrait bien être le tour de Klatou: de tuer ce grand maigre avec son arme! De toute façon, ce Plix n'était pas armé, et les musiciens ne faisaient rien d'autre que jouer de la musique. Y avait-il vraiment du danger? Ils avaient bien survécu jusqu'ici. Allez, c'est le moment de foncer, et au pire, si quelque chose se passe mal, suffira de reculer et de laisser Voknul tuer tout le monde, comme d'habitude.

Le clerc se donna donc un élan, puis fonça vers son ennemi, pique en main. Voilà, il était déjà près du grand maigre. Un coup dans la tête, et puis voilà! Voyons voir ce que le barbare ressentait en fonçant tout le temps!

Il frappa, en espérant toucher sa cible. Et juste avant qu'il donne le coup, Plix dit quelque chose que Klatou avait déjà entendu auparavant.

— D'où ça sort?

Klatou rata son attaque, de peu. Plix l'évita en faisant un mouvement à droite, puis en attrapant son pique.

— De cette lumière-là, évidemment! continua le grand homme.

Impossible à éviter. Le gaz d'une couleur rose et jaune sortit de sa manche droite pour entrer dans l'organisme du clerc. Tout devenait flou, et il tomba, évanoui.

*

Ce ne fut pas bien long avant qu'il se relève. Enfin, d'après ce qu'il pensait. Ce gaz commençait vraiment à l'énerver. Tout devenait déjà plus clair. Plix était toujours là, à le regarder bêtement. Toujours devant lui.

Non, ça n'allait pas si bien. Klatou se sentait un peu bizarre, comme une drôle d'impression. Il était encore un peu étourdi. Mais il décida de se reculer: pas la peine de recevoir encore de ce satané gaz en plein visage. Que Voknul fasse le travail!

Une chose était étrange: les musiciens n'étaient plus là. Et pourtant, il y avait encore de la musique dans l'air... Mais elle était bien meilleure que tout à l'heure. Il y avait un rythme; et il était bien joyeux, presque amusant. Klatou entendait aussi un bruit de trompette; il n'avait pourtant pas remarqué cet instrument tout à l'heure.

— Voknul! Tue-le donc, qu'on en finisse! cria Klatou au barbare, qui était juste derrière lui. Quant à Skelèton, il fixait le mur, dos au clerc. Ce dernier n'avait aucune idée de ce qu'il était en train de faire.

Le barbare n'avait toujours pas attaqué, ce qui était plus qu'étrange. Pourquoi ne bougeait-il pas?

— Alors?! Attaque, bon sang! s'exclama Klatou.
— Tu vois pas que j'ai un truc sur la tête?! s'écria le barbare.

Sur la tête? Klatou se doutait bien qu'il n'avait peut-être pas grand-chose à l'intérieur, mais dessus, il n'avait rien du tout. D'ailleurs, Klatou était le seul membre du groupe qui possédait un chapeau. Quoiqu'il y avait Desmothe avec sa tête de hyène...

— De quoi tu parles? demanda Klatou.

Le clerc remarqua que Voknul semblait se débattre avec quelque chose, comme si un objet essayait d'attaquer son visage. Avait-il bu à ce point? Ou est-ce que Plix l'avait aspergé de son gaz, également? Peut-être qu'un des gaz avait des effets hallucinogènes.

Klatou décida donc de se tourner vers le sorcier. Suffisait de congeler l'ennemi pour ensuite l'attaquer; il sera trop lent pour leur jeter ses gaz. Pas la peine de se fier à Mantor ni à Keletor; d'ailleurs Klatou ne les voyait même plus.

Mais en se tournant vers Desmothe, le clerc viy qu'il était en train de parler à ses bras.

— En effet mes chers confrères, je concède qu'il y a de bien nombreux problèmes au niveau de l'agriculture…

— Desmothe? Lâche tes bras, il y a un ennemi ici, ho? tonna Klatou. Bon, ce Plix reste planté là à ne rien faire, mais quand même!

— Quant au niveau des chevaliers patatiers, mes amis, voici une bonne nouvelle : l'archer des montagnes viendra pour sauver… La pluie.

— Arrête de dire des bêtises, imbécile!

— Pardon, ma chère? dit le sorcier en se tournant vers le bras de la vielle prostituée. La crise des lapins intellectualisés? Tout à fait d'accord avec vous, le fromage est de mise.

Klatou trouvait vraiment le sorcier bizarre. Enfin, plus que d'habitude. Même en le secouant, il ne cessait de radoter des choses absurdes.

La situation était tout de même presque drôle: l'air sérieux de Desmothe qui discutait avec ses bras, et tout. Mais bon, un jour, il faudra bien un jour combattre cet ennemi qui bloquait la prochaine porte. Un dernier espoir: son meilleur ami Skelèton. C'était d'ailleurs vers lui qu'il aurait dû se tourner depuis le départ. Il ne savait pas trop ce qu'il fichait face au mur, mais il allait lui demander de l'aide.

Klatou mit donc sa main sur l'épaule du Nexicain, lui expliquant qu'il avait besoin d'un petit coup de main. Ce dernier était en train de se retourner, enfin. Le clerc se demandait bien ce que Skelèton faisait devant le mur.   Mais en se retrouvant en face, c'est là que Klatou comprit que plus rien n'était normal ici. Et ce n'était pas juste à cause de cet étrange éclairage rouge qui venait d'apparaître.

C'était la tête de Skelèton. Elle n'était plus là. De dos, il y a un instant, elle semblait là, mais elle venait de se transformer. À sa place, il y avait un gros chapeau brun, avec des yeux noirs, ainsi qu'une grande bouche qui souriait. La tête de son ami s'était transformée en chapeau. En chapeau?

— En chapeau? Mais qu'est-ce que… marmonna Klatou, qui avait de la difficulté en parler. C'était une étrange sensation. C'était drôle.

— Moi, Morrenus, roi des chapeau, je vous nomme chevalier! annonça Skelèton, avec la voix de Xemock.

— Mais… Hahaha! Qu'est-ce qui se passe ici, bon sang?!

— Les chapeaux vous suivront, seigneur, devant la terrible menace des casques métalliques…

Puis, Skelèton à tête de chapeau s'agenouilla devant le clerc.

La bouche du chapeau disait maintenant juste : ''Bla bleuh bla bleuh bla bleuh'', et ses yeux étaient grand ouverts, fixant Klatou.

Il fallait partir d'ici. Partir de cette folie. Car même si Klatou était habitué à être avec son groupe de fou, il n'avait plus le contrôle sur rien. Était-il devenu complètement fou à son tour?

Il s'enfuit, retournant derrière ses pas en prenant la porte de derrière. La porte défoncée, qui s'était réparée toute seule?

Avant de s'en aller, il fixa encore Plix, qui le regardait, la tête penchée sur le côté. Il regarda encore Voknul également. Il voyait maintenant un énorme chapeau brun qui retombait sans cesse sur sa tête, la recouvrant entièrement. Voknul continuait toujours et encore de le remonter pour qu'il puisse voir, puis le chapeau retombait. Voknul semblait plus que frustré.

C'était trop drôle, Klatou se contenait pour ne pas éclater de rire. Rien de plus facile pour vaincre un barbare, il suffisait d'avoir un chapeau... Mais non, ce n'était pas du tout le moment de rigoler! La situation était bien loin d'être normale.

Il quitta ensuite la pièce en referma la porte derrière lui. Voilà, maintenant l'éclairage était jaune. Est-ce que ça allait se terminer un jour? Et cette musique joyeuse, qui était maintenant beaucoup plus forte...

Klatou se tenait maintenant dans une pièce géante, complètement vide. À sa gauche, un cochon. D'ailleurs, il lui parlait. Avec la voix de Mantor.

— Abruti! Je t'avais dit de ne pas faire ça! C'est moi qui ai raison! Moi! Moi! Moi!

— Je… Mantor? susurra le clerc. Mant… Hahahaha!

Puis, venu de nulle part, un énorme chapeau avec une gueule de monstre aux dents géantes et pointues fonça sur le cochon, qui, pris de peur, commença à se sauver pour sa vie.

Cette fois, c'était trop drôle. Le clerc se sentait étourdi. Il avait sûrement été drogué. Il tombait, maintenant, dans le vide, avec des millions de chapeaux de toutes sortes qui tombaient avec lui.

Le clerc était bien un fanatique de chapeau, mais là, c'était un peu exagéré à son goût.

— C'est un peu exagéré hahaha! Des chapeaux, il y en a partout, chou chou! Hahaha!

En haut, une image géante apparut, entourée de nuage. Eh oui, c'était Keletor, en version de titan, qui était assis à une table. Il jouait avec des chapeaux géants aux cartes. Il y avait de la fumée partout.

— Aux cartes, les chapeaux?! Hahaha! cria le clerc, qui ne se contenait plus du tout.

— Salaud de Zirus! Tu m'as bien eu! lança le Keletor géant.

Car il y avait un chapeau avec une petite barbe et qui fumait la pipe.

*

— Eh bien, content que tu sois de bonne humeur, hein?! grogna Voknul devant son guérisseur, qui était a ses pieds, en train de rire comme un fou.

Skelèton avait maintenant fini d'assommer tous les musiciens, et il se demandait bien de quoi son ami riait. D'ailleurs, il riait beaucoup; ce n'était peut-être pas normal…

— Des chapeaux partout?! Qui va gagner la partie de cartes?! cria Klatou tout en riant tellement qu'il en pleurait.
— Mais de quoi il rit, celui-là? demanda Desmothe, un peu curieux.

Comme dans l'hallucination de Klatou, Plix était bien là dans la réalité, bloquant la porte, en continuant à danser, même s'il n'y avait plus de musique du tout.
— Commence à m'énerver, ce minable-là… marmonna Voknul en prenant sa hache.

Le barbare s'élança vers le grand homme en prenant un bon élan avec son arme. Son cri de rage monstrueux était loin de faire peur à son ennemi, ce qui était rare. Il avait raté son intimidation, et aussi son coup.

— T'es trop maigre! cria le barbare. Je vais te couper en deux, sale maigre!
— Oups derrière lui, fit Plix, calme.
— Derrière quoi?! cria Voknul, naïf, en se retournant.

En revenant sur son adversaire, la première chose qu'il vit fut un gaz de couleur verte. Puis, le barbare s'endormit, juste devant le grand individu. Un homme sans armes ni armures avait fait tomber Voknul d'un coup.

— Ben là, ce n'est pas le moment de dormir! ricana Desmothe devant le barbare.

Car c'était bien le problème d'un groupe qui n'avait peur d'aucun ennemi : l'insouciance. Même si la moitié du groupe était déjà hors-jeu, Skelèton et le sorcier ne semblaient pas vraiment paniquer.

Quant à Mantor, il restait derrière en compagnie de Keletor, curieux de voir la suite, en espérant en même temps que ce Plix fasse le travail qu'aurait dû faire le trio. Le chef de Tardor buvait quelques bières en regardant la scène.

Klatou était en train de rouler par terre jusqu'au côté droit de la pièce, près du mur, en riant toujours et encore comme un fou. Skelèton alla le voir, tout comme le sorcier.

— Klatou, de quoi ris-tu? demanda Skelèton, perdu.
— Je me le demande aussi… marmonna Desmothe. Enfin, combattons un peu ce grand-là.

Desmothe se retourna vers la porte que gardait Plix, mais ce dernier n'était plus au même endroit.

— Là… murmura Mantor, en pointant la droite du sorcier.

Mais Desmothe ne put réagir à temps; Plix était déjà juste à côté, en train d'asperger ses nouvelles victimes avec ses gaz bleus.

Tout était maintenant étrange dans la tête de Skelèton et Desmothe. C'était comme s'ils n'arrivaient plus à se concentrer.

Leur cerveau était obligé de se concentrer sur une seule chose, la danse.

Et c'est ce qu'ils firent, bien malgré eux. Et Plix fit de même juste à leur côté.

— Mais voyons je… marmonna Desmothe qui dansait sur un rythme imaginaire.

Il n'arrivait plus à se concentrer pour seulement parler de façon compréhensible.

La scène était plutôt étrange. D'un côté, un demi-orque géant qui dormait comme un bébé. De l'autre, trois hommes qui dansaient sur aucune musique et un autre qui rigolait sur le sol.

Ce n'était plus du tout le groupe qui avait le contrôle comme il l'avait eu la majorité du temps.

— Hey je veux pas danser… Hey! Je veux pas danser! Je veux pas danser!! Ahhh!! cria Skelèton qui était dans la plus grande rage.

Klatou, qui s'était calmé un peu, regarda maintenant Skelèton qui criait toute sorte d'insultes et qui semblait dans la plus grande des colères. Voir quelqu'un dans cet état qui dansait était tellement drôle pour lui qu'il éclata de rire à nouveau.

Il y avait quand même quelque chose de particulièrement étrange dans ce combat, si on pouvait encore appeler cet événement "combat" : Plix avait maintenant tous ses adversaires à sa merci, et pourtant, il n'attaquait pas. Il restait immobile, à les regarder danser, rire et dormir. Parfois, il dansait un peu à son tour.

Après plusieurs minutes, les idées du clerc devinrent plus claires. À présent, il ne riait plus du tout. Tant mieux, car un peu plus et ses poumons allaient exploser.

À présent, il n'était plus très sûr de la façon de s'en sortir. Doubler la taille du demi-orque était inutile; il ronflerait que plus fort. Personne n'était vraiment blessé, donc les sorts de guérisons étaient sans importance. Attaquer avec son arme allait probablement donner le même résultat que tout à l'heure. Il avait appris récemment un sort qui blesse, utilisant l'énergie inverse de la guérison, mais cette magie n'était pas sûre contre un tel ennemi.

Une chose était certaine: cela ne servait à rien de rester sur le sol. Klatou se leva donc, en se tenant à l'écart de son ennemi sans le quitter des yeux.

La pièce étant grande, c'était facile de s'éloigner de Plix. Mais de toute façon, ce dernier ne semblait même pas avoir envie de bouger un orteil. En attendant que Voknul se réveille - et il espérait bien qu'il le fasse - le clerc prit dans son sac une arbalète, trouvée sur il ne savait plus qu'elle personne tuée par le barbare.

Klatou était loin d'être un expert en tir de flèche, mais il connaissait les bases, et il commençait déjà à tirer. De toute façon, viser un ennemi immobile était loin d'être impossible.

La première flèche rata complètement sa cible, mais la deuxième atteignit l'épaule gauche de Plix, qui n'eut pas vraiment de réaction. Il ne regarda que la blessure ainsi que la flèche enfoncée un court moment. Une troisième flèche lui perça le milieu du ventre.

Cette fois, le grand homme poussa un très léger gémissement de douleur, et on voyait qu'il était un peu plus sur ses gardes.

Il évita les deux flèches suivantes en bougeant d'un côté à l'autre, et il s'approcha peu à peu de Klatou, voulant sans doute l'envoyer une deuxième fois dans cet enfer amusant.

Le clerc se recula un peu, voulant être loin de son ennemi pour continuer à tirer prudemment. Mais il fut rapidement surpris : Plix, qui depuis le début bougeait très lentement, s'était mis à faire un déplacement vraiment rapide en avant pour attraper le bras de Klatou avec une poigne impressionnante malgré sa maigreur.

Voilà, Klatou était fait. Il allait retomber sous l'effet du gaz sous peu.

— Bon, ben monde de chapeaux, me revoilà… marmonna-t-il.

Ce n'était pas si mal, quand on y pense. Rire fait toujours du bien. Mais dans ce cas-là, il riait tellement qu'il en avait mal à la gorge et qu'il avait de la difficulté à respirer. À moins qu'il allait l'endormir... ou le forcer à danser. C'était vraiment l'ennemi le plus bizarre qu'il ait vu. Il ne semblait même pas vouloir les tuer ou même les blesser; juste s'amuser.

Voilà, Plix tendait son bras libre dans la direction de Klatou. Impossible de bouger, sa force était redoutable. Il tenait le bras de Klatou et le maintenait collé au mur, de telle sorte que le clerc, le bras libre coincé au mur, n'arrivait pas à utiliser ses armes.

Mais quelqu'un qui surprenait souvent étonna Klatou de nouveau. Voknul arriva par-derrière et fit ce qu'il faisait le mieux : il planta sa grosse hache dans le dos de Plix, et elle rentra si profondément qu'elle put être vue de l'autre côté du corps par le clerc. L'individu tomba au sol.

Peu à peu, les effets des gaz sur Desmothe et Skelèton cessèrent. Klatou avait bien remarqué que les effets étaient assez courts, ce qui était une grosse faiblesse de l'ennemi. Cependant, le groupe avait eu de la chance, Plix aurait pu s'amuser avec eux toute la soirée sans l'attaque-surprise du barbare. Ce n'est pas Mantor et Keletor qui les auraient aidés... D'ailleurs, Mantor les regardait encore, furieux, et Keletor buvait toujours sa boisson favorite.

Chapitre 14: Razor

Skelèton buvait encore un petit coup avec Voknul et Keletor, pour rapidement oublier la danse obligatoire. Même Desmothe en avait pris un petit peu.

Klatou observait bien Mantor, et il était un peu surpris. Il ne l'avait jamais vu aussi en colère et pourtant il l'avait souvent vu dans cet état. Qu'est-ce qui n'allait pas encore? Ils avaient combattu et vaincu leurs ennemis, le trio, Mephus, Plix. Ils avaient gagné, et sans l'aide du vieux mage. Ils n'étaient pas aussi stupides et inutiles que Mantor le pensait, il devait être content d'avoir de bons alliers, pas le contraire. Enfin, qui pouvait le comprendre, celui-là?

Seule la personne concernée savait ce qui n'allait pas. Il en avait assez de ces fous. Assez de ces êtres perturbés mentalement qui étaient un danger public et qui pourtant… pourtant… allaient devenir des héros. Les héros qui ont tué le grand Razor, le fléau, le maître des assassins, qui depuis toujours sèment la terreur sur l'île entière.

Et comme si ce n'était pas assez… S'ils ouvraient leur sale bouche… Ils allaient tous dire que Mantor et Keletor n'avaient rien fait du tout pour les aider dans leur lourde tâche. Ce n'était pas bon du tout pour le vieux mage. Pas bon du tout pour sa réputation.

Comment régler la situation? Mantor y pensait sans cesse en continuant de longer le nouveau couloir pendant qu'il ignorait ce que Klatou était en train de lui dire, juste à côté.

Les tuer, peut-être. Et prendre tout le mérite! Enfin, Keletor serait sans doute trop dur à tuer, mais de toute façon, saoul comme il est, il ne se rappellera de rien. Et puis, ce sont comme des monstres; qu'y a-t-il de mal à tuer de tels êtres?

Non, ce serait dépasser la limite... Il fallait trouver une autre solution. Il va falloir qu'il s'occupe de Razor lui-même, seul. Les autres attendront derrière, et ils regarderont le futur héros d'Overa qu'il est! Il faudra aussi trouver toutes ces potions d'invisibilités que les Loups noirs devaient garder quelque part. Ce serait stupide de les gaspiller.

— Eh bien! Vous m'écoutez?! s'écria le clerc.
— Oui oui... répondit Mantor en soupirant.

Tout le groupe arriva devant une très grande porte, sur laquelle étaient enfoncés de nombreux gros piques en bois. Une feuille contenant un message était accrochée au mur à la droite.

— Quelle beauté... fit Voknul en bavant de la porte.
— Déranger pour rien, mort assurée... dit Desmothe en lisant le message. Et si on est un zombie, on est déjà mort, donc on peut le déranger?Ou...

— On s'en moque! lança Klatou. Allons-y, ça ne peut être que le chef de la place, ça, non?
— Et les fantômes? Hmm? Les fantômes, là-dedans? Ils n'ont pas le droit de déranger personne?
— Moi en premier! s'écria Mantor, qui s'avançait déjà.

Mais Voknul lui bloqua le passage. Pourquoi? Pas parce qu'il voulait être absolument le premier, non... Pas cette fois. Pas non plus parce qu'il était de très bonne humeur, même s'il avait bu beaucoup de bières il y a quelques minutes, et Keletor l'avait aussi invité à boire de la ''super bière'' au village de Phillemus, après la mission.

Il bloquait Mantor parce que le vieux mage allait faire quelque chose d'affreux : ouvrir une porte.

— Faut la défoncer, la porte! Laissez-moi-la briser et l'aimer, ensuite tu peux ben passer si tu veux, le vieux! grogna Voknul.
— Quoi?! tonna Mantor. Bon, d'accord, brise-la, ta maudite porte!

Le barbare dû foncer quatre fois sur la porte - qui était très solide - pour la défoncer complètement. Le vieux mage avança le premier.

Derrière la porte, deux escaliers sur chaque côté montaient vers une deuxième porte, beaucoup plus petite. Entre les deux escaliers, il y avait un gros trou qui contenait de la lave.

— C'est quoi ce liquide brûlant! demanda Desmothe.

Klatou allait répondre, mais Mantor l'interrompit, en criant.

— Ahhh ne vous inquiétez pas, je m'en occupe! Moi, le héros!! s'écria le vieux mage en ouvrant la seconde porte.

Devant lui se trouvait bel et bien le roi des Loups noirs. Enfin, c'était très probable. L'individu, camouflé vaguement par la noirceur, était assis sur ce qui ressemblait à un trône.

La pièce était petite, mais elle semblait vide, hormis cette drôle de corde en haut qui était accrochée on ne savait où.

— Je suis Mantor et je viens pour te détruire!
— Enchanté… fit la voix calme de l'individu.

C'est à ce moment-là que Mantor aperçut enfin ce qui pourtant était dur à manquer: l'épée géante de chef des Loups noirs.

Elle ressemblait à une grosse aile noire d'un dragon. Elle semblait presque aussi grande que l'homme qui la portait. Elle devait être bien légère, car l'homme la tenait en l'air sans mal.

Il frappa et coupa la corde avec son arme, et aussitôt, un énorme rocher venu du plafond tomba en plein sur le pauvre vieil homme qui le fit projeter en arrière.

Le gros rocher ainsi que Mantor tombèrent dans la lave, et il brûlait, rapidement. C'était la fin.

— La fin? Impossible… marmonna Mantor, en ayant une difficulté extrême à parler tellement il souffrait. Un héros… Je…

Il s'enfonçait lentement dans la lave, et les derniers sons qu'il entendit étaient le rire de Razor, mais aussi ceux de ses équipiers qui le regardaient.

— Ah non! Je voulais ses équipements! cria Desmothe.

— Bon! Ohhh… Oh là là… dit Klatou en ricanant. Quelle perte!

— Heille ce gars-là voulait "ouvrir" une porte! cria Voknul. On s'entend qu'il méritait de mourir.

— Yééééé vieux yé vieux yé vieux! répéta Skelèton encore et encore, toujours complètement saoul.

Le roi des Loups noirs alluma une torche pour mieux voir ceux qui étaient devant lui. Le groupe pouvait par la même occasion voir à quoi ressemblait donc ce Razor.

Toujours assis dans son gros trône rouge, il était assez grand; dans les six pieds. Cheveux bruns longs, il devait être dans le début trentaine. Il avait les yeux verts comme des émeraudes, et une armure mi-métal, mi-cuir, qu'on pouvait apercevoir caché derrière son grand manteau noir ouvert.

Ses épaulettes en métal sur lesquelles étaient enfoncés de grands piques étaient assez impressionnantes, mais ce qui attira le plus de regards était son épée géante.

— Je m'attendais pas à avoir des visiteurs… dit Razor. Vous vous êtes rendu jusqu'ici, donc, vous êtes sûrement un peu forts.

Il avait un drôle de regard, ce Razor, trouvait Klatou. C'était comme s'il en avait marre.

— Voyons voir qui va survivre à cette attaque… continua le chef des Loups noirs.

— Pas le droit de parler! Je vais te tuer! cria Voknul en fonçant vers lui.

Mais le barbare n'eut pas le temps de se rendre devant son ennemi. Razor, en exécutant des mouvements presque incroyable tellement ils étaient rapides, lança des dagues coupantes un peu partout devant lui en les sortant de son manteau.

Il en avait bien lancé trente en cinq secondes. Mais heureusement pour eux, le groupe n'était pas touché mortellement. Seul Desmothe fut touché assez sévèrement, et, comme à son habitude, il s'écroula sur le sol. Le pauvre ne pouvait porter d'armure de métal, sinon ses pouvoirs magiques étaient grandement diminués. Le métal était trop lourd à porter pour lui, et se concentrer de façon extrême juste pour jeter un sort minime... C'était ce qui expliquait le fait que le sorcier tombait souvent le premier.

Klatou avait été atteint plusieurs fois, mais la plupart des dagues avaient touché son armure et avaient virevolté en avant. Skeleton avait habilement tout éviter les dagues, en ayant de bons réflexes compte tenu du fait qu'il avait bu. Quant à Voknul, il en avait reçu une dans la tête, mais il ne semblait pas avoir remarqué, ce qui était un étrange phénomène.

— Intéressant... marmonna le chef. Celui-là a des bras de cadavre sur lui. Je n'avais même pas remarqué, je pense que j'ai raté ses vrais membres...

— Tu vas mourir!! grogna le barbare en ayant cette fois le temps de frapper. Il prit son élan et frappa de toutes ses forces.

Mais il frappa dans le vide. En effet, Razor n'était plus là. Il s'était sans doute mis invisible; Mantor en avait parlé, de ses pouvoirs de disparaître quand il le voulait.

Mais Voknul l'avait sans doute tout de même atteint, car on pouvait voir du sang sur le sol là où était Razor.

C'est le clerc qui fut touché sévèrement en plein dans le dos par l'épée noire géante.

Devant sa victime, le chef des rogues discutait maintenant comme si de rien n'était.

— Il fallait que vous ayez un guérisseur pour vous rendre jusqu'ici… dit Razor, de nouveau visible, car il avait fait une action agressive. L'homme aux bras doit être un mage ou un sorcier, le demi-orque un barbare et le maigre je ne sais pas…

Le roi des assassins regardait Klatou tomber au sol, inconscient, et même s'il savait que le clerc ne pouvait plus répondre, en montrant un léger sourire, il demanda :

— Ai-je vu juste?
— Tu vas payer pour ça, sale merde! cria Skelèton en fonçant dessus.

Razor regarda Skelèton en lui faisant un sourire arrogant, puis il redevint invisible.

— T'es qu'un peureux de merde! T'as entendu?! cria le Nexicain.

Voknul, lui, semblait un peu perdu puisqu'il se battait contre un ennemi qui apparaissait partout.

— De trois, dit Razor d'un coup sec, derrière Skelèton.

Mais à la grande surprise du chef des Loups noirs, le moine évita de justesse l'attaque verticale en se penchant rapidement vers le bas. Razor semblait toutefois plus frustré que surpris.

Deux membres du groupe étaient au sol, inconscients. Mais il y avait un point avantageux: Razor était blessé au bras gauche. Malheureusement, venu de nulle part, un rogue blanc guérisseur apparut et commençait déjà à soigner le chef.

Voknul, qui était souvent un élément très important voir vital du groupe, repris sa place de fonceur en prenant son élan de nouveau vers Razor, tout en criant férocement. Mais Razor para la hache du barbare avec son épée. Skelèton arriva rapidement, tenant son nunchaku, tout en préparant également son élan en visant le chef des assassins. Ce dernier levant son bras libre et blessé, tentant d'attraper le nunchaku.

Mais Skelèton laissa tomber son arme pour frapper avec son poing le guérisseur. C'était une feinte! Le rogue blanc n'avait pas du tout terminé de tout guérir, il avait des pouvoirs de guérisons beaucoup plus faibles que ceux du clerc.

— Bien joué... marmonna Razor. Et maintenant?

Le roi des rogues devint de nouveau invisible.

— Je peux tuer d'un seul coup si je touche ma cible, et croyez-moi, je ne raterai plus, continua Razor.

Voknul n'était pas nerveux le moins du monde, mais Skelèton, tout de même beaucoup moins résistant que le barbare, l'était un peu.

— Hormis l'homme au chapeau, je ne l'ai pas frappé mortellement, voulant faire durer le plaisir. Et il y a aussi le petit sorcier, je pourrais les finir? Qui en premier? Avez-vous peur de la mort?!

— Allez y mes chups! s'écria Skelèton en lançant tous ses petits morceaux de pain un peu partout.

Puis rapidement, on entendit un crac, près de Klatou.

— Là! cria Skelèton en pointant une direction à Voknul, qui avait toujours une dague dans la tête. Cela ne prit pas longtemps au barbare pour comprendre qu'il fallait attaquer.

Il frappa près du clerc, et soudain, une tête tomba au sol, celle de Razor. Il était maintenant défait. La mission était enfin terminée!

— Bon, on peut y aller, maintenant? demanda Keletor.
— Boire de la bière!! cria Voknul.
— Ouais!! cria Keletor.
— De la bière, oui! fit Skelèton, qui aidait Klatou à se relever.

Le clerc se guérissait lui-même avant d'aller s'occuper du sorcier. Le groupe regarda s'il n'y avait pas un trésor dans les environs, mais la pièce était vraiment bien vide. Voknul prit quand même l'épée géante du cadavre avant de décider ''en tant que chef'', qu'il fallait s'en aller.

Le groupe commença donc à sortir de la base, pour aller vers Phillemus, car la nouvelle mission était d'aller inspecter l'auberge ainsi que vérifier le goût de chaque bière.

Et aucun d'entre eux ne se rappelait qu'il fallait rapporter la tête de Razor au roi de l'île Overa.

Fin (????)

<u>*Messages et morales à retenir de ce livre:*</u>

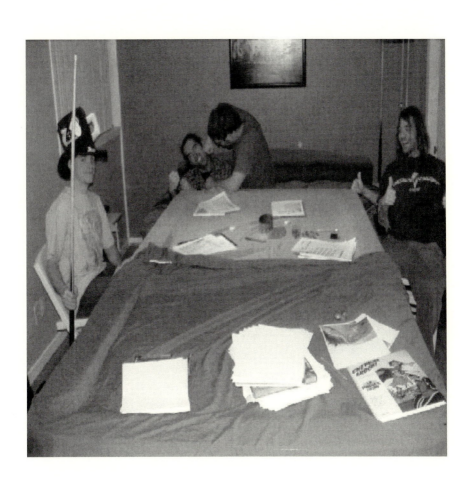

Alexandre Charbonneau

Enfermé cinq ans dans un asile parce qu'il avait de graves problèmes mentaux, Alexandre Charbonneau, né en 1986, écrit sa première nouvelle nommé ''Les patates au pouvoir'' à l'âge de 15 ans à l'aide de sang de cochon d'Inde. Espérant que les personnages de son livre deviennent réels, l'auteur fit un ''rituel'' qui consistait à sacrifier douze personnes avant de leur manger la tête. Aucune photo de lui n'a été trouvée sans le voir fumer une cigarette, ce qu'il préfère, car il veut inciter les jeunes à fumer.

Souhaitant traumatiser la terre entière et les rendre complètement fous, il promet de faire plusieurs autres livres qui seront la suite de la fabuleuse aventure de ses personnages. Bien sûr, il attend qu'on le libère de prison d'abord...

Manufactured by Amazon.ca
Acheson, AB